Lynne Schwartz · Für immer ist ganz schön lange

LYNNE SCHWARTZ

Für immer ist ganz schön lange

ROMAN

Aus dem Amerikanischen von
Ursula-Maria Mössner

KEIN & ABER

Danke dir, Harry …

Das Motto auf S. 5 stammt aus dem Gedicht *An seine spröde Herrin.*
In: *Geh, fang einen Stern, der fällt,* Insel Verlag, Frankfurt a. M. 2001.
Das Brontë-Zitat auf S. 239 stammt aus:
Emily Brontë, *Die Sturmhöhe,* Insel Verlag Leipzig 1938.

Die Originalausgabe erschien 1980 unter dem Titel
Rough Strife bei Harper & Row, Publishers, New York

Deutsche Neuübersetzung

Covergestaltung: studio grau
Satz, Druck und Bindung: GGP Media GmbH, Pößneck
ISBN 978-3-0369-5725-8
Auch als eBook erhältlich

www.keinundaber.ch

Ergötzen wir uns jetzt und hier
… wie verliebtes Raubgetier …
Und zerren unsre Lust zu zweit
durchs Lebenstor in rauhem Streit.

ANDREW MARVELL

GRENZTE ES NICHT AN EIN WUNDER, dass sie nach all den Jahren noch so etwas empfinden konnte? Verlangen nämlich, und dessen Befriedigung. Ivan lag erschöpft auf ihr, glitt langsam aus ihr heraus. Sie bemühte sich nicht, ihn festzuhalten. Gleich würde sie die Augen aufschlagen und die Schlafzimmerdecke sehen, gebrochenes Weiß mit körnigen, alten Unvollkommenheiten an der Oberfläche. Sie würde ihre Identität wieder annehmen, ein von den Wechselfällen des Lebens geformtes Gebilde. Doch bis dahin würde sie sich dieser größeren Daseinsform hingeben: der Unermesslichkeit von Ozeanen, der Weite von Kontinenten! Eine Täuschung, gewiss, aber welch extravaganter geografischer Vergleich, und das dank Ivan. Caroline musste lächeln.

Er drehte sich von ihr weg. Eine Weile lagen sie Seite an Seite, bis Ivan sich aufsetzte und verkündete: »Und jetzt muss ich joggen gehen.«

Caroline seufzte. »Vermutlich ist es nur fair, auch andere Körperteile zu trainieren. Die Beine zum Beispiel.«

»Herz und Lunge, um genau zu sein.«

»Verstehe. Damit wären also Fortpflanzungsapparat, Kreislauf und die Atmungsorgane abgedeckt. Wirklich gründlich.

Und anschließend musst du nur noch etwas essen, damit auch die Verdauung nicht zu kurz kommt.«

»Hör schon auf«, bat er und täuschte sanft einen Schlag auf ihre Wange vor. Sie streckte sich flach aus, damit er über sie hinweg aus dem Bett steigen konnte, und verfolgte, wie sich sein Körper durch die Luft schwang.

»Ich bin in etwa einer halben Stunde wieder da«, sagte er. »Hörst du es, wenn ich klingle?« Wie diskret er war, dieser Liebhaber. Übersetzt bedeutete die Frage, ob sie die Absicht hatte, aufzustehen oder weiterzuschlafen. Ivan war der Meinung, dass man im Leben zu viel kostbare Zeit mit Schlafen verbrachte. Und er klingelte, weil er behauptete, das Gewicht und das Klimpern der Schlüssel störe die leichte Euphorie, die sich beim Joggen einstelle.

»Ich höre dich bestimmt. Bis du zurückkommst, bin ich längst aus der Dusche.«

Erst neulich war sie in der Morgenzeitung auf einige Zeilen über die Liebe gestoßen. »›Liebe‹«, hatte sie Ivan vorgelesen, der, mit der Krawatte in der Hand, konzentriert vor der Glasscheibe des Geschirrschranks stand, »›Liebe ist das gebräuchliche Wort für die sexuelle Erregung der Jugend, die Gewohnheit der mittleren Jahre und die gegenseitige Abhängigkeit im Alter.‹« Sie hielt inne. »Gewöhnung? Trifft das auf uns zu?«

»Wir gehören noch zur Kategorie Jugend«, sagte Ivan mit einem Lächeln, die Augen, nicht den Kopf, in ihre Richtung gedreht. Ein nettes, anzügliches Grinsen. Gut. Die Einstellung des Autors gefiel ihr ohnehin nicht. Sie grinste zurück und biss mit jugendlichem Appetit in ihr Käsebrot. Ivan schlug das lange Ende der königsblauen Krawatte über das kurze, zog es von unten durch und bewältigte den Knoten mit gequälten ruckartigen Halsbewegungen, als versuchte sein Kopf, dunkel und gedankenvoll, sich aus der erzwungenen Enge zu befreien. Er hasste Geschäftsanzüge und behauptete, dass er in einem Lendentuch am glücklichsten wäre, aber er ging zu einem Treffen mit den Geldgebern. Ivan hatte eine einflussreiche Position am Metropolitan Museum, wo seine ganz speziellen Talente endlich ihre Nische gefunden hatten: untadeliger Geschmack, ein geschultes Auge und ein brillantes, scheinbar natürliches diplomatisches Geschick im Umgang mit potenziellen Geldlieferanten. Während Caroline das Binden der Krawatte verfolgte, dachte sie gleichmütig: Er opfert seine Bequemlichkeit, um unser täglich Brot zu verdienen. Sie verdiente es ebenfalls, aber die höhere Mathematik konnte man in Hose und Pullover unterrichten, erhaben, wie diese von Natur aus war. Ivan zwängte sich in eine Anzugjacke.

»Sehr schön«, bemerkte sie vom Küchentisch aus. »Die erraten nie, dass du Unternehmensstrukturen verabscheust.«

Er verzog das Gesicht, fuhr mit dem Finger unter dem Kragen durch und verließ das Zimmer.

Stimmte es? Gehörten sie wirklich noch zu den Jungen?

Sie hatte geduscht und war mitten in ihrer Morgengymnastik, als ihr auffiel, dass Ivan noch nicht zurück war. Er kam sonst nach dem Joggen immer direkt nach Hause, da er zu verschwitzt war, um irgendwo anders hinzugehen. Sie war nie besitzergreifend gewesen, was seine Zeit betraf – Freiheit war Teil ihrer stillschweigenden Vereinbarung, ihrer dauerhaften Beziehung. Aber sie fürchtete die Gefahren des Parks, insbesondere an unbelebten Wochentagen und grauen Vormittagen. Und heute war ein grauer Dienstag. Ivan hatte Urlaub und hätte ihre Ängste als Unsinn abgetan. Wahrscheinlich war er einem Nachbarn begegnet und mal wieder zu einer guten Tat verpflichtet worden, musste hilflosen Kindern den verbogenen Hausschlüssel richten oder älteren Witwen den Einkaufswagen ziehen, Schweiß hin oder her.

Sie konzentrierte sich bewusst wieder auf ihre Morgengymnastik, anstrengende Ballett-Aufwärmübungen, damit ihr Körper jung und beweglich blieb. (Für wen?, fragte sie sich gelegentlich. Für sich selbst? Ivan? Etwas zwingend Notwendiges in der Zukunft?) Sie war der Ansicht, dass Gymnastik die Übergriffe der Zeit aufhalten konnte, so wie eine disziplinierte Armee eine zerstörerische Horde aufhält. Außerdem glaubte sie an die Geschichte von dem Jungen, der ein Rind hochheben konnte. Er begann damit, kaum dass das Rind geboren war, und hob es jeden Tag hoch. Sie durfte auf keinen Fall eines Tages alt aufwachen und nicht mehr imstande sein, die Dehnungen, Schwünge und Gleichgewichtsübungen auszuführen, die ihr noch am Tag davor so leichtgefallen waren. In Zenons Paradox, das das Vorstellungsvermögen ihrer Studenten überstieg, erreichte der Pfeil nie sein Ziel, da die einzelnen Schritte eine unendlich teilbare Aufeinanderfolge darstellen. Die dahinrasende Zeit bewegte sich in winzigen Etappen. Caroline war fünfundvierzig, aber wie ihre Freunde ihr gelegentlich sagten und wie sie selbst glaubte, sah sie Jahre jünger aus.

Als sie fertig war, schaute sie auf die Küchenuhr. Er war nun seit über einer Stunde weg. Plötzlich erschien ihr, auf das viereckige Zifferblatt der Uhr projiziert, eine Vision von Ivan, der auf einem einsamen Weg von drei großspurigen Burschen mit Messern angegriffen wird. Dass er kein Geld bei sich trug, machte die drei wütend; sie gingen auf ihn los und verschwanden, während er blutend im schlaffen Juligras liegen blieb. Wie erstarrt ließ sie die Szene noch einmal detaillierter ablaufen. Sie kamen auf ihn zu, magere dunkle Gestalten in dunklen Klamotten, dicht nebeneinander, sodass sich ihre Schultern fast berührten, und versperrten ihm den Weg. Wie heftig Ivans Überraschung war, er, dem die Fantasie fehlte, sich Katastrophen auszumalen. Die drei umringten ihn, drehten ihm die Arme auf den Rücken, tasteten seine weißen Shorts nach Geld ab. Als er sich loszureißen versuchte, was er gewiss getan hatte, zogen sie ihre Messer und stachen auf ihn ein: Gesicht, Arme, Oberkörper. Nur wenige Leute wählten diesen Weg; er würde verbluten, langsam verbluten. Oder aber gefunden und zu ihr gebracht werden und den letzten Atemzug tun. Vielleicht würde er am Leben bleiben, als Invalide. Nebenan wohnte ein Mann, der im Rollstuhl saß. Er sprach die Nachbarn an, um ihnen Witze zu erzählen, und sie ertrugen seine Aufdringlichkeit aus Mitleid, denn er war überfallen worden und seither gelähmt. Die Vision blitzte abermals auf, Ivan auf dem verlassenen Weg, auf dem Rücken liegend, ausgestreckt wie ans Kreuz geschlagen, diesmal mit einem blutigen Loch vorne auf den weißen Shorts. Caroline presste die Fäuste auf die Augen, von Selbsthass überwältigt. Wie konnte sie sich so etwas auch nur vorstellen? Tot wäre besser als das. Um seiner selbst willen wäre es ihr lieber, man brächte ihn ihr tot zurück.

Sie schüttelte sich, wie um sich aus Schlingen zu befreien. Er verschwand einfach, er hatte kein Zeitgefühl; so war er eben. Im letzten Sommer war er mit den Mädchen an den Strand gegangen und erst um halb zehn Uhr abends wieder aufgetaucht. Sie hatte sich vorgestellt, wie Trawler mit Schleppnetzen den Meeresboden nach ihren Leichen absuchen, sofern man den Meeresboden mit Schleppnetzen absuchen konnte, vor allem bei Dunkelheit. Als die drei heimkamen, braungebrannt, voller Sand und lachend, erbleichte Caroline, als wären die drei Wiedergänger. In dem Moment hatte sie sich geschworen, nichts mehr von ihrer nachlassenden Vitalität darauf zu verschwenden, sich seinetwegen Sorgen zu machen. Na schön. Sie ging ins Schlafzimmer, holte ihre Jeans aus einer der unteren Schubladen und zog sie zufrieden über die Hüften. Man musste nicht joggen, um jung zu bleiben, dachte sie grimmig und griff nach der Haarbürste.

Es war ein schrecklich heißer Tag. Erst letzte Woche war ein Nachbar, zweiundfünfzig, nur ein paar Jahre älter als Ivan, auf dem Tennisplatz tot umgefallen, nach drei Sätzen bei extremer Hitze. Ganz genau. Ivan war nicht der Typ, Opfer eines Überfalls zu werden: zu kräftig und zu arrogant. Vielleicht lag er so da wie Jeff Tate, niedergestreckt durch hitzebedingte Erschöpfung und Herzversagen. Sie hätte ihn davor warnen sollen, joggen zu gehen – Jeffs Frau sagte, sie habe ihren Mann gewarnt, aber es habe nichts genützt –, doch Caroline war darauf bedacht, keinen ehefraulichen Ton anzuschlagen, selbst in mittleren Jahren. Auch das war Bestandteil ihrer stillschweigenden Vereinbarung, sich niemals das für einen »Ehemann« und eine »Ehefrau« typische Gebaren anzugewöhnen. Außerdem hätte Fürsorglichkeit, angesichts Ivans Veranlagung, nur das Gegenteil bewirkt. Und so war er aufgrund ihrer beiderseitigen Sturheit nun tot.

Und die Kinder im Ferienlager! Wie sollte sie es ihnen bloß sagen? Sie waren zu jung für einen solchen Verlust – Greta praktisch noch ein Baby und Isabel körperlich fast voll entwickelt, aber noch immer ein Kind, was Kummer betraf. Arme Greta – ihr erster Sommer weg von daheim. Ivan war ein so hingebungsvoller Vater gewesen. Als Isabel klein war, umgab die beiden ein Leuchten, als wären sie ein Liebespaar. Dann wurde Greta geboren, und er stellte fest, dass er zwei Mädchen gleichzeitig lieben konnte, die grazile Vorpubertierende und das rosige Kleinkind. Caroline hatte die Aufteilung seiner Liebe akzeptieren müssen. Isabel mit ihren vierzehn Jahren täuschte eine Kaltblütigkeit vor, die sie für erwachsen hielt; ihr Kummer würde gewaltig, aber beherrscht sein. Caroline würde sich innerlich krümmen aus dem Bedürfnis heraus, sie weinen zu sehen. Greta, durchsichtig wie Glas, würde in Tränen zerfließen und in einem fort reden, sich jedem Versuch, sie abzulenken, widersetzen. Caroline würde sie anschauen und bis in das zerschmetterte Herz blicken.

Unsanft legte sie die Haarbürste weg. Das ging nun wirklich zu weit. Er würde heil nach Hause kommen. Das musste er einfach. Das Schicksal mochte grausam und rücksichtslos sein – ihr eigenes Leben war weiß Gott von der Zeit und von Zufällen gebeutelt worden –, aber es gab Dinge, die einfach nicht passieren durften, nicht einmal in der Fantasie: dass Kinder litten … Und trotzdem passierte es im wirklichen Leben ständig. Sie selbst war kaum älter als Isabel gewesen, als ihre Mutter starb. Sie erinnerte sich noch lebhaft an den quälenden Schmerz, auch wenn sie ihn nicht mehr empfand. Warum sollten ihre eigenen Kinder verschont bleiben?

Sie ließ sich in den behaglichen Sessel im Schlafzimmer sinken, schloss die Augen und dachte an die grässliche Packerei, die ihr bevorstand. Sie wollten morgen zu einem dreiwöchigen Campingurlaub in Kanada aufbrechen. Die Vorstellung von kalten Bergseen und dem leisen Spritzen von Wassertröpfchen, die in glitzerndem Bogen von Stechpaddeln fallen, ließ sie ihren Seelenfrieden wiederfinden. Diese Stunde würde vergessen sein. Ivan würde jeden

Moment klingeln. Sie würden packen, früh zu Bett gehen und bei Tagesanbruch aufstehen, um in ihr flottes weißes Auto zu steigen, dessen Motorgeräusch Weite und Einsamkeit versprach. Sie sprang auf. Das Auto! Gestern Abend, als sie schon am Einschlafen war, hatte er erwähnt, dass er das Auto heute Vormittag in die Werkstatt bringen müsse, damit Angel vor der Reise überprüfte, ob alles in Ordnung war. Er hatte vergessen, sie daran zu erinnern, als er ging. Na ja, das war typisch Ivan. Sie war augenblicklich erleichtert, plötzlich erschien ihr alles wieder in hellerem Licht.

Trotzdem sollte sie sich vergewissern. Mit dem leisen Gefühl, etwas Unrechtes zu tun, ging sie an Ivans Schreibtischschublade. Sie waren beide sehr auf ihre Privatsphäre bedacht: In Bezug auf Schreibtischschubladen, Briefe, Telefonanrufe wurde nur ein Minimum an Fragen gestellt. Beiderseitige Diskretion hatte ihnen geholfen, verheiratet zu bleiben. Aber das jetzt war etwas anderes. Sie zog die Schublade auf. Die Autoschlüssel lagen da, ausgebreitet wie eine offene dreifingerige Hand. Dann hatte er sicher wieder ihren Schlüsselbund genommen. Wie ein Kind benutzte er gern ihre Sachen – Handtücher, Füller, Schere, Kamera. Sie griff in das oberste Fach, wo sie ihre Schlüssel aufbewahrte. Ihre Fingerspitzen berührten den gezackten Rand von kaltem Metall, und sie ließ sich wieder in den Sessel fallen, wie betäubt von dieser furchtbaren Täuschung durch ihre eigenen Gefühle, durch das Leben selbst.

Er war einfach verschwunden, wie Gauguin. Sie ließ sich von dieser absurden Idee einhüllen wie von einer weichen Decke. Wie jemand, der sich mit einer Grippe herumschleppt und schließlich kapituliert und sich ins Bett legt, empfand sie es als Erleichterung, sich geschlagen zu geben. Jawohl, nach all den Jahren, und jawohl, in seinen weißen Joggingshorts, so idiotisch es auch schien. Er konnte sich jederzeit etwas zum Anziehen von seinem jüngeren Bruder Vic leihen, der die gleiche Größe hatte und nur eine Meile stadteinwärts wohnte. Ivan hatte eine unberechenbare Ader; das gehörte zu seinen reizvollen Zügen. Von Anfang an hatte er die Sehnsucht von Pionieren besessen, von Forschungsreisenden, Abenteurern. Es verlangte ihn danach, Territorien zu entdecken und sie sich zu eigen zu machen, indem er sie durchquerte und seine Fußabdrücke hinterließ. Hätte er in einer anderen Zeit gelebt, er hätte Pflöcke in den Boden gerammt oder die Flagge seines Landes gehisst. Was ihn zurückhielt, war sie, die Bodenständige, abenteuerlustig nur innerhalb der Grenzen ihrer selbst. Irgendetwas in ihm hatte am Ende rebelliert.

Warum sollte Ivan schließlich sein ganzes Leben mit ihr verbringen wollen? Zunächst hatte er gedacht, dass er das wollte, doch nun hatte er seine Meinung geändert, und das aus gutem Grund. Sie war kompliziert. Wenn auch nicht mehr als er – nur waren ihre komplizierten Charaktere leider absolut komplementär. Und sie war weder ausgesprochen schön noch brillant (außer auf ihrem eigenen obskuren und begrenzten Arbeitsgebiet) und nicht einmal besonders nett. Sie hatte nichts Spektakuläres an sich. Obwohl es Momente gegeben hatte, mit ihm, in denen sie das Gefühl hatte, spektakulär zu sein, so strahlend, als leuchtete sie in der Dunkelheit. Doch in Wahrheit hatte selbst der Glanz der Jugend sie verlassen. War es denn nicht trotz aller Gymnastik so, dass ihre Haut an den Oberarmen bei bestimmten Beugungen und Drehungen so knitterig war wie Pergament? Hatte sie es nicht gesehen oder nur nicht wahrhaben wollen? Sie kniff abwehrend die Augen zu. Natürlich hatte sie es gesehen, an diesem Morgen, am Morgen davor, viele Male davor, hatte sich jedoch weisgemacht, es sei nichts weiter, es liege nur an der Beleuchtung, bei solchen Verrenkungen könne das jedem passieren. Aber bei Isabel oder Isabels straffen Freundinnen würde es nicht passieren. Ivan war ein ritterlicher Liebhaber; er hätte vorgegeben, es nicht zu bemerken. Er wusste, dass sie nicht ewig so bleiben konnte wie an dem Tag, an dem er sie zum ersten Mal sah. Außerdem war er nicht mehr so aufmerksam wie früher – vielleicht hatte er es tatsächlich nicht bemerkt. Im Gegensatz zu anderen Männern. Letztlich würde sie wie Blanche DuBois werden und nur noch im trüben Schatten von Laternen Sex haben.

Das war nicht der Moment, leichtfertig zu sein. Sie kauerte sich tiefer in die kritiklose Umarmung des Sessels, die Arme um den Körper geschlungen, obwohl es im Zimmer warm war. Er war also gegangen. Sie würde es irgendwie akzeptieren müssen. Was sie jedoch nie akzeptieren würde, war der Zeitpunkt, den er gewählt hatte. Unmittelbar nachdem sie sich geliebt hatten – das war der brutalste Schlag. Hatte er es von langer Hand geplant? Das ist das letzte Mal, Schätzchen, also genieß es lieber! Nein, so dachte Ivan ganz gewiss nicht. Eher schon mit huldvollem Wohlwollen, gönnerhafter Herablassung. Ich beehre dich ein letztes Mal …

Es war kein Versagen ihrerseits, das ihn zu diesem Schritt veranlasst hatte. Er kannte ihre Fehler nur zu gut und war mehr als tolerant: Sie hatten beide eine Menge toleriert. Was er dagegen nicht länger tolerieren konnte, war seine Liebe zu einem mit Fehlern behafteten Objekt. Ein Perfektionist im Stillen: Nicht vor ihr, sondern vor der Liebe, vor seiner eigenen großen und bedingungslosen Zuneigung war er in seinen weißen Shorts und blauen Schuhen davongelaufen, war aus dem Park und bis an die Spitze der Insel gelaufen, über eine Brücke aufs Festland, hinaus ins Hinterland, nur weg, weg, fort von der Liebe. Liebe, die geheimnisvolle Siegerin, die niemand überlistet, wie ein junger Dichter sagte. Doch Ivan würde die Liebe überlisten. Gleich am Anfang, schon in Rom, hatte er sie zu überlisten versucht. Inzwischen war er geschickter darin, ihr auszuweichen. O ja, Caroline konnte es klar und deutlich vor sich sehen, wie der groß gewachsene kräftige Ivan vor dem trüben morgendlichen Horizont stetigen und schnellen Schrittes reineren Gefilden zustrebte.

Ein schönes Bild, gewiss, aber es milderte nicht die Wut, die sie packte und alles durchdrang. Für wen hielt er sich eigentlich, sie nach so vielen Jahren zu verlassen, ihre gemeinsamen Kinder zu verlassen, nur um einer metaphysischen Befriedigung willen? Hatte er sie etwa zur Ehe gezwungen, um sie jetzt sitzenzulassen? Hatte er die Konflikte zwei Jahrzehnte lang durchgestanden, nur um sie jetzt im Stich zu lassen, da sie beide ruhiger geworden waren? An Isabel und Greta durfte sie nicht einmal mehr denken; ein eiserner Ring legte sich um ihr Herz beim unausgesprochenen Klang der Namen. Für wen hielt er sie denn, dass er sie, die Jahre ihres Lebens damit verbracht hatte, sich ihm in fast jeder Hinsicht, und häufiger, als ihr lieb war, unterzuordnen, nun in mittleren Jahren allein dastehen ließ, sodass kein anderer sie je so sehen konnte, wie sie früher war, in der Blüte ihrer Jugend. Und wie pervers, sie ausgerechnet am Vorabend ihres gemeinsamen Urlaubs zu verlassen. Den ganzen Winter über, bei dem Fettbrand im Backofen und als die Wasserleitung kaputt war, als Greta sich den Arm brach, während ihres eigenen erbitterten Kampfes um den Kurs Feministische Studien, beim Diebstahl des Volvos – während all dieser Katastrophen hatten sie davon geträumt, Zeit für sich zu haben. Er hatte ihren gemeinsamen Traum ad absurdum geführt, aus ihrem ganzen Leben eine Farce gemacht.

Sie spürte, wie Tränen in ihr aufstiegen, aber sie würde nicht um ihn weinen, um diesen Mistkerl. Er hatte schon immer etwas Ausweichendes an sich gehabt. Soll er doch gehen. Sollen doch alle gehen. Tröstliche Visionen eines Lebens ohne ihn stiegen empor wie Zauberblumen, entfalteten sich beim Zusehen. Sie würde das Schlafzimmer ganz für sich allein haben. An den Wänden Renaissance-Drucke ihrer eigenen Wahl – nichts später als 1650 außer vielleicht Matisse – und keine einzige Topfpflanze in Sichtweite. Wegen Ivans Unmengen an Pflanzen sah das Wohnzimmer wie ein exotischer grüner Dschungel aus und war von einem erdigen Geruch durchdrungen. Stattdessen Blumen; jeden Tag frische Blumen, anmutig und vergänglich, in dickbauchigen Weinflaschen. Nachts konnte sie endlich quer im Bett schlafen, ohne den Druck seiner Hand auf ihrem Rücken, ihren Schultern, ihren Rippen: tastend, betatschend. Immer Körperkontakt suchend. Ihre Anziehsachen konnten sich in den leeren Schubladen ausbreiten, denn sie würde seine Socken und Taschentücher und Unterwäsche, seine Kragenstäbchen und ausländischen Münzen und Ersatz-Schnürsenkel zusammenraffen und alles wegwerfen. Verbrennen. Nur schade, dass sie nicht mehr in ihrem alten Haus wohnten – dort hätte sie den ganzen Kram in den offenen Kamin werfen und zuschauen können, wie seine Socken zu Asche wurden. Die Kragenstäbchen würden nicht brennen, blöde kleine Plastikdinger und völlig überholt. Aber er mochte altes Zeug. Plötzlich sah sie Ivans ungeduldig angespannte Lippen vor sich, wenn er die

Stäbchen mühsam in den Kragen schob, und ihr Herz stürzte in einen Abgrund, gab ihr einen leisen Vorgeschmack auf die eisige Einsamkeit, die sie erwartete.

Sie verweigerte sich ihr. Sie wies sie schaudernd zurück. Schon ihm zum Trotz würde sie nicht allein bleiben. Es gab Gelegenheiten, und sie hatte keineswegs vergessen, wie man sie ergreift. Die Welt war voll davon: Der lächelnde Blonde im Verwaltungsbüro, der ihren Körper mit Blicken bombardierte, wenn sie den Raum durchquerte. Und der Mann, dem die Buchhandlung gehörte, der sie immer aufzuhalten versuchte, indem er ihr Neuerscheinungen zeigte. Selbst der junge Grieche in der Pizzeria, der den Teig so geschickt herumwirbelte, dass er zwischen seinen Fingern zu tanzen schien. »Samstagabend schon was vor, Lady? Sie und ich tanzen gehen!« Nein, der nicht gerade. Es gab schließlich Grenzen. Doch all die anderen: Sie würde ihre Finger gern über all die behaarten Oberkörper gleiten lassen.

Langsam entspannte sie sich in ihrem Sessel, leicht benommen von ihren Fantasievorstellungen. Dingen ohne Substanz. Aber Ivan war real! Ihr Herz tat einen so heftigen Schlag, dass ihr Brustkorb schmerzte. Er war inzwischen seit zwei Stunden weg. Er konnte wirklich verletzt irgendwo liegen. Warten, sich fragen, warum sie nicht kam. Sie kamen einander immer, immer zu Hilfe, selbst in ihren schlimmsten Zeiten. Sie stürzte aus der Wohnung und die vier Treppen hinunter.

Im Foyer hackte Mr Abrey, der missmutige Hausmeister, mit dem Griff eines Schraubenziehers an einem kaputten Briefkasten herum. Sie und Ivan hatten den Mann unheimlich gefunden, als sie vor zehn Monaten nach New York zogen, weil er nie lächelte und nur sprach, um vor drohenden Katastrophen zu warnen. Doch aus irgendwelchen Gründen, vielleicht weil er sterben musste – er hatte Krebs –, vertraute ihm Caroline.

»Guten Morgen, Mr Abrey. Sie haben nicht zufällig meinen Mann gesehen?«

»Wieso, hat er sich endlich aus dem Staub gemacht?« Sein Glucksen klang, als würde eine Harke über Beton gezogen.

»Er ist vor zwei Stunden Joggen gegangen. Ich dachte, Sie hätten ihn vielleicht irgendwo gesehen.« Sie schluckte mühsam ihren Stolz hinunter. Mr Abrey würde ohnehin bald tot sein.

»Joggen. Ha! Laufen, bis einen der Schlag trifft. Der Park ist auch nicht mehr das, was er mal war. Da treiben sich Typen rum und warten, bis wer vorbeikommt. Hab ihn nicht gesehen.« Er hustete, spuckte ins Taschentuch und begann wieder, mit dem Schraubenzieher auf das hohle Metall des Briefkastens zu klopfen. Sein Körper war gezeichnet von der Krankheit und den Bestrahlungen – Röntgenstrahlen, wie er sagte. Unter dem schmuddeligen Grau seiner Arbeitshose waren keine Konturen zu erkennen; der Stoff hing herunter wie an einem Gerippe. Im Beisein eines sterbenden Mannes erschienen ihre Schreckensvisionen gar nicht so abwegig. Sie blieb noch einen Moment stehen, wie gebannt von Mr Abreys Geklopfe und seinem körperlichen Verfall, eilte dann zur Tür hinaus, zwischen den fahrenden Autos hindurch und in den einsamen Park.

Ab und zu kam ein Jogger vorbei und grüßte. Bestimmt hielten sie sie für eine von ihnen, auch ohne die Sportkleidung. Vielleicht sollte sie einen anhalten und fragen, ob er einen groß gewachsenen Mann mit blauen Laufschuhen und weißen Shorts gesehen hatte. Aber alle hatten glasige Augen und waren nicht zu bremsen. Nach einigen Minuten war sie außer Atem und musste langsamer gehen. Von Ivan war nichts zu sehen, weder auf dem Weg noch auf den schmalen schattigen Fußpfaden, die davon abzweigten, und er lag auch nicht irgendwo weiter hinten unter den Baumgruppen. Keine Reifenspuren von Krankenwagen oder Polizeiautos. Als Caroline ihre Suche beendete, empfand sie die stille Befriedigung, ihre Pflicht erfüllt zu haben. Mehr konnte man von ihr nicht erwarten. Sie ging langsam nach Hause. Die Wahrheit war nichts, ein Loch; kein Verbrechen, keine plötzliche Krankheit und auch kein abruptes Verlassen. Ihr Kopf, zuvor erfüllt von überspannten Fantasien, war völlig leer, so wie nach einem Feuerwerk nur das schwarze Himmelsgewölbe zurückbleibt.

Daheim im Schlafzimmer war es zu hell. Ihr schien, es müsste Nacht geworden sein, nachdem sie solch unermessliche Zeiträume durchquert hatte. Aber es war erst kurz vor halb zwei. Sie zog die Rollos herunter, setzte sich in den weichen Sessel, ließ den Kopf sinken und die Augenlider zufallen. In der Dunkelheit erschienen ihr die Qualen, denen sie sich ausgesetzt hatte, abstoßend und unangebracht in ihrem Alter. War das Liebe? Sie zwang sich, sich körperlich daran zu erinnern, wie Ivan sie an diesem Morgen geliebt hatte, und war nicht überrascht, Verlangen zu verspüren. Aber nur leicht, sodass sie sich und ihr reflexartiges Verlangen mit großem, herablassendem Gleichmut betrachten konnte. Ivan hatte gesagt, ihre Liebe sei nicht die Gewohnheit der mittleren Jahre, denn sie befänden sich noch in der Phase davor, in der sexuellen Erregung der jungen Jahre. Höchstwahrscheinlich hatte er sich geirrt; höchstwahrscheinlich war sie selbst von der sexuellen Erregung der Jugend direkt in die jämmerliche Abhängigkeit der Alten geraten, hatte das entspannende Stadium der Gewohnheit schlicht übersprungen.

Sie musste eingeschlafen sein. Als seine Hand ihren Kopf berührte, stockte ihr der Atem, und sie rang nach Luft.

Er grinste. »Wieder mal eingenickt. Kaum bin ich aus dem Haus, schon wirst du dekadent.«

Er war unverändert, außer dass ihm der Schweiß herunterlief, während sie sich um Jahre gealtert fühlte, ausgelaugt. »Mein Gott! Verdammt noch mal, wo warst du? Ich dachte, du bist tot umgefallen oder was. Warum hast du nicht wenigstens angerufen?«

»Du weißt doch, dass ich nichts dabeihabe.« Er deutete auf seine weißen Shorts, die keine Taschen hatten.

»Wie bist du reingekommen?«

»Ich bin draußen Mr Abrey begegnet. Er sagte, du seist weggegangen, also habe ich mir seinen Schlüssel ausgeliehen. Was ist denn los?«

»Was los ist? Ist dir nicht der Gedanke gekommen, dass ich mir Sorgen machen könnte? Ich bin weggegangen, um dich zu suchen! Ich wusste nicht, wo du steckst.«

Ivan war völlig ruhig. »Ich dachte, dir ist klar, dass ich Verschiedenes zu erledigen hatte. Ich habe das Auto in die Werkstatt gebracht und musste warten. Der Vergaser ist verstopft. Ich muss es später abholen.«

»Aber du hattest die Autoschlüssel doch gar nicht mitgenommen.«

»Stimmt. Aber am südlichen Ende des Reservoirs bin ich Vic begegnet. Und da dachte ich, statt erst heimzukommen, kann ich auch die Ersatzschlüssel holen, die noch bei ihm zu Hause waren. Und da bin ich eben ein Weilchen geblieben.«

»Warum hast du mich dann nicht von dort aus angerufen?«

»Ich wusste ja nicht, dass das mit dem Auto so lange dauert. Lass gut sein, Caroline, du klingst wie der Großinquisitor persönlich.« Ein Insiderwitz – auf den sie eigentlich mit Lachen zu reagieren hatte. Ivan wollte nach ihrer Hand greifen, doch sie verschränkte die Arme.

»Alles in Ordnung bei Vic zu Hause?«, fragte sie desinteressiert.

»Eigentlich nicht. Cindy hat Probleme mit dem Bein. Du weißt ja, die Knieverletzung im letzten Winter. Anscheinend sind die Knochen nicht richtig zusammengewachsen. Sie hat starke Schmerzen und muss vielleicht bald eine Schiene tragen oder sogar operiert werden.«

Das Eindringen der Probleme anderer wirkte belebend. »Ich fasse es einfach nicht, wie du nach drei Stunden Abwesenheit hier hereinspazieren kannst, um mir was von Cindys Knie und dem Vergaser und sonst was zu erzählen. Man verschwindet nicht einfach so, noch dazu in Shorts, verdammt noch mal! Also komm mir bloß nicht mit dem Scheiß, du hättest kein Geld dabeigehabt. Angel hätte dir bestimmt was geliehen – du bist einer seiner besten Kunden.«

»Schluss jetzt!«, brüllte er. »Schluss damit!« Ein kraftvoller lauter Ausbruch. Was machte er nur mit dieser ganzen Kraft, wo hielt er sie versteckt in all den Stunden, in denen er nicht brüllte? »Ich lasse mich von dir nicht kontrollieren! Ich kontrolliere ja auch nicht, was du so treibst. Ich kann mich noch gut erinnern, dass ich dich manchmal tagelang kaum zu Gesicht bekam. Wenn du dir Sorgen machen willst, ist das allein deine Sache!«

Er brach ab und blickte sich blinzelnd im Zimmer um, als hätte er auch sich selbst verblüfft. Lastende Stille trat ein. Sie hatte ihm wenigstens immer einen Zettel hinterlassen, dachte sie, damit er wusste, dass sie noch lebte. Ivan zog das Rollo hoch und machte das Fenster weit auf. Er beugte sich hinaus und blickte hinüber zum Park. »Tatsache ist«, sagte er in normalem Ton und drehte sich wieder zu ihr um, »dass ich wegen Cindy besorgt war, und dann musste ich an Greta und Isabel im Ferienlager denken. Dass überall Gefahren lauern. Ich habe nicht daran gedacht, dich anzurufen. Ich dachte, du wärst mit Packen beschäftigt.« Er warf die Autoschlüssel in Richtung Kommode. Sie fielen auf die Kante und landeten vor Carolines Füßen. Als sie sie aufhob und ihm reichte, berührten sich ihre Finger; sie drückte seine Hand.

»Auch ich bin wegen Cindy besorgt«, sagte sie ruhig. »Und du weißt, dass ich dich nicht kontrolliere. Aber überleg doch mal, Ivan. Mehr als drei Stunden für eine kurze Runde durch den Park? Ich dachte, du liegst irgendwo im Gras und verblutest.«

»Das ist Schweiß und kein Blut.« Er zog sie auf die Beine und begann zu grinsen. »Blut ist rot. Schweiß ist farblos. Ich bin von der Werkstatt heimgejoggt. Fass mal an.« Er packte ihre Hand.

Er wusste, dass sie klamme Klamotten hasste. Caroline versuchte sich loszureißen, doch er hielt ihr Handgelenk fest, zwang ihre Hand an sein kaltes, nasses T-Shirt, auf dem der Schweiß einen gräulichen Fleck hinterlassen hatte. »Hör auf! Du bist widerlich«, kreischte sie, doch sie lachte dabei. Er hielt ihre Handgelenke mit beiden Händen fest; sie wehrte sich vergebens.

»Komm schon, sei ein bisschen lieb. Schweiß tut dir doch gut. Du weißt, dass du das magst.« Er versuchte, sie zu zwingen, die Arme um ihn zu legen, aber sie trat und wand sich in seinem Griff. Inzwischen lachten beide unbändig, doch plötzlich wurde Caroline matt und still.

»Lass mich. Mir ist jetzt nicht danach«, sagte sie.

Er ließ sie los und zog sein T-Shirt aus. »Dann geh ich jetzt duschen.«

»Das ist eine ausgezeichnete Idee.«

Ivan warf das T-Shirt nach ihr. Sie fing es mit einer Hand auf und warf es ihm an den Kopf. »Mr Abrey hat gemeint, du hättest mich wohl endlich verlassen.«

»Ich würde dich doch nicht kurz vor dem Campingurlaub verlassen. Wo ich doch Angst habe, allein im Wald zu schlafen.« Er hob das T-Shirt auf, knüllte es zusammen und verzog sich ins Bad.

Erst als sie das gleichmäßige Rauschen der Dusche hörte, stellte sich totale Erleichterung ein – eine trügerische Erleichterung, in die sich seltsamerweise eine Art Enttäuschung mischte. Welch großes Drama es gewesen wäre: seine Beisetzung, ihr Kummer, der Schock und das Mitgefühl von Freunden; oder sein Krankenhausaufenthalt und ihre aufopferungsvolle Pflege; oder selbst das plötzliche Verlassenwerden und wie sie trotz aller Verzweiflung Haltung bewahrte. Stattdessen musste sie jetzt packen, während er sich um den Vergaser kümmerte. Schönes Drama.

Fünfzehn Minuten später war er wieder da, in dem roten Kimono, den sie ihm zum letzten Hochzeitstag geschenkt hatte. Er war geradezu süchtig nach japanischen Kimonos. Wenn sie schäbig wurden, kaufte sie ihm neue, in leuchtenden Farben. Er hatte sich auch die Haare gewaschen. Sie sah zu, wie er sie mit rhythmischen, kräftigen Bewegungen bürstete. Als er noch ein kleiner Junge war, hatte sein Vater zu ihm gesagt, wenn er sich zweimal am Tag kräftig die Haare bürste, würde er nie kahl werden, und Ivan glaubte es noch immer. Seit sie ihn kannte, also seit über zwanzig Jahren, bürstete er sich morgens und abends eisern und energisch die

Haare. Zweifellos würde er sie auch in den Wäldern bürsten, draußen vor dem Zelt. Und tatsächlich war sein Haar seit seiner Jugendzeit nur unmerklich dünner geworden. Er musste gespürt haben, dass sie ihn beobachtete, denn er drehte sich mitten im Bürsten um, erhaschte ihren Blick und senkte kurz die Augenlider, wie um ihr ein Zeichen zu geben. Als er schließlich fertig war, kniete er sich neben ihren Sessel. »Ich bin von Sünden reingewaschen«, sagte er.

Sie beugte sich vor und schlang die Arme um seinen Hals, und er legte den Kopf auf ihren Schoß.

»Rück mal.« Er setzte sich zu ihr in den Sessel. Sie schob den roten Kimono vorne auseinander.

»Eine Weile dachte ich, du hättest beschlossen, zu verschwinden.«

»Was hast du gesagt?«, murmelte er.

»Ich dachte, du hättest endlich genug gehabt.«

»Von was?«

»Du weißt schon. Von uns.«

»Sei nicht albern.« Er nestelte an ihrer Kleidung herum. »Warum sind die Sachen von Frauen immer so verdammt kompliziert?«

»Inzwischen solltest du dich eigentlich damit auskennen, bei deiner Erfahrung. Ich mach das schon.«

»Tausend Dank.« Er küsste sie. »Du hast wirklich merkwürdige Einfälle, Caroline, ist dir das klar? Wenn ich dich bis jetzt nicht verlassen habe, warum sollte ich es jetzt tun?«

»Keine Ahnung. Ich dachte es eben. Hast du nie solche Fantasien, was mich betrifft?«

Es war sinnlos, Ivan so etwas zu fragen. Er log sie nie an; er enthielt sich lediglich der Stimme. Stattdessen ließ er seine Hände liebevoll über ihren Körper gleiten. Es stimmte nicht, dass es keinen Fortschritt gab. Der Fortschritt sickerte langsam und heimlich durch, so wie der Witterung ausgesetztes Holz mit der Zeit dunkel wird. Vor fünf Jahren hätte sie ihn viel länger angeschrien, und Ivan hätte ihre Ängste höhnisch abgetan. Tagelang hätte eisiges Schweigen geherrscht, ehe sie sich wieder nähergekommen wären. Nun war nichts dergleichen passiert. Das Einzige, was passiert war, war die Tatsache, dass er sie, wie schon so oft, gezwungen hatte, das ganze Ausmaß ihrer geistigen Vorstellungskraft zu entdecken. So wie sie im Sessel zur Seite rückte, um Ivan Platz zu bieten, so würde sie auch den Wiederholungen in der Zukunft Platz bieten.

Vielleicht merkte er, dass ihre Aufmerksamkeit abgelenkt war, denn er schlug die Augen auf und sah sie scharf an, sein ganzes Wesen in diesem Blick konzentriert. Da war jetzt nichts Ausweichendes mehr. »Du wirst doch deswegen nicht zu heulen anfangen, oder?«, fragte er.

»Oh nein«, erwiderte sie. »Oh nein, heutzutage heule ich nicht mehr so leicht.«

»Heutzutage? Komisch. Ich erinnere mich, dass du mir schon damals, als ich dich zum ersten Mal sah, ganz schön hart im Nehmen vorkamst.«

»Wirklich?« Sie lachte trocken. »Damals? Das war noch gar nichts, Ivan.«

Seine Hand auf ihrer Brust hielt inne, und er sah sie betroffen an. »Bin ich so schlimm?«

»Das habe ich nicht gesagt. Nein.«

Als sie sich das erste Mal begegneten, hatte es einen kurzen Schauer des Erkennens gegeben. Nicht Liebe auf den ersten Blick, eher ein Sich-dem-Schicksal-Beugen. Seit damals hatte sie sich in regelmäßigen Abständen erneut in ihn verliebt, und dies in kühleren Phasen in dem Wissen, dass es wieder geschehen würde, fast wie eine transzendente Qual herbeigesehnt. Durch das Zusammenleben mit ihm war sie zu der Überzeugung gelangt, dass Männer und Frauen immer die Erfahrung machen müssen, oder sie unbewusst suchen, dass Schmerz nicht zufällig ist. Sie dachte oft an Michelangelos Statuen, die sie und Ivan vor Jahren, in der ersten Erregung ihrer Liebe, in Florenz gesehen hatten. Im Stein verborgene Figuren, zum Vorschein gebracht durch den Künstler, der mit dem Meißel alles Überflüssige, alle unscharfen Konturen entfernt, bis glatt und klar die wahre Gestalt enthüllt ist. Sie und Ivan waren einander Hammer und Meißel.

»Na ja, auf mich hast du jedenfalls beängstigend gewirkt«, sagte er. »Vornehm. Sehr selbstsicher.«

»Das war nur der Champagner.«

»One enchanted evening«, sang er, *»you may see a stranger* in einem überfüllten Zimmer.«

Sie strich mit dem Finger sanft über seine Lippen. »Bitte nicht singen, Schatz. So wie du singst, verdirbst du alles. Und außerdem war es kein überfülltes Zimmer, sondern eine überfüllte Dachterrasse. Das habe ich dir schon tausendmal gesagt.«

SIE BEGEGNETEN SICH auf einer überfüllten Dachterrasse, deren romantische Atmosphäre beide in ihren Bann schlug. Anlass war eine Hochzeit in Rom, an einem sonnigen Junitag Ende der Fünfzigerjahre. Sie war eine Freundin der Braut, Ivan ein Freund des Bräutigams. Cory und Joan, das Brautpaar, wurden später, daheim in den Staaten, aus nicht ganz verständlichen Gründen geschieden. Caroline und Ivan blieben, aus nicht weniger schwer verständlichen Gründen, zusammen.

Ivan und der Bräutigam waren Fulbright-Stipendiaten, so wie fast alle der lachenden und trinkenden jungen Leute auf der lauten überfüllten Dachterrasse; und da das Fulbright-Jahr zu Ende ging, herrschte auf der Party eine Art rituelle Ausgelassenheit, um die neu geknüpften Freundschaften und das entspannte Arbeiten während des zurückliegenden Jahres gebührend zu feiern. Auch ein Akkordeonspieler war da, ein kleiner untersetzter Mann mit blitzenden grauen Augen und roten Wangen, der selig lächelnd zwischen den Grüppchen der Hochzeitsgäste herumging, sein Bauch schwanger mit dem Instrument, das an breiten Riemen von seinen Schultern hing. Er spielte die schönste Melodie, die Caroline je gehört hatte. Vielleicht kam es ihr auch nur so vor. Ihr war bewusst, dass es möglicherweise am Champagner lag. Die Melodie schien sich sogar an den geschliffenen Facetten des Kelchglases zu brechen, das im Sonnenlicht rote, blaue und grüne Funken aussandte. Berauschend waren auch die roten Blumen in den Kästen, die die Brüstung der Terrasse säumten, der scharfe Geruch von Wurst und Käse, der sich in die aromatische Luft mischte, und das Spektrum der Kleider, der duftigen Kleider der Frauen. Sie selbst trug ein schimmerndes romantisches Kleid, lavendelfarben, ein Rückgriff auf eine andere Epoche, dazu lange bunte Halsketten und einen perlgrauen Florentinerhut, dessen ausladende Krempe ihr helles Haar fast ganz verbarg und ihr wissbegieriges, ernstes und eher zartes Gesicht beschattete. Sie hatte das Gefühl, verkleidet zu sein. Die Melodie des Akkordeonspielers schwang sich empor wie ein Drachen, glitt abwärts, schwang sich wieder empor und sank herab. Und wie bei einem Drachen lag in jeder Abwärtsbewegung die Verheißung eines erneuten Aufsteigens. Die Melodie ging von Dur in Moll und wieder in Dur über, bewies, wie Caroline fand, ein rührendes Vertrauen in die periodische Wiederkehr von Gegensätzen: dass das Krumme gerade und das Kaputte ganz wird. Die Weise musste einen Namen haben, vielleicht sogar einen Text; sie kam von irgendwoher. Der kleine Akkordeonspieler zog Caroline an wie ein Magnet. Mit Bedacht legte sie sich in ihrem dürftigen Italienisch einen Satz zurecht und zupfte den Mann am Ärmel.

»Scusi, ma come si chiama questa canzone?«

Er neigte den Kopf in ihre Richtung, lächelte breiter und zog in typisch mediterraner Manier die Schultern hoch, zur Kunst erhobene Vieldeutigkeit. Dann tippte er sich an einen imaginären Hut und ging weiter, sich rückwärts durch die Menge schiebend, ein betrübtes Lächeln auf den Lippen, untröstlich, dass er ihr nicht hatte helfen können. Verwirrt wandte sie sich dem Panorama der Ziegeldächer unter sich zu. Rom war ein Mosaik aus Erdtönen – Bernstein, Ocker und Braun –, auf das die Kirchen und die den düsteren Fluss überspannenden Brücken wie graue und weiße Scherenschnitte geklebt schienen. Darüber der leere und statische Himmel, ein künstliches Postkartenblau. Sie hätte am liebsten den Kopf in den Nacken geworfen und gelacht, obwohl sie nicht wusste, warum sie so glücklich war; abgesehen von Joan, der Braut, kannte sie keine Menschenseele auf der Party; im Grunde kannte sie in ganz Italien keine Menschenseele. Sie war für alle eine Fremde und hatte erst kurz zuvor ihren Vater in der kühlen Erde Neuenglands begraben. Der April in Massachusetts war nicht nur grausam, sondern auch kalt gewesen. Als einziges Kind saß sie während der langwierigen Krankheit, wann immer sie konnte, an seinem Bett und arbeitete an einem Petitpoint-Bild aus dem Krankenhaus-Kiosk, eine Stickerei, die später unbeendet weggeworfen wurde, das in der Mitte befindliche Pferd erst halb fertig. Wochenlang beschränkte sich ihr Leben auf den bevorstehenden Tod des Vaters, auf die vier Wände des quadratischen Krankenzimmers, die vier ausgefransten Ränder der Stickvorlage. Schließlich starb er. Der kalte steinige Boden widersetzte sich den Spaten. Die Totengräber mühten sich ab, während sie selbst mit fühllos gewordenem Herzen zusah, vom langen Warten erschöpft. Danach leistete sie sich mit den Ersparnissen, die er hinterließ, diese Reise, als gelte es, ein Kind zu belohnen, das sich in einer schwierigen Situation außerordentlich und unerwartet gut benommen hat. Die hilfsbereite Joan sorgte dafür, dass sie die Wohnung eines Fulbright-Stipendiaten übernehmen konnte, der sich derzeit in Süditalien aufhielt. Das Ganze war so unwirklich, dass Caroline wie berauscht war.

Sie drehte sich wieder um, lehnte sich mit dem Rücken an die niedrige Mauer und betrachtete das Treiben auf der Party. Ein ziemlich großer Mann mit leicht dunklem Teint oder permanenter Sonnenbräune schien sie, beinahe finster, über die Köpfe der Menge hinweg mit konzentrierten Katzenaugen anzusehen. Sein Gesichtsausdruck wirkte angespannt, als ob er sie nicht deutlich sehen oder sich nicht erinnern konnte, woher er sie kannte. Er lächelte nicht, schien ohne Begleitung zu sein, was ihn deutlich von den Menschen um ihn herum abhob. Er starrte so unverwandt zu ihr herüber, dass man es für unverschämt hätte halten können, doch es lag nichts Feindseliges in seinem Blick. Ein elegantes Starren. Vielleicht irrte sie sich; ganz bestimmt sogar. Gewiss betrachtete er nicht sie, sondern die Erhabenheit hinter ihr – die lange Geschichte, *gloria mundi,* während sie nur eine beliebige junge Frau mit romantischem Hut auf einer Party war. Wie dazu herausgefordert, zwinkerte sie ihm zu. So leicht, nicht mehr als ein Zucken des Augenlids, dass er es gar nicht bemerken würde. In Anbetracht der Entfernung zwischen ihnen, der vielen Menschen um sie herum, des kaum merklichen Blinzelns und der Geistesabwesenheit des Mannes, war die Wahrscheinlichkeit, dass er es bemerkte, so infinitesimal, dass sie sie vielleicht berechnet hätte, wenn sie nicht vom Champagner beschwipst gewesen wäre. Im nächsten Moment steuerte er auf sie zu, bahnte sich einen Weg zwischen den Gästen hindurch, wobei er sich mit einer Art verstohlener Grazie bewegte, alles ganz unbewusst. Aha, der edle Wilde nähert sich, dachte Caroline. Sie trank noch einen Schluck, die Augen niedergeschlagen.

»Hallo. Sie haben gezwinkert«, sagte er nüchtern, halb Frage, halb Feststellung. Aus der Nähe betrachtet, wirkte er weniger elegant, weniger perfekt. Mit den hochgekrempelten Hemdsärmeln, der gelockerten schief sitzenden roten Krawatte und den ziemlich langen, vom leichten Wind zerzausten Haaren hätte er ein breitschultriger römischer Steinmetz im Sonntagsstaat sein können, der sich mal, stolz und argwöhnisch, in den besseren Kreisen umsieht.

»Das ist eigentlich gar nicht meine Art«, sagte Caroline. »Ich weiß nicht, was über mich gekommen ist. Ich dachte nicht, dass Sie es aus dieser Entfernung sehen würden.«

»Ich habe Linsen.«

»Linsen? Ach so, Kontaktlinsen.« Sie lachte und blickte unter der Hutkrempe hervor prüfend in sein Gesicht. »Man sieht sie überhaupt nicht.«

»Natürlich nicht. Das ist ja der Sinn der Sache.« Sein Name sei Ivan, sagte er. Und ihrer?

Sie zögerte. Angehörige primitiver Stämme, hatte sie einmal gelesen, geben ihren Namen nicht preis; dieses Kennzeichen durfte man Fremden nicht ohne Weiteres anvertrauen. Ihren eigenen Namen preiszugeben, schien ihr ebenfalls mehr zu sein, als sie sich diesem großen und nüchternen Menschen gegenüber erlauben durfte. Er machte einen hartnäckigen Eindruck; vielleicht würde sie ihren Namen nie mehr zurückbekommen. Außerdem besaßen seine Augen eine merkwürdige Macht, nicht aufgrund eines übernatürlichen Leuchtens, sondern weil sie nicht immer exakt parallel ausgerichtet waren. Als sie dachte, er schaue an ihr vorbei, hatten diese Augen sie zwinkern sehen. Und gerade jetzt, da sie den Eindruck konzentrierter Aufmerksamkeit erweckten, nickte Ivan einem vorbeigehenden Mann zu. Ein minimales Schielen – in der Pathologie gab es dafür bestimmt einen Fachausdruck –, das ihm jedoch etwas Arrogantes gab und Caroline argwöhnisch machte.

Aber sie war schließlich auf einer Party und konnte sich nicht gut weigern, ihm ihren Namen zu sagen.

»Mit y-n oder mit i-n-e?«, wollte er wissen.

»Mit i-n-e. Warum?«

»Nur so.« Er lächelte zum ersten Mal. Es veränderte sein Gesicht. Er wurde unbefangen, zugänglich. »I-n-e klingt irgendwie interessanter.«

»Ach ja? Hätten Sie keine Lust mehr gehabt, sich mit mir zu unterhalten, wenn ich y-n gesagt hätte?«

»Mich könnte fast nichts davon abbringen, Lust auf ein Gespräch mit Ihnen zu haben«, sagte er mit ernster Miene, und dann lächelte er wieder, galant.

Caroline spielte mit ihren Halsketten. Solche Offenheit und solche Schmeicheleien war sie nicht gewohnt, nicht so spontan. Aber wieso eigentlich »fast nichts«? Was bedeutete dieses »fast«? Und spontan war das letzte Wort, mit dem sie ihn beschreiben würde. Seine Haltung war ungewöhnlich stoisch, als entstammte er einer begüterten, alteingesessenen Familie, die auf Abstand bedacht war, einer Familie, in der sich der Kreis zwischen der Galanterie der Alten Welt und der Freimütigkeit der Neuen Welt geschlossen haben mochte. Sie hob ihr Glas an die Lippen, doch es war leer.

Ivan führte sie auf die andere Seite der Dachterrasse, wo aneinandergereihte Tische als Bar fungierten. Sie kamen an dem Akkordeonspieler vorbei, der wieder diese anrührende Melodie spielte. Als er Caroline sah, riss er die Augen auf und grinste, als hätten sie eine gemeinsame konspirative Vergangenheit. Sie schob sich verwirrt an ihm vorbei.

Die jungen Amerikaner, die in leuchtenden Farben die Bar umlagerten, wirkten flatterhaft vor der historischen Kulisse, fehl am Platz, wie mit Leben erfüllte Schmetterlinge in Schaukästen. Verletzliche, enthusiastische Opfer. Eines der Grüppchen lachte und amüsierte sich über ein Gebilde, das an einer Säule hing. Caroline musste sich auf die Zehenspitzen stellen, um über die Schultern der wiehernden jungen Männer blicken zu können. Das Ding bestand aus einer dicken Karotte, die Spitze nach unten und oben üppiges grünes Kraut, flankiert von zwei großen runden lila Zwiebeln.

»Was soll das denn sein?«, fragte sie Ivan und wusste es schon, noch während ihr die Worte über die Lippen kamen. Schlimm genug, dass sie gezwinkert hatte. Jetzt würde er sie nicht nur für dreist halten, sondern auch für naiv, oder gar für bewusst aufreizend; in jedem Fall für leichte Beute. Diese Aussicht ließ sie merkwürdigerweise freudig erschauern.

Ivan blickte kurz auf das Gemüse-Arrangement und schnell wieder weg. »Das ist so eine Art … äh … Fruchtbarkeitssymbol. Vielleicht ist das bei italienischen Hochzeiten Tradition.« Er räusperte sich und begann, eingehend die Etiketten der Champagnerflaschen zu studieren.

Ist der aber feinfühlig, dachte sie. Ein Mann mit Geschmack. Sie lächelte ungezwungener, als er ihr schließlich das Glas reichte. Er hatte perfekte Partymanieren, als wären sie gewissenhaft erworben worden. »Ziemlich offensichtlich, finden Sie nicht?«

»Ach, ich weiß nicht«, erwiderte er verlegen. »Vermutlich geht es auf einen alten Brauch zurück. Die Menschen waren in derlei Dingen früher pragmatischer, als wir es heute sind. Eine Hochzeit ist schließlich …« Er warf wieder einen verstohlenen Blick auf das Fruchtbarkeitssymbol. »Möchten Sie etwas essen?«

Sie musste laut lachen. »Oh nein. Im Moment nicht, vielen Dank.« Jedenfalls noch nicht, war sie, leicht betrunken, versucht zu murmeln. Aber nein, es galt, Rücksicht auf Ivans

Sittsamkeit zu nehmen. Sie verließen die Bar. »Bestimmt sind Sie einer von diesen allgegenwärtigen Fulbright-Typen, hab ich recht?«, fragte Caroline.

»Ja. Das klingt, als wären wir Aussätzige.«

»So war das nicht gemeint. Was studieren Sie?«

»Den Zusammenhang zwischen Architekturstil und politischen Systemen, den Aufstieg und Untergang von Reichen und so weiter. Ein ziemlich begrenztes Fachgebiet. Und Sie?«

»Ich studiere gar nichts. Ich bin weder mit einer Gruppe hier, noch um mich weiterzubilden. Ich bin im Urlaub. Zurzeit arbeitslos, genau gesagt.«

»Und was machen Sie, wenn Sie nicht im Urlaub oder arbeitslos sind?«

»Mathematik.«

»Mathematik?« Er trat einen Schritt zurück. Caroline nickte. »Können Sie Statistiken erstellen?«, fragte er mit geradezu ehrfürchtiger Ungläubigkeit.

Sie hätte sich durchaus beleidigt fühlen können; auf diese dumme Frage hatte sie früher oft genug eine scharfe Antwort parat gehabt. Aber weil sie glücklich und ein wenig aufgeregt war, so dicht neben ihm zu stehen, dass sich ihre Ärmel berührten, als sie gleichzeitig die Gläser an den Mund führten, war sie Ivan gegenüber gnädig.

»Selbstverständlich«, sagte sie ruhig. »Ich unterrichte es sogar. Bringe es Leuten aus den Sozialwissenschaften und Geisteswissenschaften bei, die es für ein Projekt brauchen. Leuten wie Ihnen.« Sie lächelte.

Er starrte sie wieder an, fuhr sich nervös mit den Fingern durch das dichte Haar und fokussierte seine Augen dann neu auf sie. »Hör mal«, sagte er leise und strich mit zwei Fingern über ihr Handgelenk, »wenn du morgen nichts vorhast, könnten wir zum Campidoglio gehen. Du weißt schon, zum Kapitol, wo die beiden heute geheiratet haben. Dann zeige ich dir den Wolf.«

»Den Wolf? Welchen Wolf?«

Er war ein Mann, auf den man sich verlassen konnte. Er hatte einen Wolf versprochen, also war da ein Wolf, unter dem großen Hügel des Kapitols. Es war ein goldener Nachmittag mit einer gleißenden, überreifen Sonne und scharfen dunklen Schatten. Gestern, allein, war Caroline den anderen Hochzeitsgästen die Stufen hinauf zu der großen Piazza mit Blick auf die Stadt gefolgt, wo Michelangelo einst dunkle und helle Steinplatten so angeordnet hatte, dass ein verrücktes Schachbrettmuster entstand. Heute führte Ivan sie von der Treppe weg nach links. Er hielt ihren Arm sanft, aber entschlossen fest. Der Seitenweg, den er wählte, schien nirgendwohin zu führen: nur Schatten, Büsche. Einen Moment lang packte sie die Angst. Wo brachte er sie hin? Wer war er überhaupt? Und warum ließ sie sich von ihm weiterziehen – jawohl, ziehen, denn seine Finger hatten sich fester um ihren Arm gelegt –, tiefer in die Düsternis hinein? Doch keine Minute später standen sie vor den Gitterstäben eines kleinen dunklen Käfigs, der aus dem Fels herausgehauen war. Ihre Ankunft scheuchte den Wolf auf, der reglos und wachsam hinten in einer Ecke saß. Er hob den Kopf und stieß einen unheimlichen Laut aus, der an den Felsen widerhallte. Ivan strahlte voller Stolz, als hätte er das Ganze aus dem Hut gezaubert.

»Und ich hatte dir nicht geglaubt.«

»Ich weiß.« Er grinste. »Rom hat eben eine Menge unwahrscheinlicher Dinge zu bieten. Du bist erst vier Tage hier. Da gibt es noch viel zu entdecken.«

»Ja«, sagte sie und fühlte sich plötzlich ganz schwach. Bei ihm klang das so anstrengend wie die rituellen Arbeiten, die in der Mythologie auferlegt wurden. Sie fragte sich, ob er noch bizarrere Ausflüge mit ihr unternehmen würde, ob er ihre Herkulesarbeiten zu seinen eigenen machen wollte. Würden sie goldene Äpfel vom Ende der Welt pflücken?

»Und was macht ein Wolf hier unten?«

»Erinnerst du dich an Romulus und Remus?«

»Ach ja, die Zwillingsbrüder, die von einer Wölfin gesäugt wurden.«

»Richtig. Ihre Mutter setzte sie in einem Korb aus, der den Fluss hinuntertrieb, und die Wölfin rettete die beiden und säugte sie. Später gründeten sie Rom. Folglich erinnert diese Wölfin an die Gründung der Stadt.«

»Eine Wölfin als Urahnin«, sagte Caroline. »Ohne sie kein Rom, kein Römisches Reich, nichts von alledem.«

»Du meinst, als großer Mutterersatz?«

»Nein, ich meine damit die Vorstellung, dass ein Raubtier für all das hier verantwortlich ist.«

Ivan lachte. »Hinter jeder großen Kultur steckt ein Raubtier.«

»Schau dir doch die alten Römer an, wie bestialisch die waren, die ganzen Morde und Intrigen.«

»Aber sie waren auch edel. Denk an die edlen Römer bei Shakespeare.«

»Edel und bestialisch zugleich? Ein toller Trick. Aber sieh nur, wo sie das Tier eingesperrt haben, direkt unter dem Rathaus. Abseits von Recht und Ordnung verstecken sie diese wilde Wölfin, die sie mit ihrer Milch alle ernährt.«

Die Wölfin, als hätte sie ihre Besucher belauscht, kam aus dem hinteren Teil des Käfigs auf sie zu. Mit funkelnden schiefergrauen Augen, die gleichzeitig heimtückisch und den Tränen nahe wirkten, legte sie die Vorderläufe an die Eisenstäbe und drückte ihre grauweiße Schnauze direkt vor ihnen an das Maschendrahtgitter. In dieser bittenden oder drohenden Haltung zitterte der helle graue Körper, die Reihen der Zitzen wie haarige Noppen, bei jedem Atemzug. Die Wölfin schien vor Wut zu schnauben. Caroline konnte die Rippenbögen unter dem Fell sehen, sich den gehäuteten Kadaver vorstellen.

»Er scheint sich nicht zu freuen, dass wir da sind«, sagte Ivan, die Hand auf ihre Schulter gelegt.

»Das ist eine Sie. Vielleicht ist das nur ihr ganz normales Verhalten.«

Auf den Hinterläufen leicht schwankend, warf die Wölfin den Kopf zurück und riss das Maul so weit auf, dass ein menschlicher Hals zwischen ihren Kiefern Platz gehabt hätte. Die schimmernden Zähne waren scharf und spitz; Caroline malte sich aus, wie mühelos sie in die Beute geschlagen wurden. Die rosa Zunge war zu einem zitternden Bogen zusammengerollt. Die Kehle bewegte sich, als die Wölfin schluckte, und dann stieß sie, ihnen direkt ins Gesicht, ein Heulen aus, das tief in ihrer Kehle begann, dann anstieg und anschwoll wie eine Sirene, um unvermittelt mit einem jämmerlichen Ton zu enden. Der Schrei, so schien es, einer gequälten Kreatur. Caroline stockte der Atem. Ivan drückte ihre Schulter.

Die Wölfin ließ sich abrupt auf alle viere fallen und trottete friedlich zurück in ihre Käfigecke. Sie hatte sich in sich selbst zurückgezogen und projizierte nichts mehr, wie ein Schauspieler, dessen Rolle beim Verlassen der Bühne wie ein Umhang von ihm abfällt, sodass die Person darunter zum Vorschein kommt, der nichts Böses mehr anhaftet.

Es war kühl dort unten im Schatten. Sie gingen den Weg zurück und stiegen dann die Treppe zu der hoch gelegenen Piazza mit dem spektakulären Blick hinauf.

Das Tier in ihm zeigte sich lange nicht. Caroline war verdutzt. Vielleicht mangelte es ihm an etwas, oder ihr. Sie war hierhergekommen, um sich zu amüsieren, und litt nun körperlich darunter, dass sie ihn begehrte. Verzweifelt überlegte sie, ob seine Zurückhaltung – sofern man etwas zurückhaltend nennen konnte, das sich noch so gut wie nie offenbart hatte – eine Form von Originalität war, eine »Masche«, ein Akt der Enthaltsamkeit, der darauf abzielte, sie so zu beeindrucken, dass er später, wie im Märchen, umso reichlicher belohnt werden würde. Doch Caroline war keine Puritanerin; von puritanischen Eltern erzogen, hatte sie die Nachteile dieses Lebens früh erkannt und durch schiere Willenskraft bewusst vermieden. Enthaltsamkeit machte keinen Eindruck auf sie, und sie mochte keine Märchen, in denen eine überirdische Gerechtigkeit den Lohn zumaß. Ivan konnte alles, was er von ihr wollte, sofort haben, ob verdient oder nicht.

Auf der Überfahrt – sie hatte ein Schiff gewählt, um die Anreise zu verlängern und wieder zu sich selbst zu finden – waren die Bilder von ihrem sterbenden Vater noch frisch, überlagerten den Horizont, während sie allein an Deck saß. Sie weckte ihre Lebensgeister mit albernen Visionen der sinnlichen Genüsse, die sie erwarteten, nachdem sie nun ungebunden war – Südländer mit dunklem Teint und blendend weißen Zähnen und Sinn für Musik, die sie durch die legendäre Stadt eskortierten, die die *povera orfana,* die sie jetzt war, bei geschlossenen Fensterläden leidenschaftlich liebten, mit ihren Zungen alle Wunden heilten. Bärinnen, die ihr Junges ablecken. Aber ihre Zeit wurde von Ivan in Anspruch genommen, der sie zum Essen ausführte, auf die billige Tour – Fulbright-Stipendiaten waren bekanntermaßen arm; sie selbst hatte Geld und bot an, die Rechnung zu übernehmen, aber es war Frauen nicht gestattet, zu bezahlen. Morgens und abends rief er mit interessanten Vorschlägen an: der Strand von Fregene, das Pantheon, Picknick in Ostia ... Er hatte einen dunklen Teint, und er hatte blendend weiße Zähne, und er sang auch, allerdings nicht gut, meist kitschige Balladen aus musikalischen Komödien, und gelegentlich summte er die wunderschöne Melodie, die der Akkordeonspieler bei der Hochzeit von Cory und Joan gespielt hatte. Aber er schlief nicht mit ihr, weder leidenschaftlich noch anders. Caroline, ein Kind ihrer Zeit, wartete. Ihre Freiheit bestand darin, sexuelle Angebote zu akzeptieren oder abzulehnen; das war alles.

Stattdessen hielt er ihr Vorträge über die Steine des alten Roms, über die sie schritten. Er führte sie durch die Ruinen des Forums und gab bei den Inschriften mit seinen Lateinkenntnissen an. Er hatte in New York eine Highschool für hochbegabte Jungen besucht, wie er ihr in einem seiner seltenen Momente der Offenherzigkeit verriet, eine Schule, die von den Söhnen und Enkeln jüdischer Einwanderer wie ihm selbst bevorzugt wurde. Außerdem sei er Pfadfinder gewesen – als ob man ihm das nicht anmerkte. Er konnte noch immer das Pfadfinderversprechen aufsagen und tat dies auch (»pflichtbewusst, hilfsbereit, loyal ...«), während sie Schenkel an Schenkel in einer Trattoria Wein tranken. Er wusste alles über die Gemälde und die Skulpturen, die Brunnen und die Architektur, und er studierte Caroline mit dem gleichen zärtlichen, geschulten Scharfblick. Es ging ihm um Struktur und Komposition, erklärte er ihr, um die Harmonie der Teile und den Gesamteindruck. Sie sah sehr viel von Rom, aber ein durch Ivan gefiltertes Rom: Er stand zwischen der Welt und Carolines Augen, veredelte die Lichtpartikel. Und abends küsste er sie zweimal an der Haustür: warme und leicht geöffnete Lippen, die mit einer Art unangebrachter Nostalgie kurz auf ihren verweilten, als wären er und sie vor langer Zeit ein Liebespaar gewesen und ihre Leidenschaft längst erloschen, eine Ekstase, an die man sich nur noch erinnert, ohne sie jedoch herbeizusehnen, und dieser Kuss lediglich ein Überbleibsel, ein bisschen gefährlich, ein bisschen neckisch und ein bisschen unaufrichtig, aber ach so süß. Dann rückte er mit dem Bedauern, das man aus alten Kriegsfilmen kennt, von ihr ab: die Ankunft am Bahnhof kurz vor der Abfahrt des Zuges, der ihn von ihr forttragen wird, in die Schlacht und vielleicht in den Tod. Sie lud ihn auf den sprichwörtlichen Kaffee zu sich ein, doch er lehnte ab. Er würde ja gerne, wie er sagte, aber er müsse am nächsten Morgen zu einer Besprechung ins Fulbright-Büro – wenn er mit nach oben käme, würde er bestimmt zu lange bleiben. Verdammt richtig, dachte Caroline. Nach diesen Küssen war sie so verunsichert wie ein Teenager, wenn sie ihm dann vom offenen Fenster aus nachsah, wie er in der sich verengenden römischen Totalen entschwand – eine perspektivische Studie mit Ivan als Fluchtpunkt. Ihre Fingerspitzen kribbelten, und ihr Mund stand offen, schlaff und debil, bis sie es merkte und ihn wütend zupresste.

Sie war gekränkt. Mitten in der Nacht wachte sie auf, fröstelnd, allein und verärgert. Sie zog die Bettdecke fester um sich und kuschelte sich hinein, schleuderte sie daraufhin weg und griff nach einer Zigarette. Während sie mit langen tiefen Zügen rauchte, stellte sie sich mit ihm im Bett vor, in allen erdenklichen Stellungen, seine vollen Lippen geöffnet und lächelnd, sein dunkles Haar wie das eines Indianers zerzaust und über die Augen fallend, die sie wie immer prüfend musterten und aus denen er die Kontakt scheuenden Linsen entfernt hatte, und sie bot ihm alles dar, es war ihr egal, solange er nur … Er kam näher. Um sie herum war es so furchtbar dunkel geworden. Sie spürte die Hitze seiner Haut, und eine unerträgliche Erregung. Ruckartig schreckte sie in der Dunkelheit auf. Im Zimmer roch es widerlich nach heruntergebrannten Zigarettenstummeln. Zum Glück war die halb gerauchte Zigarette gefahrlos im Aschenbecher ausgegangen. Sie verspürte eine quälende Rastlosigkeit wie ein Kribbeln unter der Haut. Sie musste aufstehen und herumlaufen, durch alle drei Zimmer und wieder zurück, bis sie schließlich an den Fenstern im Schlafzimmer stehen blieb, die auf einen kleinen Platz blickten. Tagsüber herrschte hier reges Treiben; stämmige Frauen, die Haare zu Knoten gebunden, mit Schürzen und Einkaufsnetzen, überquerten den Platz in einem unablässigen Strom auf dem Weg vom Milchgeschäft zum Fleischer zum Tabakladen. Sie nickten einander knapp und würdevoll zu oder blieben stehen, um lautstarke Gespräche zu führen, die von Carolines Fenster aus höchst bedeutungsvoll zu sein schienen. Die Männer, schmaler und leichtfüßiger, glitten an den Frauen vorbei wie flinke Motorboote an Dampfern oder Frachtkähnen, grüßten anerkennend, ein wenig ehrfürchtig und mit einer Art launigem Eingeständnis, anders zu sein. Doch nun, mitten in der Nacht, war der Platz verlassen und dunkel; eine einzelne schmiedeeiserne Straßenlampe mit einem kleinen Dämon oben auf der Spitze warf ihr schwaches gelbes Licht auf die steinernen Mauern. Ab und zu rumpelte ein Fiat, ein Spielzeugauto, mit einem in der nächtlichen Stille unnatürlich anmutenden Rattern über das

Kopfsteinpflaster. In den Häusern um den Platz herum waren nur drei Fenster beleuchtet: Wurde hier gefeiert, getrauert, konspiriert, geliebt?

»Arbeitest du eigentlich nie?«

Ivan, der sich mit geschlossenen Augen, Lider auf Linsen, zurückgelehnt hatte, lachte und schüttelte den Kopf. »Ich arbeite, indem ich unterwegs bin, so wie jetzt.«

Sie saßen an einer kleinen schattigen Stelle auf der Spanischen Treppe. In der Nähe war ein Blumenstand, dessen süßliche Gerüche in Übelkeit erregenden Wellen durch die heiße Luft waberten. Caroline wischte sich das Gesicht mit einem Taschentuch ab, das sie kurz zuvor in ein Brunnenbecken getaucht hatte, als sie aus der stehenden Hitze des Hauses von Keats oben an der Treppe traten. Beim Verlassen des Hauses hatten sich ihre Körper berührt, und Ivans Mund hatte ihr Haar gestreift. Vielleicht war es ein Zufall, aber sie wünschte, er würde sie nicht berühren, wenn er sie nicht wirklich begehrte, wenn sie nur zwei herumstromernde Amerikaner waren, die sich zusammengetan hatten.

Die unten über den Platz schlendernden Menschen lutschten Eis. Caroline schloss die Augen und beschwor das Gefühl herauf, wie Vanilleeis kalt, nass und süß auf ihrer Zunge zergeht. Sie tat das schon seit ihrer Kindheit. Als ihre Mutter ihr die zerschlissene Schmusedecke wegnahm, lernte sie, sich beim Einschlafen an eine Fantasie zu klammern. Das Eis war kühlend, als es ihre Kehle hinabglitt. Ivan liefen Schweißtropfen von der Schläfe auf die Wange, von der Wange hinab auf das Hemd. Auch das schmeckte sie insgeheim, indem sie ihre Lippen über sein Kinn gleiten ließ und auf ihrer Zunge die raue Haut spürte.

»Für dein Fulbright-Projekt, meine ich. Musst du denn keinen Aufsatz schreiben oder eine Gliederung oder etwas in der Art?«

»Eigentlich nicht.« Er lächelte. »Nur einen groben Entwurf. Im Grunde verlässt man sich auf unser Ehrgefühl.«

»Habt ihr ein Glück! In meinem Job musste ich ständig Ergebnisse liefern. Als Nachweis, dass ich etwas getan hatte.«

»Ich wünschte, Arbeit müsste nicht so sein«, sagte Ivan. »Ich wünschte, ich könnte eines Tages davon leben, genau das zu tun, was mir Spaß macht. Also durch eine glückliche Fügung genau das tun, womit ich mich gerne beschäftigen würde.«

»Und was für eine Arbeit wäre das?«

»Ich weiß nicht recht, wie ich es ausdrücken soll. Ich habe eigentlich noch nie darüber gesprochen.« Er lachte und blickte hinunter auf den Platz. »Nicht Politikwissenschaften oder Geschichte oder etwas, für das ich ausgebildet wurde. Ich glaube, ich wäre gut darin, Menschen zu sagen, wie sie das, was sie wollen, erreichen können. Das heißt, sofern sie wissen, was sie wollen.« Ivan hielt inne, als wäre das, was er hörte, neu für ihn. »Ich würde gerne Strategien entwickeln – egal auf welchem Gebiet. Ich müsste nur gerade genug darüber wissen, um eine Strategie ausarbeiten zu können. Es wäre eine Art abstrakter Entwurf, aber zielgerichtet. Ergibt das einen Sinn?«

»Ja.«

»Die Menschen würden mit ihren Ideen und Träumen zu mir kommen, und ich würde mir einen Weg ausdenken, wie sie zu realisieren sind.« Er lachte wieder, etwas verlegen. »Später könnte ich das Gleiche für Städte, Länder und Kontinente tun, und dann könnte ich Gott sein.«

»Ich verstehe«, sagte sie. »Nun, ein wenig Ehrgeiz hat noch keinem geschadet. Aber sag, liegst du nachts wach und legst dir Strategien zurecht, um zu bekommen, was du willst?«

»Oh nein. Ich bin kein Machiavelli. Doch ich versuche, ziemlich genau das zu tun, was ich will, im Rahmen meiner Möglichkeiten. Bis jetzt jedenfalls. Du etwa nicht? Zumindest hatte ich diesen Eindruck, als ich dich das erste Mal sah und du gezwinkert hast.«

Ich habe nicht gezwinkert, hätte sie gerne protestiert, doch das konnte sie nicht. »Ich habe immer getan, was ich tun musste, was getan werden musste. Manchmal gerne, manchmal nicht. Selbst jetzt kann ich nicht immer tun, was ich gerade möchte.«

»Warum nicht?«

Sie lachte freudlos. »Weil man das, was ich gerne tun würde, manchmal einfach nicht tut, Ivan.«

»Zum Beispiel?«

»Darauf möchte ich nicht näher eingehen. Schließlich sind wir praktisch gesehen Fremde.«

»Wirklich?«, fragte Ivan und blickte sie überrascht an.

»Ich finde schon«, erwiderte sie kühl. »Ich würde sogar sagen, dass du dafür sorgst, dass wir es auch bleiben. Vielleicht aus strategischen Gründen.«

Mehr würde sie nicht sagen, beschloss sie. Damit war sie ihm bereits mehr als auf halbem Wege entgegengekommen, sofern er erwartete, dass man ihm auf halbem Wege entgegenkam.

Er war so ehrlich, nicht zu widersprechen. »Gehen wir ein Stück«, sagte er seufzend und erhob sich. Instinktiv und aus Gewohnheit verfolgte sie, wie sich sein langer Körper entfaltete, ein stets komplizierter und wunderschöner Vorgang. Dann fiel es ihr wieder ein, und sie wandte sich ab.

»Siehst du die Leute, die da mit Eis um die Ecke kommen?«, fragte er. »Ich halte das nicht mehr aus. Ich muss jetzt ein Eis haben. Die Eisdiele kann nicht weit sein.«

Ihr Eis schleckend, gingen sie langsam in Richtung des Flusses, wo die Luft kühler war.

»Ich wollte dir schon länger etwas sagen«, begann Caroline. »Ich hoffe, du bist nicht beleidigt oder denkst, dass mir nicht gefallen hat, was wir zusammen unternommen haben, denn es hat mir gefallen. Es ist nur so, dass … Ich bin erst seit Kurzem hier. Ich brauche ein wenig Zeit für mich. Um ein bisschen herumzuschlendern, allein.«

»Ich dachte mir schon, dass so etwas kommt.«

»Wirklich?«

»Ich kann nämlich deine Gedanken lesen. Nichts Übersinnliches, nein. Aber ich sehe es dir an. Ich wusste auch, dass du vorhin ein Eis essen wolltest. Ich wette, du hast noch nie Karten gespielt. Du hättest keine Chance, trotz all deiner Mathematik. Alles, was du denkst, steht dir ins Gesicht geschrieben.«

»Ich will doch stark hoffen, dass das nicht stimmt. Und im Übrigen spiele ich Schach.«

»Tja, ich nicht.« Er biss aggressiv in seine Eiswaffel. »Na schön, wann genau soll ich verschwinden?«

»Ach, komm, Ivan, so war es nicht gemeint.«

»Aber darauf läuft es hinaus, egal, wie du es ausdrückst. Und wann soll dieses Moratorium deiner Meinung nach beginnen?«

Als sie sah, wie brutal er die Eiswaffel attackierte, wurde sie plötzlich ärgerlich. »Vielleicht schon bald. Vielleicht wenn wir unser Eis gegessen haben. Für ein paar Tage.«

»Es ist dein Drehbuch, Schätzchen. Ganz wie du willst. Was sind bei dir ein paar Tage?«

Sie starrte ihn an. Auch er konnte also diesen Ton anschlagen. Die Höflichkeit abstreifen, sodass das nackte Wesen darunter zum Vorschein kam, oder das Gegenteil, seine verhüllte Taktlosigkeit. Beides war aufreizend. Wenn sie eine enge Freundin von ihm wäre, würde sie höchst seltsame und schrille Töne hören, atonale Musik. Sie würde ihn in seiner Nacktheit und in seinen Verkleidungen erkennen.

»Willst du mich vielleicht am Freitag anrufen?«, fragte sie, plötzlich erschrocken. Es war Dienstag.

»Wenn es das ist, was du willst.«

Sie erreichten die luftige Promenade am Fluss und blieben wie Gegner voreinander stehen, beide mit einer Hand auf der Brüstung hoch oben über dem Wasser. Caroline hatte die leere Spitze ihrer Eiswaffel weggeworfen, während Ivan seines ganz aufaß.

»Du könntest an deinem Entwurf arbeiten«, sagte sie mit einem schwachen Lächeln.

»Sag du mir nicht, wie ich meine Zeit zu verbringen habe.«

»Entschuldigung.«

Beide traten einen Schritt voneinander zurück. Der leichte Wind wurde stärker, blies ihnen die Haare ins Gesicht. Carolines weiter Rock schlug um ihre Beine. Die Sonne begann unterzugehen und versprach einen kühlen Abend. Vorbeikommende Frauen legten bereits dunkle gestrickte Schultertücher um. Ein rothaariger Junge sauste auf einem Fahrrad vorbei, streifte sie fast. Als sie zurückwichen, bleckte der Junge seine Zähne und lachte diabolisch.

Unvermittelt fand Ivan mit einem Schulterzucken, als schüttele er böse Geister ab, seine gute Laune wieder. Er ging auf Caroline zu. »Schade, dass du ausgerechnet jetzt damit herausrückst, weil ich dich eigentlich fragen wollte, ob du nicht auf einen Drink mit zu mir kommen möchtest.«

»Tatsächlich?«

»Ja«, sagte Ivan. »Damit du siehst, wie ich wohne.«

Carolines Wangen brannten, röteten sich im Wind. Was als Verlangen in ihr aufgestiegen war, verwandelte sich in rasende Wut. Dann hielt er das Ganze also für eine Herausforderung. Nein, auf diese Tour wollte sie ihn nicht haben. Nein, Liebe war keine Liebe, wenn sie nur aufgrund von Drohungen oder Ultimaten aus ihrem Versteck kroch. Wenn sie sich schon duellieren mussten, dann mit der Eleganz von Degenfechtern, mit plötzlichen Stößen und Ausfällen, nicht mit den Fäusten und Beilen von Gladiatoren.

»Dazu habe ich jetzt keine Lust mehr. Du hast den falschen Moment gewählt.«

»Muss bei dir immer alles perfekt ausgerichtet und geplant sein, schön aufgereiht wie Pferde an der Startlinie, mathematisch exakt? Dann weiß ich wirklich nicht, ob ich … auf deiner Bahn laufen kann.« Es war nicht einmal Sarkasmus; er sprach so ruhig wie immer und lächelte sie dabei an. Das war ein richtiger Ausfall. Und vielleicht hätte sie eine angemessene Reaktion darauf parat gehabt, hätte vielleicht sogar zurückgelächelt und sich mit ihm ausgesöhnt, wenn Ivan sie nicht so tief getroffen hätte, sein Stoß nicht mitten in alte Wunden geglitten wäre, die von anderen stammten, die das Gleiche gesagt hatten – nur nicht so lapidar und nie nach so kurzer Bekanntschaft. Woher wusste er davon? Das lag bestimmt an seinen Linsen – er hatte sie schließlich gleich, als sie sich kennenlernten, darauf aufmerksam gemacht.

Verletzt und geschockt, mit der Höflichkeit zuschlagender Fäuste, murmelte sie: »Du wolltest das letzte Wort haben, du hast es gehabt«, und ging schnell davon, den Kopf gegen den Wind gebeugt. Sie kämpfte mit den Tränen, aber sie unterdrückte sie.

Am nächsten Tag brach sie ziellos und frei auf, Ivans Fehlen an ihrer Seite eine spürbare Erleichterung. Seine langen Beine legten stets ein geradezu martialisches Tempo vor, während sie selbst gern schlenderte. Jetzt konnte sie alles ohne fremde Hilfe betrachten oder ignorieren; in geradezu kindlicher Weise schätzte sie ihre Unwissenheit einfach deshalb, weil es ihre eigene war. Sie ging wieder am Fluss entlang. Bestimmt konnte sie auch ohne Ivans geschultes Auge würdigen, was ein Fluss zu bieten hatte. Heute war das Wasser schwarz mit einem schlüpfrigen Grünton zu den Ufern hin, und träge, wie es sich für einen Fluss ziemte, der so viel menschliche Unvernunft gesehen hatte. Vor dem leeren milchigen Himmel ragten die Zinnen einer alten Burg auf, in die sich Renaissance-Päpste geflüchtet hatten. Sie brauchte keinen Ivan, um das herauszufinden: Es stand alles in ihrem Reiseführer. Bei Ivan war es nicht gestattet, zum Reiseführer zu greifen.

Sie sah sich an den Schaufenstern teurer Geschäfte satt. Ivan, dessen Hand ihren Arm umspannen konnte, hatte sie stets von Schaufenstern weggezogen. Er verachtete die Konsumgesellschaft, und ihm graute davor, für einen Touristen gehalten zu werden. Im Laufe des Jahres hatte er sich in römischen Warenhäusern Kleidung von der Stange gekauft, und mit seinen dunklen Haaren und dem dunklen Teint konnte er leicht als Einheimischer durchgehen. Wie er es genoss, im

Restaurant die Speisekarte zu studieren und einen lässigen, landsmannschaftlichen Blick auf den Kellner zu werfen, ein Tableau, das unweigerlich ruiniert war, sobald er den Mund aufmachte, um zu bestellen. Harmlose Eitelkeiten.

Sie stand dazu, dass sie Ausländerin war. In der Via Frattina probierte sie in überteuerten Boutiquen Kleider an und aß in einem Lokal, wo Kellner in roten Bolerojäckchen und einer Serviette über dem Arm den Eingang bewachten. Ivan wäre eher gestorben, als hier gesehen zu werden, dachte sie insgeheim, als einer der Kellner ihr den Stuhl zurechtrückte. Den ganzen Tag lang spielte sie die Touristin – eine Erleichterung, eine so landläufige und banale Identität anzunehmen –, und Stunden später, beim Nachhausekommen, lächelte sie den Kindern auf dem kleinen Platz zu, die in der sommerlichen Dunkelheit herumrannten, bis der Mond am Himmel stand, und am nächsten Morgen hohlwangig gähnten. In ihre Träume schlichen sich provinzlerische Bilder von Ruinen, Pasta, Sardellen und Münzen, die absurderweise auf dem Boden von Springbrunnen schimmerten.

Als sie aufwachte, fragte sie sich, noch schlaftrunken, was sie und Ivan heute unternehmen würden. Sie stützte sich auf die Ellbogen. Hinter den halb geöffneten Fensterläden war das blaue Trapezoid des Himmels von mattem goldenem Sonnenschein erhellt. Heute würde kein Ivan kommen, fiel ihr ein, vielleicht nie mehr. Sie selbst hatte ihn weggeschickt, in einem Anfall von Widerborstigkeit oder Pikiertheit. Nein, aus purem Stolz. Es war ein idealer Tag für Besichtigungen, doch Caroline war wieder ganz sie selbst, ein einsames, im Weltraum schwebendes Teilchen. Da ihr etwas flau war, trank sie Tee in Straßencafés. Sie fröstelte in der Sonne, im Park der Villa Borghese wurde ihr schwindelig, und als sie schließlich auf dem Petersplatz den Kopf in den Nacken legte, um die Kuppel zu betrachten, erfasste sie Panik, die wie eine Zwei-Meter-Welle direkt gegen ihre entblößte, zarte Kehle brandete.

Sie setzte sich auf eine Bank, erleichtert, dass die Panikwelle sich gezeigt und ihren Höhepunkt erreicht hatte. Denn Caroline kannte die Panik; sobald diese manifest geworden und benannt war, ging sie auch schon ihrem Ende entgegen. Als Caroline fünfzehn Jahre alt war und von der Schule nach Hause kam, lag ihre Mutter im Wohnzimmer auf der Couch. Tagein, tagaus. Es war seltsam mit anzusehen. Ihre Mutter war immer voller Energie gewesen, beflügelt durch ein Leben, das daheim auf schickliches Benehmen und draußen auf gute Werke ausgerichtet war. Doch nun lag sie einfach auf der Couch. Am Anfang hatte sie noch gelesen, dann hörte sie Radio, und schließlich tat sie nichts mehr. Caroline begann unaufgefordert zu kochen. Sie übernahm es, abends zu waschen und samstags einzukaufen. Ihr Vater war wortlos dankbar, verschlossen, möglicherweise verlegen. Er war ein prüder Mensch, der an der Milton Academy Geowissenschaften unterrichtete; sein Geist war gefahrlos auf das leblose Gestein obskurer, zu Schichten erstarrter Zeitalter fixiert. Selbst damals verstand Caroline, dass körperliche Nähe fast mehr war, als er ertragen konnte; manchmal wunderte sie sich, dass sie überhaupt gezeugt worden war. Und so sprach niemand den Namen der Krankheit aus; es war ein Haus, in dem unangenehme Dinge niemals laut ausgesprochen wurden. Sie hatte Mitleid mit ihrer Mutter und war nett zu ihr, aber soweit sie wusste, war Krankheit etwas Vorübergehendes; es gab keine hässlichen Symptome, und es gab Medikamente. Bestimmt würde sie bald wieder aufstehen, die wischenden, klappernden Geräusche ihrer perfekten Haushaltsführung würden zurückkehren. Carolines Aufmerksamkeit galt anderen Dingen.

Die Mathematik hatte sie in ihren Bann geschlagen, das Labyrinth eines Minotaurus voll wuchernder Abstraktionen, wo alle Wege zu immer ausgedehnteren, aber verwirrender unterteilten Räumen führten, in eine Welt ohne Ende. Aufgeregt ging sie dem sich verlierenden Faden nach. Die Lehrer gaben ihr spezielle Aufgaben, weil sie die Lehrbücher während des Sommers allein durchgenommen hatte. Sie schickten sie zu hermetischen Bänden hinten auf staubigen Regalen, Bücher über Fourier-Reihen, Bücher mit ungeheuer komplizierten periodischen Mustern und Sinuskurven, die in ihrem Kopf korrespondierende Wellenbewegungen der Erregung auslösten. Einer der Lehrer nahm sie beiseite und führte sie in die Geheimnisse der sphärischen Trigonometrie ein, wo sich – oh Wunder – parallele Linien auf der gerundeten Oberfläche der Erde trafen. Und dann, am späten Freitag- und Samstagabend, auf ebenjener Couch, auf der nachmittags die Kraft ihrer Mutter verebbte, nahm der Chefredakteur der Schülerzeitung, ein schlanker, redseliger Junge von verblüffender sprachlicher Gewandtheit, seine schlichte Silberrandbrille ab, sodass klare blaue Augen zum Vorschein kamen, schob eine Hand unter ihren Pullover und eine unter ihren Rock, während ihre Eltern keusch und träumend oben im Bett lagen, und ging dann heim, während Caroline erhitzt und schlaflos zurückblieb und sich in der Dunkelheit aufgewühlt hin und her warf. Es gab vieles, das ihre Fantasie beschäftigte.

Doch eines Tages überkam sie blitzartig eine Erkenntnis, die aus dem Nichts zu kommen schien, aus den leeren Höhlen des Körpers und zugleich von überall her. Und statt nur ein Gedankenblitz zu sein, erstarrte sie umgehend zur einleuchtendsten Wahrheit, zur essenziellen Wahrheit, mit der sich unser aller Leben verbinden wird wie Narbengewebe mit einer Wunde. Sie kniete sich vor die Couch, auf der ihre Mutter schlief, und sah, dass deren Haut die Farbe von Zement hatte und ihr blondes Haar keine Spannkraft mehr besaß, sondern schlaff herabhing; selbst ihre Augenlider und ihre Lippen hatten winzige Fältchen, und ihre kalten Hände waren kälter denn je. Sie schüttelte ihre Mutter; sie musste unbedingt sofort aufwachen und sie, Caroline, zur Kenntnis nehmen. Die Augen gingen widerwillig auf. Und in ihnen lag, bevor sie sich auf Ort und Zeit und die kniende Caroline konzentrierten, das Wissen. Caroline sah den Tod ganz deutlich, der nicht mehr war als ein sanfter, flehender Schrecken, der die Augen ihrer Mutter trübte. Das Schmerzlichste war nicht, diesen Schrecken zu sehen, sondern diese Sanftheit.

»Was ist?«, fragte ihre Mutter. »Warum starrst du mich so an?«

Caroline wandte den Blick ab. »Nur so. Wie gehts dir? Brauchst du etwas?« Dabei wäre sie am liebsten in beschämtes Gelächter ausgebrochen, als hätte sie etwas Ungehöriges und Dummes gesagt. Was konnte sie ihr denn schon bringen, das jetzt noch irgendetwas bewirken würde? Die strenge Gestalt begann, sich von ihr zu entfernen. Als sie genauer hinsah, merkte sie, dass ihre Mutter viel dünner war, jeden Tag dünner wurde, Zellen abwarf wie Ladung aus einem sinkenden Schiff, sich allmählich zurückzog, um den Schock zu mildern. Dass sie ging, langsam ging, bis sie fort war – sich auflöste wie ein Geist im Film. In den Augen der Nachbarn eine Dame zu sein und ihre Tochter zu lehren, dies ebenfalls zu sein, war eine verzehrende Lebensaufgabe. Und nun hatte sich ihre Mutter verzehrt. Mit sechzehn fühlte sich Caroline bereits stark; sie hatte geglaubt, die Nützlichkeit ihrer Mutter habe sich erschöpft. Sie hatte sogar aufgehört, gegen deren unerbittliche Haltung zu rebellieren, und sie hatten einen prekären Frieden geschlossen. Doch unbegreiflicherweise, als wäre sie ein Kleinkind, hatte es plötzlich den Anschein, als ob alle Anständigkeit und Ausgeglichenheit von der zum Skelett abgemagerten Gestalt auf der Couch ausging. Ohne sie war sie hilflos und verlassen.

So kam es, dass sie die Panik kennenlernte und neun Monate mit ihr lebte. So lange, wie es bis zur Geburt eines Kindes dauert, so lange unternahm sie alles, um sich von ihrer Mutter zu lösen. Am Ende gab sie sich der Illusion hin, dass ihre Anstrengungen es ihrer Mutter ermöglicht hatten, zu sterben. Und sie selbst wurde ebenfalls erlöst, nämlich von ihrer Panik. Sodass sie, Jahre später, als der Schrecken die Augen ihres Vaters sanfter machte, die Panik ertragen konnte, bis diese sich irgendwann legte. Und sie auszuhalten und sich von ihr zu befreien, fiel leichter, wie beim zweiten Kind.

Aber Ivan! Ein Fremder, keine Blutsbande, was hatte er je für sie getan oder ihr gegeben, dass sein Verlust eine solche Tortur war? Eine tolle Leistung, stöhnte sie. Eine tolle Liebe, die sich durch das Ausmaß der Qualen auszeichnet, die sie verursachen kann. Caroline hasste Menschen, die in die Ursache ihres Elends vernarrt waren.

Als es dunkel wurde, kaufte sie einen Laib Brot und einen Liter Wein, setzte sich in der Wohnung auf den Boden und versuchte, sich zu betrinken, um einschlafen zu können. Nicht einmal ein Radio war zu hören, und der kleine Platz unten war unerklärlicherweise still. »Die sind alle in die Welt des Lichts gegangen«, murmelte sie und schlüpfte nackt ins

Bett. Was hatte er denn so abstoßend an ihr gefunden? Im schwachen, durch das Fenster einfallenden Licht strich sie mit den Händen über ihr Gesicht, als könnte sich dort ohne ihr Wissen etwas Groteskes gebildet haben, als könnte sie dem kleinen Dämon ähneln, der auf dem einsamen Laternenmast hockte. Sie dachte nicht an Sex, auch nicht an Ivans Körper neben ihrem. Was sie brauchte, schien ungeheuerlicherweise über bloße Berührungen hinauszugehen. Sie wollte noch vollständiger umfangen werden, ausgelöscht werden, wollte in etwas versinken, das er vielleicht, wie eine Kängurumutter, in seinem Leib verborgen bei sich trug. Diese Bilder erfüllten sie mit Selbstekel. Wutentbrannt setzte sie sich ruckartig auf und schleuderte das Kopfkissen durch das Zimmer. Sie hatte einen kräftigen Wurf. Das Kissen traf das halbvolle Weinglas, das umfiel und zerbrach. Wie bei einer jüdischen Hochzeit, dachte sie bitter. Das Glas war stellvertretend von Ivan zerbrochen worden. Ihre Unschuld dahin, der Tempel zerstört. Caroline war von den grausamen, höhnischen Pfeilen der Liebe durchbohrt worden.

Am nächsten Morgen rief er an. Sie stürzte aus dem Schlaf ans Telefon, um sich in der Stimme zu sonnen, die wie pure Wärme zu ihr drang. Seine Stimme hatte eine tiefe Tonlage und eine Art Rauheit an den Rändern, die jeden Moment in Gelächter ausbrechen konnte.

»Und, kannst du?«

»Entschuldige. Könntest du … Ich habe nicht verstanden, was du gesagt hast.« Ihre Wangen röteten sich.

Ivan fragte scharf: »Bist du allein?«

Aha! Sie konnte seinen argwöhnisch zurückgelegten Kopf vor sich sehen, die hinter den Linsen lauernden Pupillen.

Und ob sie allein war! Sie hatte praktisch keinen lebenden Verwandten mehr.

»Was hast *du* denn gedacht? In aller Herrgottsfrühe! Wie viel Uhr ist es eigentlich?«

»Halb neun. Tut mir leid, wenn ich dich geweckt habe. Cory und Joan geben heute Abend eine Party. Eine Art Abschiedsparty. Joan hat dich gestern den ganzen Tag zu erreichen versucht. Wo warst du denn?«

Caroline lehnte sich im Bett zurück, schlug die Beine übereinander und begann zu lächeln. Sie würde ihn doch noch kriegen; sie konnte es geradezu in den Fingerspitzen fühlen. »Unterwegs.«

»Na ja, egal, möchtest du mitkommen?«, fuhr er fort. »Gegen neun. Wir könnten vorher zusammen essen.«

»Einverstanden. Ich habe nichts Wichtiges vor. Aber hör mal, Ivan …« Sie hielt inne, bestürzt über sich selbst, und sprach dann trotzdem weiter. »Ich muss dir etwas sagen, bevor wir uns wiedersehen.«

»Was denn?«

»Also gut. Ich hatte gestern einen wirklich schlimmen Tag, und jetzt wüsste ich gerne, ob … ob das hier eine … eine Liebesgeschichte ist? Ich halte nichts davon, um den heißen Brei herumzureden. Ich muss wissen, was da zwischen uns läuft.« Sie wurde wieder rot, aber er konnte es ja nicht sehen.

Einen Moment herrschte Stille. »Was hättest du denn gerne?«

»Ich habe zuerst gefragt.«

»Nun, ich würde sagen, was *ich* möchte, ist doch eindeutig.«

»Eindeutig? Da ist überhaupt nichts eindeutig!«, rief sie laut. »Wenn das dein Begriff von eindeutig ist, dann möchte ich wissen, was du unter Durcheinander verstehst. Wenn hier irgendetwas eindeutig ist, dann die Tatsache, dass du nicht weißt, was du willst.«

»Darüber sollten wir uns persönlich unterhalten.« Sie konnte seine Erleichterung hören, und sogar einen Anflug von Jubel. Das Lachen war bereit auszubrechen. Dieser hinterhältige phlegmatische Mistkerl. Sie würde ihn kriegen, oh ja, aber sie würde die ganze Arbeit übernehmen müssen.

»Caroline.« Eine Stimme, die aufreizen konnte wie ein forschender Finger. Ein Schauer überlief sie. »Bist du noch da?«

»Ja.«

»Hast du deine hochmütige Miene aufgesetzt, du weißt schon, deinen Greta-Garbo-Blick?«

»Du bist gemein.«

»Ah. Ich habe mich schon gefragt«, sagte er fröhlich, »was für süße Worte du mir ins Ohr flüstern wirst.«

»So weit sind wir noch nicht.«

»Glaub mir, ich setze nichts als selbstverständlich voraus.«

»Lass uns bitte nicht wieder von vorn anfangen«, rief sie, »sonst geht das womöglich ewig so weiter, bis wir zu alt sind.«

»Du hast recht. Ich füge mich.«

»Ich will nicht, dass du dich fügst«, rief sie noch lauter. »Ich möchte, dass du … es willst.«

»Ich will es, verdammt noch mal. Ist es das, was du hören willst? Ich will es. Ich will es.« Es war das erste Mal, dass sie ihn so zornig erlebt hatte. Sein Zorn war hart, wie lackiertes Holz.

»Warum bist du denn so wütend? Ist es so furchtbar, es auszusprechen?«

»Für mich schon.«

»Jedenfalls bin ich froh, dass du angerufen hast.«

»Ich könnte sofort kommen und Frühstück mitbringen.«

»Nein«, sagte sie rasch, mit einem Blick auf das zerbrochene Glas, den Fleck auf dem Teppich. »Ich muss erst aufräumen und ein Bad nehmen.«

»Ach, ich bin nicht heikel«, sagte Ivan.

»Nein.« Sie lachte. »Aber ich will, dass du leidest.« Sie konnte ebenso gut darüber lachen, wenn das in Zukunft seine Art sein würde. Immerhin hatte er Humor.

Die Party sollte auf der Dachterrasse stattfinden, auf der sie sich kennengelernt hatten, doch der bedeckte graue Himmel kündigte Regen an, und so fand sie in der Wohnung darunter statt, in der Joan allein gewohnt hatte, bevor Cory einzog. Caroline und Ivan machten sich vom Restaurant aus singend zu Fuß auf den Weg. Sie hatten beim Abendessen ziemlich viel getrunken. Als Ivan den Klingelknopf drückte, schob er seine Finger in ihren Rockbund; sie konterte, dass er frech sei, und beide lachten wie verrückt, als Cory die Tür aufmachte.

»Kommt rein«, sagte Cory. »Wie ich sehe, seid ihr bereits in Partystimmung.«

»Saluti«, sagte Caroline, als sie eintrat und Ivan hinter sich herzog. Sie hob ein imaginäres Glas und blickte sich um. »Hängen eure Gemüse-Genitalien noch? Die waren echt nicht zu verachten.«

Cory wurde blass. Er war ein blonder, engelsgleicher junger Mann, jünger als Ivan; die Röte wich aus seinen Wangen, wie der Dichter sagt. Ivan beschwichtigte ihn und bugsierte Caroline beim Weitergehen in eine Ecke, beugte sich vor und küsste sie. »Du jagst den Leuten Angst ein«, flüsterte er und grinste beinahe stolz.

»Dir auch? Das ist doch das Entscheidende.«

»Nein, mit so etwas nicht.«

»Wie dann?«

»Das sage ich dir später.«

Er ließ sie los und mischte sich unter die Gäste. Während sie ihm folgte, wunderte sie sich darüber, dass sie überhaupt hier waren, in diesem fragilen Ambiente von Durchreisenden, die sich ein letztes Mal austobten. Warum waren sie und Ivan nicht in ihrer Wohnung, da sie ohnehin an nichts anderes denken konnten? Ivan hielt ihr ein Stück scharfen Käse vor den Mund. Sie öffnete die Lippen, er schob es zwischen ihre Zähne, und sie verstand, warum. Das wochenlange Schmachten. Alles war ein Teil des Aktes, ein verlängertes Vorspiel, und Ivan ein verschwenderischer, bedächtiger Produzent, ein Cecil B. DeMille des Boudoirs. »Und meine Liebe schöss ins Kraut größer als Rom, doch sacht gebaut.« Noch nie war ihr ein Mann begegnet, der es so virtuos verstand, die Begierde zu verlängern: Die meisten waren nur erpicht darauf, sich im Bett zu beweisen. Ein ungewöhnlicher Liebhaber, vielleicht, aber auch ein ungewöhnlich zögerlicher. Sie streifte verstohlen sein Bein, und als Antwort berührte er ihre Schulter mit seiner.

»Komm, ich stelle dich ein paar Leuten vor«, sagte er.

Sie gesellten sich zu einem Mann und zwei Frauen, die in der Nähe eines Fensters auf Matratzen mit einem Paisley-Überwurf saßen. Der Mann, Ed, hatte ein Fulbright-Stipendium für Kunstgeschichte. Er war schlaksig und jungenhaft, hatte widerspenstiges hellbraunes Haar und eine Haut so glatt wie die eines Mädchens. Neben ihm saß eine ältere Frau, mollig und lebhaft, und gegenüber seine Ehefrau Rusty.

»Es war mindestens so schlimm, wie ich mir eine Entbindung in einem katholischen Krankenhaus vorgestellt hatte«, sagte Rusty mit ausdrucksloser Stimme. Sie war hager, hatte dunkle Schatten unter den Augen, dicke braune Zöpfe und vorstehende Zähne. Ed schenkte ihr Weißwein in das leere Wasserglas nach, das sie so krampfhaft festhielt, dass ihre Fingerknöchel weiß hervortraten. »Die Nonnen wollten mir einfach nichts gegen die Schmerzen geben. Sie standen bloß da, alle drei, standen einfach um mich herum und kreischten: *›Spingere, spingere.‹«*

Caroline sah Ivan fragend an.

»Pressen«, flüsterte er ihr ins Ohr und verweilte einen Moment länger als nötig.

»Aber offenbar ist ja alles gutgegangen, oder?«, erkundigte sich Sarah, die ältere Frau.

»Ich habe gepresst. Was hätte ich denn sonst tun sollen?« Sie blickte ihren Zuhörern der Reihe nach fassungslos ins Gesicht, als könnten diese Alternativen zu bieten haben. »Diese Nonnen hatten keinerlei Mitgefühl. Wenn etwas schiefgegangen wäre, hätten die mich sterben lassen – das musste ich die ganze Zeit denken, während ich presste. Es war schrecklich.« Sie legte den Kopf zurück und kippte den Wein hinunter. »Ich habe sie alle gehasst, und Ed und das Baby auch.«

»Wie alt ist das Baby jetzt?«, fragte Caroline.

»Fünf Wochen.«

Caroline betrachtete Rusty genauer, um etwaige Schäden zu entdecken. Sie war obenherum dünn, und ihr übriger Körper wurde von ihrem langen Rock verdeckt, da sie im Schneidersitz auf der Matratze saß.

»Wir wollten ihn zuerst mitbringen und vorzeigen«, sagte Ed. »Wir haben eine Tragetasche. Aber im letzten Moment ist uns eingefallen, dass es hier ziemlich laut sein würde, und da haben wir ihn zu Hause gelassen.«

»Willst du damit sagen, dass ihr ihn allein gelassen habt?«, fragte Sarah.

»Ja. Das machen wir immer so.«

»Das geht doch nicht!«, rief sie aus. »Ihr könnt doch ein fünf Wochen altes Baby nicht die ganze Nacht allein in der Wohnung lassen!«

»Unsere Nachbarin würde ihn sicher hören, wenn er schreit«, sagte Rusty und wedelte mit ihrem dünnen Arm durch die Luft. »Ich bin den ganzen Tag bei ihm. Da muss ich abends mal raus.«

»Ist euch eigentlich klar, was da alles passieren kann?« Sarah stand empört auf. Kastanienbraune Haarsträhnen lösten sich aus dem Dutt auf ihrem Kopf. »Plötzlicher Kindstod. Feuer. Einbrecher. Er könnte sogar vor lauter Schreien ersticken. Ich verstehe euch nicht. Ihr müsst auf der Stelle nach Hause.«

Ed tätschelte seine bartlose Wange. »Ich weiß nicht recht, Rusty, vielleicht …«

»Unsinn. Er schläft nachts immer durch. Er ist ein wunderbares Baby. Außerdem hat er seinen Schnuller.«

»Er könnte an seinem Schnuller ersticken«, sagte Caroline, ohne nachzudenken, und hielt sich sofort den Mund zu. Sie war die Fremde hier; alle anderen waren Freunde.

»Ich weiß nicht, was ihr alle wollt. Ich meine, wir machen das schon so, seit er auf der Welt ist. Die Zeiten haben sich geändert.«

»Aber nicht die Babys, und ihr habt bislang verdammtes Glück gehabt«, entgegnete Sarah. »Hört zu, ich gehe hin. Gebt mir den Schlüssel. Ich kann hier keine Minute länger rumsitzen, während das Baby allein daheim ist. Bob? Bob?« Sie drängelte sich durch die Menge, auf der Suche nach ihrem Mann.

»Ich glaube, wir sollten mitgehen«, sagte Ed.

»Jüdische Mamas«, maulte Rusty. Sie stand auf, strich ihren Rock über den vorstehenden Hüftknochen glatt und stolzierte davon. Im Vorbeigehen stellte sie ihr leeres Glas auf dem Fensterbrett ab. Das Fenster war weit geöffnet; Ivan entfernte das Glas.

Caroline sah ihn an. »Ich habe ja nicht viel für Babys übrig, aber so was …«

Ivan drehte sich zerstreut zu ihr um, das Verlangen vergessen, und legte mit einer schlichten, freundschaftlichen Geste die Hand auf ihren Arm. »Ziemlich beängstigend, überhaupt ein Kind zu haben, nicht?«

»Muss man ja nicht, wenn man sich damit überfordert fühlt.« Sie zuckte die Schultern. »Joan und Cory scheinen glücklich zu sein, findest du nicht?«

»Keine Ahnung. Für mich sehen sie aus wie immer.«

Später, als sie gingen, wollte Ivan über alle sieben Hügel Roms fahren. Die Aussicht bei Nacht, erklärte er ihr, sei spektakulär. Sie steuerten Hügel um Hügel an. So schön, wie Ivan versprochen hatte, lag unten die Stadt, schwarz und sternenbedeckt. Aber als sie nach dem vierten Hügel wieder im Taxi saßen, legte Caroline die Hand auf Ivans Knie, und er beugte sich zum Fahrer vor und nannte ihm ihre Adresse. Während der restlichen Fahrt schwiegen beide; und selbst dann noch, als Caroline die sperrige Tür aufdrückte.

»Da wären wir«, verkündete sie törichterweise. Ivan ging mitten ins Zimmer, wo er sich starr umblickte, missmutig und hilflos wie ein jugendlicher Straftäter, den man in seine Zelle führt.

»Schläfst du hier?« Er deutete auf die alte graue Couch, auf der sich Bücher und Zeitungen stapelten.

»Nein, da drüben, im Schlafzimmer.«

Er kam zu ihr. Und wirkte plötzlich wie ein völlig Fremder – es erschien ihr geradezu verrückt, sich ihm hinzugeben. Ihr Verlangen verflüchtigte sich, sodass sie sich leer fühlte, fröstelte und ein wenig zitterte. Das Ganze war ein Riesenfehler, aber es war noch nicht zu spät. Noch konnte sie sich entschuldigen und ihn bitten zu gehen: Sie habe es sich anders überlegt, und es würde ohnehin nicht funktionieren. Sie hörte sich leise sagen: »Verrätst du mir jetzt, wovor du solche Angst hast?«

»Bitte«, sagte Ivan mit einer Kopfbewegung, als hätte er Schmerzen. »Ich möchte jetzt nicht reden.« Er senkte die Lider, nickte in Richtung des Schlafzimmers und stieß sie sanft an. Ritterlich trotz aller Eile, wollte er ihr den Vortritt lassen, also ging sie ihm voraus ins Schlafzimmer.

»Tja«, sagte Caroline gleich danach, als sie schwer atmend neben ihm lag. »Ich dachte, dass du vielleicht kein Interesse hast. Oder nicht kannst.«

»Was ist denn schon dabei?«, fragte Ivan. »Das kann doch jeder.«

»Aber nicht so …«

Er gluckste und wandte den Blick ab. So wie sie damals gegluckst hatte, fiel ihr ein, damals, allein in ihrem Zimmer, nachdem sie den Rechtschreibwettbewerb gewonnen hatte. Eine klammheimliche, stolzerfüllte Freude.

»Du bist kein hungriger Wolf«, sagte Caroline. »Jedenfalls hast du dir ziemlich viel Zeit gelassen. Ein wahrer Gentleman.«

»Ich bin ein Wolf im Schafspelz.«

Sie musterte ihn. »Haarig genug bist du ja. Du bist bestimmt das schwarze Schaf.«

»In meiner Familie bin ich das vermutlich. Ein Herumtreiber. Der nie an einer Sache dranbleibt. Sag mal, glaubst du, dass ich einen guten Gigolo abgäbe?«

Sie lachte. »Wenn die alten Damen strapazierfähig sind. Wie ist denn deine Familie?«

»Arm, aber ehrlich«, sagte er. »Lass uns nicht jetzt darüber reden, okay? Komm lieber zu mir. Bitte. Das vorhin war hauptsächlich eine Erleichterung. Vielleicht könnten wir uns jetzt ... kennenlernen?«

Sie rückte dichter an ihn heran. Er nahm ihre Hand und studierte sie, berührte jeden Finger und jedes Gelenk und hob die Handfläche an seinen Mund. »Wir fangen mit den Extremitäten an«, sagte er, »und arbeiten uns dann nach innen vor.«

»Du bist wunderbar«, sagte Caroline. »Oder bist du etwa ein Fußfetischist?«

»Kein Wort mehr. Halt still und lass dir huldigen.«

»›Für jeden Teil ein Zeitenlauf‹. Ist es das, was dir vorschwebt?«

»Keine schlechte Idee.«

»Was bist du nur für ein Romantiker, Ivan. Ich hätte mir nie träumen lassen ...«

»Na, was denn?«

»Dass du so gefühlvoll bist. Nur zu, mach ruhig weiter. Danach bin ich dran.«

Sie wachte erst spät auf. Durch die Schlitze in den Fensterläden strömte der Sonnenschein herein. Schräge Streifen überzogen die nördliche Wand, und in den flachen parallelen Strahlen des eindringenden Lichts tanzten Staubpartikel. Caroline lag mit dem Rücken zu Ivan, spürte jedoch, dass er wach war. Als sie sich umdrehte, waren seine Augen auf sie gerichtet, grüner, als sie sie je gesehen hatte, und leicht zugekniffen.

»Wo sind deine Kontaktlinsen?«

»Auf der Kommode.«

»Trägst du sie beim Sex?«

»Manchmal. Ob mit oder ohne macht keinen Unterschied.«

»Hattest du sie vorhin drin?«

»Ich glaube, ja. Stimmt, ich bin später aufgestanden und habe sie herausgenommen, nachdem du eingeschlafen warst. Was ist das hier, die Spanische Inquisition?«

»Ich bin morgens immer schlecht gelaunt.«

»Das werde ich ändern. Guten Morgen.« Er legte den Arm um sie und schob sein Bein zwischen ihre.

»Lass das. Die Tour gefällt mir nicht.«

Ivan zog sich zurück. »Was ist denn los? Ist was nicht in Ordnung?«

»Nein, alles bestens. Ich stehe jetzt auf. Ich will ins Bad, und dann mache ich Kaffee.«

»Kommst du danach wieder?«

Sie frühstückten im Bett, Kaffee und Gebäck, danach legte er die Arme um sie und küsste sie. Die Berührung war überwältigend, und der Impuls, sich gehenzulassen, ungewollt und nicht zu kontrollieren. Ihr Körper gehörte nicht mehr ihr selbst, und er gehörte auch nicht, wie in Liebesromanen, ihm. Ihr Körper war eine Art geiles, eigenwilliges fremdes Wesen, das nur Gier kannte und die brutale Verfolgung dessen, wonach es lechzte. Sie begann zu weinen.

»Was ist passiert?«, rief er aus. »Verdammt noch mal, was ist hier eigentlich los?«

Sie wischte sich die Augen am Kissenbezug ab. »Du hast mich zappeln lassen. Du wolltest wissen, ob du mich dazu bringst, darum zu betteln. Wie lange es dauern würde. Jetzt weißt du es. Jetzt kannst du heimgehen und dir auf die Schulter klopfen. Das ist so demütigend.«

Ivan lag regungslos da, ohne eine Miene zu verziehen. »Ich verstehe nicht, wie du so etwas sagen kannst«, erwiderte er schließlich. »Das ist doch lächerlich. Du unterstellst mir Dinge, die jeder Grundlage entbehren.«

»Ach, und du bist absolut unschuldig? Ich begreife jetzt, was für ein Typ du bist. Du benimmst dich nicht wie ein Rohling, nein, du führst dich auch nicht als Herr und Meister auf, aber du lavierst und manipulierst. Das läuft auf dasselbe hinaus. Du findest es bestimmt toll, wenn du siehst, dass Frauen dich begehren – du bist attraktiv, zugegeben. Und raffiniert.«

Ivan lachte trocken, ohne Wärme. »Du schmeichelst mir.« Er zog seine Arme dicht an den Körper, das eine Handgelenk fest umklammert. Als er die Augen schloss, glaubte Caroline, seine Lider zittern zu sehen, und war entsetzt. Sie berührte seine Schulter, doch er war für sie unerreichbar geworden.

»Ivan«, flüsterte sie. »Es tut mir leid. Ich habe dich verletzt. Vielleicht habe ich mich ja geirrt. Sag es mir.«

»Ich habe nichts dazu zu sagen.«

»Sag mir, dass ich mich irre. Ich werde dir glauben, du musst es mir nur sagen.«

»Du erinnerst mich an König Lear«, erwiderte er und schlug die Augen auf. Sein Ton war leichter geworden; es lag sogar eine erste leise Andeutung seines Lachens darin. »Willst du wissen, wie sehr? Gewaltig, glaube mir. Ich wollte nichts mit dir anfangen, weil …«

»Weil?«

»Weil ich gemerkt habe ... weil ich das Gefühl hatte, wenn ich es täte, dann für den Rest meines Lebens.« Er lächelte reumütig. »Bumsen, immerzu bumsen ... dass mein Leben irgendwie daraus bestehen würde, eine Frau zu vögeln.«

Caroline lachte. »Aber ich gehöre nicht zu den unersättlichen Typen. Jedenfalls dachte ich nie, dass ... Oder mache ich ... diesen Eindruck?«

»Du kapierst es nicht. Es geht nicht darum, was du wollen würdest«, sagte er ungeduldig, »sondern darum, was ich wollen würde.« Er drehte sich von ihr weg und legte den Arm auf sein Gesicht.

»Oh Gott! Es tut mir leid.« Sie rüttelte an seiner Schulter, bis er sich schließlich wieder zu ihr umdrehte. »So was passiert wohl, wenn man verliebt ist.«

»Sind wir das?«

»Ja«, sagte Caroline. »Wir lieben einander.«

»Na schön, das wäre also geklärt. Reden wir nicht mehr darüber. Wie wärs, wenn wir jetzt ...?«

»Da ist nur noch eine Sache«, sagte sie später, als Ivan mit dem Kopf auf ihrem Bauch lag. »Wenn du Angst davor hattest, etwas mit mir anzufangen, ich meine, wenn du dir nicht sicher warst, dass du es riskieren willst, warum hast du dann mit mir geschlafen?«

Er schob sich hoch und beugte sich über ihr Gesicht. Seine Augen waren wieder sehr grün und sehr amüsiert, als er sich das herunterhängende Haar aus der Stirn strich. Er versuchte, ein Lächeln zu unterdrücken. »Du hast darum gebeten, Caroline, erinnerst du dich? Du hast selbst gesagt, ich sei ein Gentleman. Wie konnte ich einer Dame diese Bitte abschlagen.«

»Ach, du!«, rief sie aus und ging mit gekrallten Fingern auf ihn los. Aber er war um so vieles stärker, hatte sie im Nu niedergezwungen und lachte darüber, wie sie sich wand, sich zu befreien suchte. Sie wollte nicht nachgeben, indem sie ebenfalls lachte, und so bestand ihre einzige Verteidigung darin, die Augen zu schließen und ihn einfach zu spüren.

Sie hatte nie Wert darauf gelegt, enge Freunde zu haben. (Er auch nicht, beteuerte er, als sie ihm das erzählte, als hätte sie auf eine geheime, beschämende Schwäche in ihm angespielt; Caroline war für ihn die Ausnahme.) Als Teenager interessierte sie sich für Mathematik, Musik und Schach, was sie weder bei den bohemienhaften noch bei den häuslichen Mädchen beliebt machte. Freundschaften mit Jungs waren nicht üblich, und so gewöhnte sie sich daran, für sich zu bleiben. Sie war nie mit einer Clique herumgezogen, hatte nie gelernt, sich anderen in subtiler, vertraulicher Weise anzupassen. Am College wohnte sie allein. Sie war umgänglich und hatte Freunde, aber sie mussten zu ihr kommen und warten, bis sie die Tür aufmachte.

Wie kam es dann, dass sie Ivan schon nach so kurzer Zeit einen Schlüssel gab? Sie verstand es nicht. Sie verstand sich selbst nicht mehr. Mit ihren dreiundzwanzig Jahren empfand sie es als empörend, vermuten zu müssen, dass die Lust über einen derart großen Herrschaftsbereich verfügte. Eine komische Vorstellung, und ein komisches Wort dazu, keines, das man im normalen Verlauf des Lebens benutzte. »Verlangen« war das Wort, das man benutzte, wenn man einen Namen dafür brauchte. Lust: Wenn sie es nachts im Dunkeln leise aussprach, besaß es einen altertümlichen, wunderlichen und unheimlichen Zischlaut. Eher amüsant als beängstigend, aber sie verspürte trotzdem Angst. Noch nie hatte sie derart unter dem Einfluss eines anderen Menschen gestanden. Schon dieser Satz deutete auf etwas Schäbiges und Anrüchiges hin, so wie früher, wenn ihre Mutter von Zeit zu Zeit schelmisch zu bemerken pflegte, der Fleischer stehe »unter dem üblichen Einfluss«. Um dann hinzuzufügen: »Er sollte sich vor seinem Messer in Acht nehmen.« Caroline, die alles wörtlich nahm, erinnerte sich noch, wie sie mit angehaltenem Atem den blitzenden Stahl verfolgte, wenn er in das rohe rote Fleisch fuhr.

Am College hatte sie Männer gekannt, und auch in den zwei Jahren danach, als sie abends die Graduiertenschule besuchte und tagsüber für eine Firma von Unternehmensberatern arbeitete. Sie verstand wenig von deren Arbeit, nur die Zahlen, mit denen sie am Anfang schnell und mit großer, freudiger Hingabe jonglierte, bis es ihr langweilig wurde und sie erkannte, dass Statistiken und Berechnungen sie nicht ein Leben lang ausfüllen würden. Mit Männern war sie ebenfalls schnell durch, und sie begann zu vermuten, dass sie auch mit ihnen jonglierte, nur vielleicht weniger hingebungsvoll und weniger freudig. Stets fühlte sie sich mehr von Neugier als von Leidenschaft oder Zuneigung getrieben. Wer waren sie schon, diese Studenten und Volkswirtschaftler, der Anwalt und der Schauspieler? Was waren sie hinter den Klamotten, der äußeren Erscheinung, den ganzen Sprüchen? Genau genommen, so vermutete sie, loteten einige von ihnen ihre, Carolines, Tiefen aus, körperliche Tiefen, die sie selbst ohne jede Mystifizierung betrachtete. Tatsächlich war sie diejenige, die exotische Höhlen erforschte. In ihrer Fantasie bohrte sie den Männern ein Loch in die Stirn und kroch durch die Windungen des Gehirns bis in deren Innerstes, bis ein schmaler Lichtstrahl durchschien. Sie kam am anderen Ende heraus und ließ die Männer fallen. Sie waren alle zu leicht zu haben, ein kurzer Ausflug, keine Fundgruben. Einige sagten, sie sei eiskalt; na und? Sollten sie sie doch auftauen, wenn sie konnten.

Sie hatte auch nie mit einem von ihnen zusammengelebt. Manchmal spürte sie beim Aufwachen, dass muskulöse Beine mit ihren verschlungen waren, nicht immer eine angenehme Überraschung, aber sie war nie mit einem so verflochten gewesen, dass er, wie Ivan es jetzt tat, zu ihr hätte sagen können: »Wo möchtest du heute Abend essen?« oder »Lass uns am Wochenende ein Auto mieten« oder »Wollen wir mit Cory und Joan ins Kino gehen?« Cory und Joan, dachte sie ironisch. Cory und Joan waren ja nur verheiratet, so wie Tausende anderer normaler Menschen, während sie und Ivan aneinandergeschirrt waren wie Zugtiere – mit Gurten, die zwar flexibel und elastisch waren, aber ebenso schwer zu zerreißen. Und jeder Versuch würde auf der Haut verräterische Spuren zurücklassen.

Sie war nicht die Einzige, die Vorbehalte hatte. Die dicke *portiera* von Ivans Haus beäugte Caroline mit Groll und Missbilligung. Signora Daveglio trug nur Schwarz und hatte stets eine gestreifte Schürze umgebunden. Sie hatte eine breite klare Stirn und einen verkniffenen Mund; die Hornbrille und das graumelierte, zu einem Knoten zusammengefasste Haar gaben ihr etwas Asketisches. Tagsüber war sie meistens drinnen auf den Knien anzutreffen, nicht aus Frömmigkeit, sondern weil sie den Treppen des Gebäudes mit Eimer und Bürste zu Leibe rückte. Ihre Mieter gewöhnten sich daran, einen Bogen um sie und ihren Eimer zu machen, und auch an den stechenden Blick im Rücken beim Hinauf- oder Hinuntergehen, weg von der gebückten Gestalt. Abends saß sie draußen auf einem Klappstuhl, die großen Füße in Männerpantoffeln fest auf den Bürgersteig gesetzt, und las von vorne bis hinten die kommunistische Tageszeitung *L'Unità,* die sie aufgeschlagen vor ihr Gesicht hielt wie ein Buch. An kühlen Abenden trug sie über ihrem schwarzen Kleid eine lange grüne Strickjacke mit einem weißen Streifen um den Kragen und an den Vorderteilen; über den Rücken erstreckte sich in weißem Satin und Schreibschrift das Wort »Starlets«, und über der linken Brust stand, in wesentlich kleineren Buchstaben, »Diana«. Sie sagte, Verwandte in New Jersey hätten sie ihr geschickt.

Wenn Caroline an dem Eimer vorbeiging, spürte sie den Blick, der sich wie zwei Feuerstrahlen der Verdammnis in ihren Rücken bohrte. Signora Daveglios Missbilligung hatte etwas seltsam Persönliches, als würde Carolines offensichtliche Bereitwilligkeit Schande über sämtliche Geschlechtsgenossinnen bringen. Ihre Haltung Ivan gegenüber war ebenfalls streng, aber toleranter, so wie man Bettnässen bei kleinen Kindern entschuldigt, nicht aber bei größeren, die es besser wissen sollten und deren Unartigkeiten zu einem öffentlichen Ärgernis werden. Caroline beschwerte sich bei Ivan, und so blieb er eines Tages stehen, bevor er über den Eimer stieg, um Signora Daveglio verblüffenderweise mit dem Lächeln eines vollendeten Charmeurs zu begrüßen und ihr Caroline als seine *fidanzata* vorzustellen. Die Frau lächelte erleichtert zurück. Sie wischte sich die Finger an der gestreiften Schürze ab und schüttelte Ivan und Caroline die Hand, wobei sie die beiden mit der ganzen Wärme betrachtete, derer ihre steinernen Züge fähig waren.

»Dann bin ich jetzt also deine Verlobte«, sagte Caroline, sobald sie die Wohnung betraten.

»Du wolltest doch, dass sie dich nicht mehr schief ansieht. Aber was ist eigentlich dagegen einzuwenden? Liegt das nicht im Bereich des Möglichen?«

»Ich glaube, ich höre nicht recht. Schlägst du etwa vor, dass wir heiraten? Du, mit deinem unverbesserlichen unabhängigen Geist?«

»Vergiss es. Hast du Hunger?«, fragte Ivan und ging zum Kühlschrank. Doch später schnitt er das Thema erneut an.

»Ich weiß nicht, was ich sagen soll«, erwiderte sie. »An Heiraten habe ich überhaupt nicht gedacht. Ich bin zu meinem Vergnügen hierhergekommen.«

»Vergnügst du dich hier etwa nicht?«

Sie seufzte in seinen Armen. »Schon. Aber ich meine etwas anderes. Verheiratet zu sein, kommt mir nicht wie ein Vergnügen vor.«

»Du willst doch nicht in Sünde leben«, sagte er. »Du zahlst mehr Einkommenssteuer. Du hast Probleme, wenn du eine Wohnung mieten willst. Und wenn du deinen Doktor hast und eine Dozentenstelle suchst, wird es hässliche Gerüchte über dein Privatleben geben. Und was ist mit den Kindern? Du willst doch keine kleinen Bastarde, oder?«

»Wer redet denn von Kindern? Mir graust davor, Kinder zu haben. Ich möchte mich mein Leben lang mit abstrakten Konzepten beschäftigen. Das macht mir Freude. Im Übrigen scheinst du mir eine ganze Menge über steuerliche Vorteile zu wissen.«

»Ich bin derzeit auch nicht an Kindern interessiert. Aber vielleicht ändern wir irgendwann unsere Meinung. Du könntest eines schönen Tages mit einem Sehnen in deinem Busen aufwachen. Genau da. Oder einem Verlangen in deinem Schoß. Genau da etwa. Einer Leere. Einem Verlangen, das gestillt werden muss.«

»Du weißt ja nicht einmal, was bei einer Frau wo ist«, sagte sie und verschob seine Hand. »Ein zu stillendes Verlangen hier bedeutet Hunger. Außerdem bin ich nicht sicher, ob wir überhaupt zusammenpassen. Du kannst nicht von diesem Moment ausgehen. Das ist nicht das normale Leben, Ivan. Das hier ist ein Traum.«

»Es gibt nie eine Garantie. Und damit du Bescheid weißt, Schätzchen, ich werde nicht betteln. Darf ich mal?« Er griff über sie hinweg nach dem *Daily American,* dessen Ausgaben neben dem Bett gestapelt waren. Er setzte sich auf und begann, die letzten Seiten durchzublättern.

Sie würde nie Zeitung lesen, während er nackt neben ihr im Bett lag. Jedenfalls noch nicht. Wohingegen Ivan, bei der bloßen Erwähnung des Wortes Heirat, sich schon wie ein Ehemann benahm.

Sie legte von hinten die Arme um ihn. »Warum können wir nicht einfach so weitermachen?«

»Weil mir das Geld ausgeht. In einigen Wochen muss ich zurück und mir einen Job suchen. Bitte, Caroline, ich versuche, eine bestimmte Annonce zu finden.«

»Was für eine Annonce?«

»Für ein gebrauchtes Motorrad.«

»Du hast mir gar nicht erzählt, dass du ein Motorrad kaufen willst. Glaubst du, das lohnt sich, für die paar Wochen?«

»Es ist nicht für mich«, erwiderte er kurz angebunden, »sondern für Cory.« Cory und Joan wollten bis zum Winter bleiben.

»Ach so«, sagte sie und rückte von ihm weg. Sie klangen sogar schon wie ein Ehepaar. Der Abstand zwischen ihnen erschien ihr kalt und Ivan sehr weit weg. Er würde es nicht mögen, wenn sie ihn jetzt berührte. Verlieh eine Eheschließung bestimmte Rechte? Bedeutete sie, dass man Körper gemeinsam besaß so wie ein Grundstück, über das man zu gleichen Teilen verfügt? Ivan war sehr auf seine Individualität bedacht. Als sie ihm einmal beim Ausziehen zusah, sagte sie zum Spaß: »Wunderschön. Und alles meins!« Er hatte die Augenbrauen hochgezogen. »Meins«, hatte er sie korrigiert. Auch gut, dachte Caroline. Dann gehörte auch sie nur sich selbst. Aber das Gefühl, sich nicht zu trauen, ihn zu berühren, machte sie traurig und wehmütig, als ob das Beste in ihrem Leben, die prächtigste Blütezeit, vorbei wäre.

Sie betrachtete seinen Kopf, dunkel, markante Gesichtszüge und nachdenklich, als hätte sie tatsächlich ein Loch hineinzubohren versucht und wäre gescheitert. Wenn sie bei ihm blieb, würde sie fortwährend scheitern; und das ein Leben lang. Vielleicht ließ er sich stattdessen schichtweise abzupfen wie eine Artischocke, bis sie das Herz erreichte. Es verspeiste und die zähen Blätter und das Ungenießbare wegwarf. Nein, diesen Mann musste man wohl zerschlagen, um an sein Inneres zu kommen – wie eine Kokosnuss, rau und glatt zugleich; hart, gefährlich und voll mannigfaltiger Möglichkeiten, mit einer in der Mitte verborgenen Flüssigkeit, süß und kräftig, eine nährende Milch wie die einer Mutter.

Vielleicht drang sie nie bis zur Muttermilch vor. Was er sagte, war wortgewandt und gelegentlich knapp an der Sache vorbei – so wie seine Augen – und meistens ein Kommentar zum jeweiligen Augenblick, als ob Worte im Leben von marginaler Bedeutung wären; die Vergangenheit legte er beiseite, sobald sie Vergangenheit wurde. Im Grunde wusste Caroline sehr wenig über ihn. Wenn sie nachbohrte, teilte er ihr knapp mit, was er gerade dachte, aber ohne etwas von sich preiszugeben. Ein wahres Rätsel. Nur sein Körper sprach; das Vokabular seiner Berührungen war formidabel.

Sie drehte sich von ihm weg. Kurz darauf hörte sie, dass etwas sorgfältig aus der Zeitung herausgerissen wurde, dann wurde der ganze Stapel auf den Boden geworfen, und sie spürte Ivans Arme. »Lass uns wieder gut sein«, sagte er.

Sie ließ ihn gewähren. Für sie war die Sache noch längst nicht erledigt; sie konnte in einer so unklaren Situation nicht mit ihm schlafen. So wie ihre Mutter nie in einer unaufgeräumten Küche kochen konnte. Die Arbeitsflächen mussten frei sein, der Boden gewischt, das Geschirr der letzten Mahlzeit verstaut, bevor man mit der nächsten begann. Caroline ließ ihn gewähren, so wie es müde Ehefrauen gelegentlich wohl taten, dachte sie, ohne ihn sonderlich zu ermutigen, aber auch ohne sich ihm zu verweigern. Er nahm sie schweigend und unsicher. Sie spürte zum ersten Mal, wie hart der Fußboden unter ihrem Kreuz war. Ivan legte Wert darauf, einfach zu leben, wie ein Quäker oder Eremit. Sein Bett bestand aus einer durchgelegenen Matratze auf dem Fußboden. Als er fertig war, sah er sie verletzt und fragend an. Obwohl sie gern das Gegenteil behauptete, konnte sie nicht genau sagen, ob er seine Linsen trug oder nicht. Er fragte nicht, was los war, und sie würde freiwillig nichts sagen.

Er schenkte zwei Gläser Wein ein, reichte ihr eines und zog sich dann an. Caroline sah ihm zu, fasziniert von der Art und Weise, wie er sich vor dem Spiegel das dichte struppige Haar bürstete, mit langen kräftigen Strichen, hin und her, so wie ein Bauer die Sense in einem wogenden schwarzen Weizenfeld schwingt. Carolines Rücken tat noch immer ein wenig weh. Nach einer Weile wickelte sie sich in seinen roten Satin-Kimono, ging zum Fenster und schaute hinaus. Der japanische Kimono, Taleggio-Käse, teurer Kaffee, Piranesi-Drucke und maßgefertigte Ledersandalen waren einige der Ausnahmen, die er sich gestattete, während er ein ansonsten einfaches Leben führte.

Draußen vor dem Fenster wurde das Tageslicht schwächer, und das matte Licht der Straßenlampen und Häuser und die grellen gelben Lichter auf der anderen Seite des Platzes gingen an. Unten öffnete sich eine Tür, und Caroline sah das weiße Pferd und seinen Besitzer herauskommen. Das Pferd war gepflegt und trug nur ein Halfter, das in der Nähe der Ohren mit zwei roten Troddeln geschmückt war.

»Das Pferd ist da«, sagte sie, ohne sich umzudrehen.

»Jetzt schon?« Ivan kam, um hinauszuschauen; er blieb hinter ihr stehen und fuhr fort, sich die Haare zu bürsten. Ein Büschel stand steif ab, als wäre es elektrisch aufgeladen. Caroline berührte es, und es legte sich. »Liebst du mich nicht mehr?«, murmelte er in ihr Ohr.

»Ach, Ivan«, sagte sie rasch, »natürlich liebe ich dich noch. Aber das alles hier ist doch ein Märchen.« Sie deutete hinunter auf den Platz, wo sich das weiße Pferd mit seinem kostümierten Begleiter zur Schau stellte.

»Wir werden nicht so werden wie alle anderen. Ich weiß es. Ich möchte sicher sein, dass du immer da bist.«

»Du bedrängst mich …«

Das Pferd stellte sich auf die Hinterbeine und drehte sich im Kreis, ein neckisches Tänzeln. Ivan stieß einen deprimierten Seufzer aus. »Lass uns essen gehen.«

»Möchtest du ausnahmsweise mal da drüben essen?« Sie deutete wieder mit einer Kopfbewegung auf den Platz, auf das Pferd.

Er lachte. »Machst du Witze?«

Ivan lebte an einem kleinen Platz gegenüber von einem großen Restaurant namens La Taverna Romanaccia. Über dem Eingang hing ein wuchtiges Holzschild, auf dem der Name in fetter bauchiger Schreibschrift stand, die ein wenig wackelig war, als hätte ein fröhlicher Zecher den Pinsel geführt. Jeden Tag trugen drei magere und schlaksige junge Burschen im Smoking gegen sechs Uhr abends runde Tische heraus und reihten sie auf dem Platz auf. Sie breiteten karierte Tischdecken aus und stellten tropfenförmige Öllämpchen auf. Wenn es dämmerte, kam das herrliche, riesige Pferd aus einer Seitentür und wurde rund um den Platz geführt von einem lächelnden, gedrungenen Mann in Renaissance-Tracht: grünes und goldfarbenes Satin-Wams mit Puffärmeln und unten senfgelbe Strumpfhosen, dazu ein breiter Gürtel mit Degenscheide, Stiefeletten und ein breitkrempiger Hut mit Federbusch. Ivan nannte ihn den Renaissance-Mann und sagte, er wünschte, er hätte dessen Job, obwohl er Pferde nicht mochte – nur wegen des Kostüms. Der Renaissance-Mann und das Pferd paradierten bis Mitternacht um den Platz und lockten Touristen an, Amerikaner vor allem, korpulente Männer in leichten grauen Anzügen und Frauen in Pastelltönen und weißen Schuhen; viele von ihnen tätschelten das Pferd. Wenn die ersten Touristen in das Lokal strömten, begann die Musik, Akkordeonmusik, die man in Ivans Wohnung im ersten Obergeschoss hören konnte. Alle halbe Stunde wurde sie laut und volltönend, da der Akkordeonspieler dann ins Freie kam, um für die Tische auf dem Platz zu spielen. Er spielte italienische Lieder, die Amerikaner gerne hörten, wie *O Sole Mio* und *Funiculi Funicula* und gelegentlich eine Melodie aus dem *Barbier von Sevilla* oder *Don Giovanni*. Wenn die Touristen gingen, gesättigt, die Männer schwerfällig und die Frauen träge, gaben sie dem Renaissance-Mann oft ein paar Münzen. Ivan behauptete, dass ihm der Lärm und das ständige Kommen und Gehen nichts ausmachten. Die Miete war billig; nicht viele Leute hätten das Romanaccia ertragen. Er dagegen liebte es, wie er gestand, so kitschig es auch war: das Schild, die herumflitzenden Kellner, dampfende Tabletts hoch über dem Kopf tragend, das Pferd, den Renaissance-Mann, das Akkordeon. Rein als Spektakel natürlich. Essen würde er dort nie. Er aß in kleinen ruhigen Restaurants, wo echte Italiener aßen. Lange nach Mitternacht, wenn die Taverna Romanaccia geschlossen hatte und die schlaksigen jungen Burschen die karierten Tischdecken zusammenrollten und die Tische und die Öllämpchen hineintrugen, erschien der Renaissance-Mann in grauen Arbeitshosen und Kittel und fegte die Pferdescheiße zusammen.

Caroline zog den Kimono aus und kleidete sich zum Ausgehen. Signora Daveglio, die in ihrer Strickjacke unten auf ihrem Klappstuhl saß, ohne Notiz von dem Pferd, dem Renaissance-Mann, den ersten Touristen und der Musik zu nehmen, nickte ihnen hinter der *Unità* hervor zu.

»Bello, vero?«, bemerkte sie völlig unerwartet und hob das Gesicht verwundert, mit fast widerwilliger Dankbarkeit gen Himmel. Das Wetter war tatsächlich angenehm, frisch und wolkenlos. Signora Daveglio wunderte sich oft über schönes Wetter. Sie nickte erneut, diesmal etwas abwesend, wie um lobend anzuerkennen, dass alles gelegentlich eben

doch seine Richtigkeit hatte. Ivan und Caroline überquerten den Platz.

»Hörst du das?« Caroline blieb in der Mitte stehen.

»Was?«

»Das Akkordeon.« Es war die Melodie von Cory und Joans Hochzeit, die keinen Namen und keine Vorgeschichte hatte, die aufstieg und herabsank wie ein Drachen im Wind. Sie hätte hineingehen und fragen können; vielleicht würde dieser Musiker ihr sagen, wie das Lied hieß. Nur dass sie es inzwischen nicht mehr wissen wollte. Warum es festnageln, ihm einen Ort und Namen zuweisen? Mochte es sein, was immer es wollte, solange sie es nur immer wieder hören konnte. Es war eine wundersame, sinnliche Melodie, die alle Möglichkeiten offenließ. Zumindest für das Akkordeon, ergänzte sie, und für Rom und für den Sommer.

Sie nahmen sich für zwei Wochen einen Mietwagen, um die kleineren Städte nördlich von Rom zu besuchen. In Arezzo wurden sie krank und lagen drei Tage elend in einem Hotelzimmer, wo ihnen ein Junge in Unterhosen alle paar Stunden Tee brachte. Aber in Lucca waren sie wiederhergestellt. Bei grauem Wetter besaß Lucca eine verhaltene, antike Pracht; sie liebten die Stadt wie einen gemeinsamen Traum. Im leichten Dauerregen gingen sie auf der breiten mittelalterlichen Stadtmauer spazieren und blickten hinaus auf die sanfte hügelige Landschaft. Straßen mit Kopfsteinpflaster führten sie in Kirche um Kirche, wo sie den herrlichen Gesängen lauschten, denn es war der Namenstag einer Heiligen, der Festtag von Sant'Anna und auch Carolines Geburtstag. Sie wurde vierundzwanzig.

»Höchste Zeit, dass du heiratest«, sagte Ivan abends zurück im Hotelzimmer, als er sein Glas auf sie erhob.

»Normalerweise sind die Frauen diejenigen, die unbedingt heiraten wollen. Männer haben angeblich das Gefühl, in eine Falle gelockt worden zu sein.«

»Ich saß schon in der Falle, als ich dich zum ersten Mal sah; Heiraten ist nur noch eine Formsache«, sagte Ivan.

»Wie charmant du das ausdrückst.« Caroline saß auf einem Stuhl neben der Tür, gegenüber von Ivan, die Arme in die weiten geheimnisvollen Ärmel seines Kimonos geschoben.

»Warum kommst du nicht zu mir?« Seine Pose auf dem Bett erinnerte an Michelangelos *Dämmerung,* die sie gerade in Florenz gesehen hatten, düster und bedrohlich, aber verführerisch.

»Weil du mich ablenkst.«

»Wovon«

»Vom Nachdenken.«

»Was gibt es da nachzudenken? Es ist fast Schlafenszeit.«

»Die Ehe ist etwas sehr Intimes, Ivan. Man heiratet einen Menschen, und dieser wird zu deiner Familie.«

Er strich sich über die Wange und nickte weise. »Du hast Angst vor Intimität. Verstehe.«

»Ich weiß so gut wie nichts über dich. Du tauchst einfach auf, ohne … ohne irgendeinen Zusammenhang, nichts. Und erwartest, dass ich dir blindlings vertraue. Aber was hast du in den letzten fünf Jahren gemacht? Wovon hast du gelebt? Vielleicht warst du schon einmal verheiratet. Vielleicht hast du sogar Kinder irgendwo. Vielleicht warst du im Gefängnis oder drogensüchtig, wer weiß?«

»Du weißt, dass nichts davon zutrifft. Du willst nur alles haarklein dargelegt haben, bevor du den nächsten Schritt machst, wie bei einer Reihe von Gleichungen. Also schön, hör genau zu, du bekommst jetzt die Kurzfassung: Ich war nie verheiratet, ich habe keine Kinder, soweit ich weiß, ich war nie im Gefängnis. Ich habe als Reporter gearbeitet, und eine Zeit lang habe ich für reiche Leute Häuser am Strand gebaut, aber beides habe ich aufgegeben und wieder angefangen zu studieren. Ich habe es mit genügend Freundinnen getrieben. Ich will nicht mehr mitten in der Nacht mit meiner Haarbürste durch die Gegend laufen müssen. Ich will die Töpfe und Pfannen und das Essen darin mit jemandem teilen.«

»Das klingt, als wäre das nur zufällig ich. Weil ich dir im richtigen Moment über den Weg gelaufen bin.«

»Ich habe noch nie jemandem einen Antrag gemacht.«

Sie schwieg eine Weile. »Ich weiß nicht einmal genau, wie alt du bist. Erinnerst du dich an den Tag, als wir bei der Wölfin waren und du gesagt hast, du seist sechzig, doch gut erhalten?« Bei der Erinnerung an diesen Tag musste sie unwillkürlich lächeln.

»Ich bin 1928 geboren.«

Typisch. Wie bei den Autoren, die man in der Schule als »schwierig« bezeichnete, war bei allem, was er sagte, umfassende Zusammenarbeit erforderlich. »Dann bist du neunundzwanzig.«

»Exzellent gerechnet«, brummte er. »Aber ich vergaß, das ist ja dein Fachgebiet.« Er griff nach seinem Buch auf dem Nachttisch, Sueton über die römischen Kaiser.

»Du wirst jetzt nicht lesen!«, sagte sie scharf. »Ich versuche, mit dir zu reden.«

»Ich lese, wann ich will. Ich habe alles gesagt, was ich zu diesem Thema zu sagen habe. Und gib du mir keine Befehle.«

Sie betrachtete ihn kalt. Er blätterte um und hob dann plötzlich den Kopf. »Entschuldige«, sagte er. »Ich wollte dich nicht anfauchen. Hör zu, Caroline, willst du streiten oder …«

Er zögerte, blickte wieder auf sein Buch. »Oder willst du mit mir schlafen?«

»Du meinst, streiten oder ficken. Das wolltest du doch sagen, stimmts?«

»Okay. Streiten oder ficken. Du hast gewonnen.«

»Warum sagst du es dann nicht? Oder glaubst du, du kannst vor einer Dame nicht sagen, was du willst? Sag ruhig alles, was dir verdammt noch mal Spaß macht. Falls wir heiraten, müssen wir doch ganz ehrlich sein, stimmts? Ohne Hemmungen zu haben.«

Ivan stöhnte erschöpft. »Ich wünschte, es gäbe hier einen Fernseher. Das ist das Problem mit Europa, nicht genug Fernsehgeräte.«

»Streiten oder ficken. Tja. Und mehr Möglichkeiten gibt es nicht?«

Er sah sie mit zusammengekniffenen Augen an. »Vielleicht hast du recht, Caroline. Ganz im Ernst. Womöglich funktioniert es wirklich nicht. Zwischen uns gibt es zu viele … Unterschiede. Vielleicht sollten wir die ganze Sache vergessen, wenn wir wieder in Rom sind.«

»Nein!«, rief sie und lief zu ihm. »Nein, bitte, sag nicht so etwas. Natürlich wird es funktionieren. Das hier«, sie wedelte mit dem Arm in Richtung des Stuhls neben der Tür, als hätte sie ihre perverse Freude an Auseinandersetzungen mitsamt Ivans wahnsinnig machendem Widerstand dort zurückgelassen, »das hat doch alles nichts zu bedeuten. Gar nichts«, wiederholte sie in leichtem, fast scherzhaftem Ton.

»Vielleicht nicht, aber mir macht so etwas keinen Spaß, im Gegensatz zu dir. Das ist einer der Unterschiede, von denen ich spreche.« Er betrachtete forschend ihr Gesicht. Nun war es entscheidend, ihn zurückzugewinnen. Sie griff zur primitivsten Methode, die es gab.

Später sagte sie in der Stille: »Ivan?« Vielleicht schlief er, aber etwas Wachsames in der Art, wie er still dalag, ließ sie es bezweifeln. Sie stieß ihn leicht an. »Du hast gesagt, du hättest es genug getrieben. Aber was, wenn das bei mir nicht der Fall ist?«

Seine Lippen öffneten sich schläfrig. »Dann tu's später. Ich bin müde.« Seine Stimme klang schwer und schlaftrunken.

»Willst du damit sagen, du gibst mir die ... die ...«

»Um Himmels willen, Caroline.« Er setzte sich auf. »Ich gebe dir gar nichts. Das ist allein deine Sache. Hab ein bisschen Fantasie. Du nimmst immer alles so wörtlich.«

Das hatte sie schon früher zu hören bekommen. Vermutlich war es das, was sie in der Schule zur Mathematik geführt hatte, wo die klaren Regeln eines Euklid noch Jahrhunderte später Bestand hatten, ohne an Gültigkeit eingebüßt zu haben; Lösungen waren richtig oder falsch, und Lehrsätze waren verbindlich. Doch wie in jeder Disziplin wurde dann, als Caroline tiefer in die Materie eindrang, alles weniger streng, und Mehrdeutigkeit schlich sich ein. Man ging näher auf Euklid ein: Es stellten sich tiefgründigere Fragen. Alles veränderte sich, sobald man es in drei, vier Dimensionen betrachtete, im Kontext von Raum und Zeit. Aber dennoch. Dennoch wurde in der Mathematik Mehrdeutigkeit, egal wie lange sie anhielt, stets als ein temporärer Zustand angesehen. Die Aussicht auf ein Leben mit Ivan jagte Caroline Angst ein.

Sie nahm nicht nur alles wörtlich, schlimmer noch, sie war auch grob. Eines Tages würde ihr plumpes Herumstochern sein Taktgefühl tödlich verletzen, und er würde nicht mehr mit ihr leben wollen. Sie beobachtete, wie er wieder einzuschlafen versuchte. Sein Haar, zerzaust und unmodisch lang, und seine weichen verwundbaren Lippen waren kostbar und vergänglich, und sie spürte eine Ahnung des Verlustes wie einen stechenden Schmerz in der Kehle. Wie sagte doch Molly Bloom? Einer ist so gut wie der andere. Aber sie sagte auch, dass sie Bloom mochte, weil er verstand oder fühlte, was eine Frau ist. Galt das auch für Ivan? Genau konnte man es nicht wissen. Noch nicht, besser gesagt. Immerhin bestand die Möglichkeit.

»Na gut«, murmelte sie und strich ihm übers Haar. »Dann benutze ich eben meine Fantasie.« Die meisten Männer, zumindest in den Staaten, hatten heutzutage hässliche Bürstenhaarschnitte. Sie begann, ihm hinten im Nacken ein Zöpfchen zu flechten. »Es ist durchaus möglich, dass wir sehr glücklich sein werden.«

»Glücklichsein ist nicht der springende Punkt.«

Wenn sein Ton orakelhaft oder bombastisch gewesen wäre, hätte sie laut gelacht. Doch er war schläfrig beiläufig und setzte so viel als selbstverständlich voraus, dass sie sich fragte, was denn der springende Punkt war. Aber sie durfte nicht fantasielos sein und sofort nachhaken.

»Was machst du denn da?« Er riss sich los und fasste sich in den Nacken. Das winzige Zöpfchen stand drahtig und steif ab. Caroline lachte, als er es aufzuflechten versuchte. Da er sich mit typisch weiblichen Tätigkeiten nicht auskannte, packte er Caroline stattdessen, trommelte auf sie ein und biss sie leicht in die Schulter. Sie biss zurück.

»Autsch!« Ivan stieß einen Schmerzensschrei aus. Als sie die Bissspuren verglichen, stellte sich heraus, dass Caroline ungewollt eine blutende Wunde verursacht hatte.

»Siehst du?«, sagte er. »Das beweist, dass nicht ich der Gefährliche bin, obwohl ich körperlich stärker bin. Du bist diejenige, bei der wir aufpassen müssen.«

Ivan und Caroline machte es nichts aus, dass es eine Woche lang ununterbrochen regnete – es war ein warmer leichter Nieselregen, der den architektonischen Wunderwerken, die sie sehen wollten, Glanz und einen Hauch Romantik verlieh –, während Signora Daveglio, die an dem feuchten Nachmittag bei ihrer Rückkehr gerade die Briefkästen in der Eingangshalle polierte, sich durch das schlechte Wetter eindeutig beleidigt fühlte. Ihr in schlaffen Falten zusammengeklappter schwarzer Regenschirm stand in einer Ecke des Vestibüls, wo er in unregelmäßigen Abständen auf alte Ausgaben der *Unità* tropfte. Ihre Begrüßung bestand aus einem Grunzen und einer ungehaltenen Kinnbewegung gen Himmel.

»Dunque«, verkündete sie zuletzt, die Hände gebieterisch in die Hüften gestemmt. *»Già sposati?«*

»Was hat sie gesagt?«, fragte Caroline leise, als Ivan verneinend den Kopf schüttelte, wieder mit diesem Lächeln, dem Lächeln eines unverfrorenen, aber unwiderstehlichen Lebemanns, das er ihres Wissens ausschließlich bei Signora Daveglio benutzte und das seine besänftigende Wirkung nie verfehlt.

»Sie will wissen, ob wir weggefahren sind, um zu heiraten.«

»Oh.« Caroline schlug die Augen nieder. Nun würde Signora Daveglio sie wieder anstarren, nicht so sehr missbilligend – dafür war Caroline schon zu weit gegangen –, sondern mitleidig und verächtlich.

»Ebbè ...«, sagte die *portiera* mit einem philosophischen Schulterzucken. Sie hob die gespreizten Hände und blickte zur Decke, wie um mit Lenin zu fragen: Was soll man da machen? *»A Roma è stato un brutto periodo«,* teilte sie Ivan mit.

»Anche a Lucca«, erwiderte er und führte Caroline zur Treppe.

»Was heißt *brutto periodo?*«, fragte sie an seiner Tür.

»Schlechtes Wetter. Wörtlich: Eine hässliche Periode oder Phase …«

»Eine hässliche Phase. *Brutto periodo.* Das gefällt mir. Es hört sich gut an.« Es war irgendwie tröstlich. Nur eine Phase, dann ist das schlechte Wetter vorbei.

Sie heirateten. Nach der Trauung und dem Festessen mit Ivans verbliebenen Fulbright-Freunden gingen sie Hand in Hand durch die dunklen warmen Straßen. »Jetzt werde ich dich wohl meiner Familie vorstellen müssen«, sagte Ivan.

»Das will ich doch hoffen. Oder hast du gedacht, du könntest mich verstecken, wie ein geheimes Laster?« Sie zögerte und ließ seine Hand los. »Wird es sie sehr stören, dass ich keine Jüdin bin?«

»Vermutlich nicht. Auf jeden Fall werden sie sich nichts anmerken lassen. Aber glaub mir, wahrscheinlich werden sie nichts weiter als pure Erleichterung empfinden, wenn sie dich sehen.«

»Wieso? Wen hast du denn bisher so mit nach Hause gebracht?«

»Noch keine. Das ist ja der springende Punkt.« Er lachte. »Sie denken sicher, dass ich kein Interesse habe, was du ja auch gedacht hast, oder dass ich nicht kann. Oder stellen sich sonst was Schlimmes vor.«

»Ich fürchte trotzdem, dass es sie stört. Sie werden mich, wie soll ich sagen, für eine Außenseiterin halten. Oder zumindest für suspekt.«

»Nein«, sagte er bedrückt. »Sie haben ihre eigene Vergangenheit vergessen. Meine Großeltern wollten amerikanische Kinder, und die haben sie bekommen, und zwar mit allen

Konsequenzen. Meine Mutter und mein Vater sind in Amerika geboren. Sie wurden wie die Menschen um sie herum. *Sie* sind die Außenseiter.«

Sein schneller Schritt verlangsamte sich, und sein Gesicht wurde verschlossen; er hatte sich in einen fernen, leeren Winkel zurückgezogen, an einen Ort, zu dem sie sich vielleicht nie durchwühlen konnte.

»Und dich, Ivan? Dich stört es nicht? Du hast noch nie ein Wort darüber verloren.«

»Caroline«, sagte er in einem Ton, dass sie sich albern vorkam, überhaupt gefragt zu haben, »wie kann mich etwas stören, das bei dir gar nicht vorhanden ist? Mich stört nur, was bei *mir* nicht vorhanden ist.«

Das klang vage abschreckend, ging über jeden Beistand hinaus, den sie leisten konnte. Sie hakte sich bei ihm ein und sagte: »Du hast jedenfalls bekommen, was du wolltest. Wir sind verheiratet.« Doch die Worte klangen gezwungen und töricht.

»Ja. Nachdem das jetzt erledigt ist, können wir ja mit unserem Leben weitermachen.«

Nach dieser Bemerkung war ihr nicht danach zumute, in den nächsten Stunden mit ihm zu reden.

AN EINEM WARMEN SEPTEMBERTAG lernte sie Ivans Eltern kennen, die in einem bescheidenen freistehenden Haus am Stadtrand von White Plains lebten. Ivan war nicht hier aufgewachsen, sondern im südlichen Teil von Manhattan; er mochte das neue Haus nicht, wie er ihr auf der Hinfahrt sagte. Nicht, dass es ihn nicht freue, dass seine Eltern es sich endlich leisten konnten, sondern weil sich für ihn keine historischen Ereignisse damit verbanden. Keine Wirtschaftskrise, keine Straßenkämpfe, kein Schlangestehen während des Krieges. Und tatsächlich wirkte er wie ein Fremder, als er die Fliegengittertür hinter sich schloss, seinen geschulten Blick durch das Wohnzimmer schweifen ließ, über nichtssagende Farben und Möbel in dem zu erwartenden Stil, und sich langsam in den niedrigen Raum schob. Seine Eltern waren gebaut wie er, groß und aufrecht. Sein Vater war völlig kahl und liebenswürdig, hatte eine raue Stimme und eine übereifrige Art, als wäre es ihm ein persönliches Anliegen, das Wohlergehen aller unter seinem Dach sicherzustellen. Ivan ähnelte mehr seiner Mutter, die dunkle Haare und markante Gesichtszüge hatte, und deren dicke Brille nachdenkliche Augen verbarg. Nach den Umarmungen und lautstarken Begrüßungen, an denen sie sich lebhaft beteiligt hatte, huschte Ivans Mutter nervös herum wie eine scheue Graumöwe und flüchtete dann in die Küche. Caroline folgte ihr, um beim Auftragen des Abendessens zu helfen. Ivans Mutter wandte sich vom Herd ab, ergriff Carolines Hände und drückte sie herzlich. »Wir sind froh, dich in unserer Familie zu haben.« In ihrer Stimme lag ein nicht zu überhörender Unterton von Erleichterung.

»Danke«, sagte Caroline. Vielleicht hätte sie daraufhin sagen müssen, dass sie sich ihrerseits freue, in dieser Familie zu sein, aber sie war noch nicht bereit, so weit zu gehen.

»Ivan hat uns erzählt, dass du keine Familie mehr hast«, fuhr Ivans Mutter fort, während sie gelben Reis in eine Schüssel schöpfte.

»Nur noch ein paar Tanten und Onkel. Meine Vettern und Cousinen kenne ich kaum – die leben alle in Chicago.«

»Nun, ich hoffe, dass du jetzt uns als deine Familie betrachten wirst, Caroline. Ganz im Ernst.«

»Danke.«

»Ivan hatte schon immer einen guten Geschmack. Einen ausgezeichneten Geschmack bei allem, was er sich aussuchte – Kleidung, Bilder, bei allem. Ich weiß noch, dass er selbst als kleiner Junge lieber auf etwas verzichtete, als etwas Schäbiges zu nehmen.« Seine Mutter lächelte. »Wie ich sehe, hat ihn sein guter Geschmack nicht im Stich gelassen.«

»Das ist sehr nett von dir. Danke.«

»Ich will dich nicht verlegen machen, Liebes. Bring doch schon mal den Reis ins Esszimmer, und danach kannst du das Gemüse hineintragen.«

Caroline stellte die Schüssel auf den Tisch, auf dem sich ihr und Ivan zu Ehren ein Gesteck aus weißen Chrysanthemen befand, und fragte sich, wie sie sich fühlen würde, wenn sie in dieser Familie aufgewachsen wäre. Würde auch sie sich abkapseln und neu erschaffen müssen, so wie Ivan?

»Der Einzige, der heute Abend fehlt, ist Vic«, sagte Ivans Vater, als er den Braten tranchierte. Er tranchierte kunstgerecht, und der Braten war perfekt, innen rosa und außen braun. »Du wirst ihn kennenlernen, wenn er an Weihnachten kommt. Vielleicht kommt er ja auch an Thanksgiving. Wir wissen es noch nicht.«

»Ich habe schon viel von ihm gehört.« Das stimmte nicht ganz. Sie wusste von seiner Existenz, dass er fünf Jahre jünger war als Ivan und dass er in Kalifornien Jura studierte.

»Er wollte eigentlich zur Feier des Tages herkommen«, sagte Ivans Mutter, »aber das Semester hat gerade erst angefangen, und da heißt es, hart arbeiten.« Sie runzelte mitfühlend die Stirn. »Es tut ihm furchtbar leid, dass er nicht hier sein kann. Er wird später anrufen. Drüben ist es drei Stunden früher. Ich habe ihm gesagt, dass er bis neun Uhr unserer Zeit warten soll. Er sagt, dass er seine ganze Freizeit zum Lernen braucht.« Sie seufzte. »Nun, ohne harte Arbeit bringt man es in dieser Welt bekanntlich nicht weit.«

»Ja, er hat einen starken eigenen Willen«, sagte Ivans Vater. Er gab die erste Scheibe des Rinderbratens seiner Frau und griff dann nach Carolines Teller. »Bitte sehr, Caroline. Heute Abend muss hier niemand verhungern. Ja, unsere Söhne haben beide einen ausgeprägten eigenen Willen. Summa cum laude am City College, alle beide. Und jetzt studiert der eine an einer erstklassigen Universität Jura, und der andere ist Fulbright-Stipendiat.« Er klopfte Ivan auf den Rücken. »Wir sind sehr stolz auf euch.«

»Bitte, Dad. Hör auf damit.«

»Warum? Darf ein Mann denn nicht stolz auf seine Familie sein?« Er lächelte Caroline breit an. »Ich habe mein Leben lang eine Eisenwarenhandlung geleitet, aber ich wollte, dass es die beiden mal weiter bringen. Wartet nur, bis ihr selbst Kinder habt. Dann wisst ihr, wovon ich spreche.«

»Und jetzt müsst ihr uns erzählen, was ihr in Italien alles erlebt habt«, sagte Ivans Mutter und hob anmutig ihre Gabel. »Wie habt ihr euch kennengelernt?«

Als fünf Minuten nach neun das Telefon klingelte, sprang Ivan auf und rannte an den Apparat in der Küche. »Hey, Victor, wie gehts, wie stehts? Mensch, Mann!«, brüllte er, sodass sein Ton Caroline zusammenzucken ließ, nicht jedoch seine Eltern, die hingerissen strahlten. »Ja, ich bin wieder da … Ja, ich habs endlich geschafft … Danke … Oh, toll … Umwerfend.« Er lachte vielsagend. Die drei saßen da und lauschten Ivans Stimme, die, fremd und aufgekratzt, durch die Küchentür herüberschallte. Caroline hätte gern ein Gespräch begonnen, doch ihr fiel kein Thema ein. Jedes Thema wäre als Störung empfunden worden.

»Ich muss dir unbedingt meine Dias zeigen. He, wie ich höre, machst du dich richtig gut da drüben. Wie gefällts dir? … Das hätte ich dir gar nicht zugetraut … Nein, Quatsch, ich mache nur Spaß. Möchtest du mit den Eltern reden?«

Sie sprachen abwechselnd mit Vic. Sowohl seine Mutter als auch sein Vater teilten ihm mit, dass Ivans Frau ganz reizend sei. »Komm doch zu Thanksgiving rüber und lern sie selber kennen«, sagte sein Vater. »Jetzt bist du dran, Caroline.« Er hielt ihr den Hörer hin. »Nicht so schüchtern. Du gehörst ja nun zur Familie.«

»Hallo?«, sagte sie zögernd.

»Ja, hallo!« Eine tiefe Stimme, die erstaunlich der von Ivan ähnelte, aber nicht deren Nuanciertheit besaß. Die anderen drängten sich um Caroline, um nichts zu verpassen. »Du kommst dir sicher ein bisschen komisch vor«, fuhr die Stimme fort, »aber ich wollte dir nur sagen, dass ich froh bin, dich in unserer Familie zu haben, und dass ich mich darauf freue, dich kennenzulernen. Wie man so hört, bist du echt umwerfend.«

»Na ja, vielen Dank. Ich habe auch über dich viel Gutes gehört.«

»Ich hoffe, mein großer Bruder behandelt dich so weit anständig?«

»So weit, ja.« Sie lachte. »Ich glaube … ich glaube, Ivan möchte dich noch mal sprechen. Es war nett, mit dir zu reden.«

»Nun …«, fragte Ivans Vater, als sie auf einen Brandy wieder ins Wohnzimmer gingen. »Wo gedenkt ihr beiden Hübschen denn sesshaft zu werden? Oder habt ihr euch darüber noch keine Gedanken gemacht?«

»Ich hoffe, dass ich nie sesshaft werde«, erwiderte Ivan. »Das gehört nicht zu meinen Lebenszielen.«

»Du weißt, was dein Vater meint, Ivan«, sagte seine Mutter. »Ihr müsst doch irgendwo leben. Und du hast dir sicher schon Gedanken gemacht, wo du dir eine Stelle suchen willst. Es ist doch nur normal, dass uns das interessiert.«

»Ich habe mir überlegt, Waldhüter zu werden.«

Er war so nüchtern und unzugänglich wie damals, als sie sich zum ersten Mal begegnet waren. Caroline hatte Mitleid mit seinen Eltern. »Wir wollen uns in Boston eine Wohnung suchen. Ich stamme aus der Gegend«, erläuterte sie. »Ich werde wieder studieren, um meinen Doktor zu machen, und möglicherweise bekomme ich nebenher eine Stelle als Lehrassistentin. Ivan … weiß noch nicht genau, was er machen will. Doch es gibt da oben viele Möglichkeiten auf seinem Gebiet. Ich bin sicher, dass es nicht schwierig sein wird, etwas zu finden.«

Ivan lehnte sich mit verschränkten Armen zurück und musterte sie.

»Danke, Caroline«, sagte seine Mutter spitz. »Das klingt doch sehr vernünftig. Es interessiert uns nun mal.«

»Gratuliere. Jetzt bist du wirklich eine Ehefrau«, sagte Ivan.

Bald darauf war es Zeit, zu gehen.

»Wollt ihr denn nicht über Nacht bleiben? Ich habe das Bett im Gästezimmer gerichtet. Oder wenn euch das zu klein ist – diese Couch hier lässt sich zu einem Doppelbett ausziehen.«

»Mom, ich habe dir doch gesagt, dass wir in der Stadt übernachten.«

»Schon, ich dachte nur, falls es spät wird, wollt ihr vielleicht …«

»Wir erwischen noch den letzten Zug.«

»Seid ihr ganz sicher? Keine Angst, wir lassen euch morgen schlafen, solange ihr wollt.«

»Danke, aber es ist alles geregelt. Caroline hat noch nie in einem Hotel in New York übernachtet. Wir dachten, das wäre … mal was Besonderes.«

»Ach so, ja, natürlich. Ich verstehe. Denkt einfach daran, dass ihr jederzeit hier wohnen könnt, bis ihr was Eigenes gefunden habt. Ein Hotel kann ins Geld gehen.«

»Trotzdem vielen Dank, Mom.« Er gab seiner Mutter einen Abschiedskuss.

Ivans Vater fuhr sie zum Bahnhof. Sie kamen gerade noch rechtzeitig. Im Zug zog Caroline die Schuhe aus, lehnte den Kopf zurück und seufzte.

»Die beiden können wirklich ganz schön anstrengend sein, stimmts?«, sagte er.

»Überhaupt nicht. Ich mag sie. Sie waren schrecklich nett zu mir. Ich bin so etwas nur nicht gewohnt. Ivan, glaubst du, dass wir jemals wieder nach Rom kommen?«

»Klar, irgendwann. Vielleicht im Rollstuhl.«

Sie lachte. »Ich sehe es schon vor mir, wie ich dich im Rollstuhl durch den Petersdom schiebe.«

»Und wer schiebt dich?«

»Ich habe einen mit Selbstantrieb.«

Er streichelte ihr Haar. »Du siehst müde aus. Wir werden die beiden nicht oft besuchen.«

»Wie kannst du so von deinen Eltern reden! Meine wären einer Wildfremden gegenüber nicht so freundlich gewesen. Du weißt deine Eltern nicht zu schätzen. Was hast du an ihnen auszusetzen?«

»Eigentlich nichts. Nur dass sie mir das Gefühl geben, zwölf Jahre alt zu sein.« Er legte die Hand auf ihr Bein.

»Tja, dann benimm dich auch nicht wie …«

»Lass das. Ich habe schon eine Mutter.« Er beugte sich in den Gang vor und spähte durch den Wagen, der, bis auf zwei einzelne Männer weiter vorn, leer war. Er schob die Hand unter ihrem Rock hoch.

»Ivan! Hier?«

»Still.«

Sie taten genau das, was Caroline Ivans Eltern gesagt hatte. Ihre Wohnung lag in einem alten Teil von Boston, der dafür bekannt war, dass er junge Paare mit bescheidenem Einkommen und viel Enthusiasmus für die schöneren Dinge anzog. Das Gebäude stand an einer breiten Straße, die von Schatten spendenden Ahornen und rotbraunen Sandsteinhäusern gesäumt war, deren kunstvolle Filigranarbeiten mit den Jahren undeutlicher wurden. Für Caroline gab es nichts Solideres und Tröstlicheres als diese breite Straße mit ihren festen, beruhigenden Häusern, während Ivan, der Experte in solchen Dingen, sie daran zu erinnern pflegte, dass das Gelände durch Aufschüttung gewonnen worden war. Der Boden, über den sie täglich gingen, war nicht so massiv, wie man hätte meinen können; früher hatten sich hier instabile Flussufer befunden.

Im Promotionsstudium wechselte sie von der Statistik zur Topologie. In der Topologie verschob man Gebilde, sodass sich die innerhalb und außerhalb befindlichen Räume in neue Räume verwandelten: eine proteische Berufung. Man konnte Unebenheiten glätten, Kreislinien verknoten und mit Dimensionen spielen wie ein Gott, konnte ausprobieren und herauskitzeln, wie weit sich eine Konfiguration verformen ließ, ohne ihren fundamentalen Charakter und ihre wesentlichen Eigenschaften zu verlieren. Drei Vormittage in der Woche brachte sie Studienanfängern die Grundlagen der Differenzialrechnung bei. Ivan bekam eine Stelle als wissenschaftlicher Mitarbeiter für Architekturgeschichte am Institute for Studies in the Humanities, einer gemeinnützigen Organisation mit vage weltverbessernden Zielen und Verbindungen zu den Universitäten in der Nähe. Daneben arbeitete er an einem Buch über die Beziehung zwischen der Architektur und der Geschichte Roms. Als beide auspackten, stellte Caroline fest, dass er stapelweise Notizen über seine Streifzüge und die gelesenen Bücher hatte, sogar schon die groben Umrisse mehrerer Kapitel.

»Ich dachte, du würdest die ganze Zeit bloß rumgammeln.«

»Das habe ich nie behauptet.« Zu Hause zwischen seinen überquellenden Kartons, seinen Büchern von visionären Schriftstellern wie Lewis Mumford und Buckminster Fuller, wirkte Ivan ausgesprochen exotisch. Im Haus trug er zwar Latzhosen und blaue Arbeitshemden, ganz so wie die jungen Ehemänner in den Wohnungen über und unter ihnen, nur waren seine Haare länger, und seinem Gesicht fehlte deren offenherzige, oder nichtssagende, Arglosigkeit. Sie hatte also doch einen Exoten geheiratet. Sie schmunzelte. Wenn sich ihre Mutter früher wegen ihres Desinteresses an den anständigen Jungs in der Stadt Sorgen machte, pflegte Caroline damit zu drohen, einen Afrikaner oder einen Araber zu heiraten.

»Wann hast du das alles gemacht?« Sie deutete auf die zerfledderten Notizbücher. »Vermutlich bevor du mich kennengelernt hast.«

»Das meiste jedenfalls. Wir haben uns ja erst im Juni kennengelernt. Aber ich habe auch später gearbeitet. Nachts.«

»Bestimmt nicht gegen Ende hin.«

»Nein, da wahrscheinlich nicht.«

»Ich habe mich sicher störend auf dein Projekt ausgewirkt.«

»Das macht nichts. Du warst ja ebenfalls ein interessantes Projekt.«

Es freute sie, dass er sich als ernsthafter Arbeiter erwies, eine Art unerwarteter Zuckerguss auf einem Kuchen, doch im Grunde spielte es keine Rolle. Sie hatte ihn akzeptiert, ob arbeitsam oder untätig; bedeutete Heiraten denn nicht, den anderen vorbehaltlos zu akzeptieren?

Wie Ivan es sich gewünscht hatte, teilten sie die Töpfe und Pfannen und das Essen darin, und er musste seine Haarbürste nicht mehr mitten in der Nacht durch die Gegend tragen. Sie kauften zusammen ein, kochten gemeinsam, und alle paar Wochen verbrachten sie einen Samstagnachmittag damit, das Chaos zu beseitigen, das sich in der Wohnung ausgebreitet hatte, während stundenlang Carolines Platten liefen. Um ihre makellose Küche nicht schmutzig zu machen, holten sie sich anschließend eine Pizza oder etwas vom Chinesen, liebten sich dann gemächlich, vor Erschöpfung träge, auf sauberen Laken und ließen zu, dass sich ein neues Chaos auszubreiten begann.

Sie freundeten sich mit Nachbarn an, mit Leuten aus dem Fachbereich Mathematik und aus Ivans Institut und mit deren Ehemännern und Ehefrauen. Als Mann und Frau schuf er sie, und als Mann und Frau brachen die ernsthaften jungen Leute zusammen auf, als wäre jeder Kinobesuch, jede Party oder jedes Picknick ein ebenso gefährliches Unterfangen wie Noahs Fahrt in der Arche. Diese Zeit der Zusammengehörigkeit wurde in ihren letzten Jahren von der Leuchtkraft der Dekadenz überstrahlt. Caroline und Ivan standen an vorderster Stelle unter den Paaren, die danach strebten, eine Dyade von unerschütterlicher Stabilität zu schaffen, eine praktisch vollkommene Verflechtung beider Teile. Sie mussten sich nicht einmal besonders anstrengen. So misstönend ihr Liebeswerben gewesen war, so harmonisch war ihre Ehe. Sie hatten das Gelübde abgelegt.

»Ihr zwei seid einfach grässlich«, sagte einmal eine Frau, »ihr redet sogar auf Partys miteinander.« Sie verbuchten es als Neid.

Sie liebte die kalten Winter. Und wollte, dass Ivan mit ihr auf dem Teich im Park Schlittschuh lief, nach der Arbeit, in der bläulichen Januardämmerung, aber er fand stets eine Ausrede. Vor nicht allzu langer Zeit war sie bereit gewesen, zwei Monate allein in Italien zu bleiben; nun stellte sie fest, dass sie, keine halbe Meile von zu Hause entfernt, nicht allein Schlittschuh laufen konnte.

»Ach, bitte. Das wäre so schön Du kannst deine Bücher doch mal eine Weile liegen lassen.«

»Mir ist heute nicht danach.«

»Erinnerst du dich nicht, wie toll das als Kind war – es wird einem ganz warm, und über dir siehst du die Sterne? Bei uns gab es früher einen Weiher in der Stadt. Da sind wir nach der

Schule hingegangen und bis zum Abendessen geblieben. Wir sind so lange Schlittschuh gelaufen, dass sich das Gehen hinterher komisch anfühlte.«

»Im Umkreis der Vierzehnten Straße gibt es nicht viele Weiher.«

Sie waren dabei, sich für die Arbeit anzukleiden. Ivan betrachtete forschend seine Krawatten. Er hasste es, eine Krawatte zu tragen, besaß jedoch Dutzende: Er mochte sie als abstrakte Muster.

Sie ging zu ihm und legte die Arme um seinen Hals. »Darf ich dir eine persönliche Frage stellen?«

Er grunzte.

»Kannst du überhaupt Schlittschuh laufen?«

Er zog sie dicht an sich. Sie spürte, wie er den Kopf schüttelte.

»Bist du schon mal Schlittschuh gelaufen?«

Er nickte.

»Und du bist hingefallen, stimmts?«

»Schlittschuhe sind ein groteskes Fortbewegungsmittel.«

»Hör zu und sieh mich an. Wir treffen uns heute Abend, so gegen sechs, wenn fast niemand mehr da ist, und ich brings dir bei.«

In der Kälte zitternd, setzte sie sich auf eine Bank, um zu warten. Die einzigen Personen auf dem Eis waren zwei kleine, etwa achtjährige Mädchen und ein älteres Mädchen, das auf sie aufpasste. Gut – vor kleinen Mädchen würde er sich nicht blamieren. Wie sie inzwischen hatte feststellen müssen, kam er auch in diesem Fall zu spät. Es war eine Art Protest, so wie ein nervöses Zucken. Als er endlich erschien, zog er schweigend die Schlittschuhe an und stützte sich schwer auf Caroline. Sie führte ihn von dem schneebedeckten Boden auf das Eis, wobei sie sich vorkam wie eine hingebungsvolle Betreuerin im Physiotherapieraum eines Krankenhauses. Sie hatte den Arm um seine Taille gelegt, und er überließ seinen Körper der eigenen Schwerkraft. Sie blieben einen Moment in der eiskalten Dunkelheit stehen, in der die Bäume seltsam knorrig und schemenhaft aufragten. In diesem anonymen Dunkel hätte es ein beliebiger Winter sein können: Ivan hätte achtzig sein können, nicht dreißig, und sie fünfundsiebzig. Er war die schwere, greise Hülle eines Mannes, aber er war ihre Bürde, und sie würde bis zum Ende treu zu ihm stehen, ihn halten, bis er die Reise in die Dunkelheit allein antrat. Es war keine Horrorvision, nur ein Eindruck von Trostlosigkeit, und doppelt lebhaft, weil ihre und seine Fantasie derart miteinander verflochten waren, dass sie den Verdacht hegte, Ivan sähe das Gleiche. Eine *folie à deux,* die bösartigste Form.

Er stieß sie an. »Dann wollen wir mal«, sagte er barsch.

»Also los! Als Erstes versuchst du zu gehen. Du musst die Füße anheben.«

Nach mehreren Runden an ihrem Arm war er bereit, es allein zu versuchen. Und nach einigen zaghaften Runden ohne sie begann er zu gleiten und ein wenig schneller zu werden. Sein Körper verlor die gekrümmte und angespannte Haltung, als er hin und her glitt wie ein junger Nachtvogel, der einfache Schwünge übt. Um anzuhalten, prallte er gegen Caroline – er wusste noch nicht, wie man bremst. Jedes Mal, wenn sie ihn stolz auf sich zukommen sah, spannte sie alle Muskeln an, um das Gewicht aufzufangen, das in sie krachte. Ivan fand diese Zusammenstöße und Carolines geduldiges Versteifen ungeheuer lustig, alberte herum und machte sich einen Spaß daraus, viel öfter als nötig mit ihr zusammenzuprallen. Er war hochzufrieden mit sich und nahm sich für das nächste Mal Achter vor. Halleluja, er konnte Schlittschuh laufen, dachte sie, als sie ihn hinter der kleinen Insel in der Mitte verschwinden sah. Er würde ein guter Schlittschuhläufer werden, und er würde allein Schlittschuh laufen. Er war außer Sicht, lief irgendwo abseits und allein Schlittschuh, und sie verspürte eine tiefe, schuldbewusste Erleichterung.

Sie erreichten die erhofften Ziele. Caroline promovierte und wurde Dozentin, was mehr Seminare und mehr Geld bedeutete. Auch mehr Respekt, als sie, eine der wenigen Frauen in einer Männerdomäne, erwartet hatte, und sogar ein gewisses Renommee aufgrund ihrer Forschungstätigkeit, wie sie feststellte, wenn sie an Kongressen teilnahm. Noch weniger Frauen wagten sich an die esoterische Knotentheorie. Insbesondere die älteren Professoren sahen Caroline scheel an, mussten ihr am Ende jedoch widerwillig Anerkennung zollen. Sie übernahm ein neues Projekt auf dem Gebiet elementarer transzendenter Funktionen und betreute zudem Diplomanden, die Ivan gern als ihre Jungs bezeichnete. Wenn sie ausgelaugt nach Hause kam und sich nach vierstündigen Besprechungen in einen Sessel fallen ließ, brachte er ihr einen Scotch und sagte: »Was ist? Haben dir die Jungs wieder zugesetzt?« Neben seiner Arbeit am Institut veröffentlichte Ivan zwei Kapitel seines Buches in Architekturzeitschriften und wurde in den städtischen Beirat für Denkmalschutz berufen. Gelegentlich schrieb er Artikel für *The Nation*. Er hätte an einer der Universitäten unterrichten können, wenn er gewollt hätte, aber er meinte, damit würde er sich zu viel aufhalsen.

Jeder einzelne Schritt aufwärts hinterließ bei Caroline, nach dem Feiern, ein hohles, benommenes Gefühl, als hätte man ihr einen leichten Schlag in die Magengrube versetzt.

Alles kreiste unaufhörlich in einer sich ständig ausdehnenden Umlaufbahn, deren Zentrum sie selbst war. Ihr wurde schwindelig, wenn sie diesem Kreisen zusah, und dennoch schien sie eine Art ruhender Pol mittendrin zu sein. Sie konnte nicht nachvollziehen, wie sie an diesen Punkt gelangt war. Wie sie zu diesem Punkt geworden war. Irgendwo auf dem Weg dahin hatte sie etwas aufgegeben – die Beweglichkeit, das Leben. Und je häufiger das passierte, desto statischer fühlte sie sich.

Ivans Mutter stellte bei jedem ihrer allwöchentlichen Anrufe eine merkwürdige Frage. Sie wollte wissen: »Macht ihr einander glücklich?« Hätte Caroline Ivans auf Schicklichkeit bedachte Mutter nicht gekannt, so hätte sie diese Frage als aufdringlich intim empfunden. Doch Ivans Mutter spielte nicht auf Sex an. Je nachdem, wie Caroline gelaunt war, lächelte sie oder runzelte die Stirn, antwortete aber immer höflich: »Ja, natürlich.« Ivan ging nie direkt darauf ein. Wenn er gute Laune hatte, neckte er seine Mutter und sagte: »Wenn du mir verrätst, was glücklich sein heißt, sage ich dir, ob wir das einander machen.« Doch wenn er missmutig war, was er dieser Tage, wegen Überarbeitung, häufig war, sagte er gereizt: »Also wirklich, Mom!«

»Was genau meint sie eigentlich damit?«, fragte Caroline eines Abends, nachdem sie aufgelegt hatten.

»Weiß der Geier«, knurrte er und schenkte sich einen Drink ein.

»Wird von Eheleuten verlangt, dass sie einander glücklich machen? Abgesehen von allem anderen?«

»Ich habe keine Ahnung«, sagte Ivan. »Für mich hört es sich an, als wäre das zu viel verlangt.«

Viele Abende verbrachten sie miteinander in dem Raum, den sie sich als Arbeitszimmer eingerichtet hatten, die

Schreibtische an gegenüberliegenden Wänden, sodass beide mit dem Rücken zueinander saßen. Sie stellte sich gerne vor, dass – obwohl ihre Köpfe in entgegengesetzter Richtung über ihre jeweilige Arbeit gebeugt waren – eine Art warmer und verbindender Strom zwischen ihnen pulsierte. Eines Abends hob sie den Kopf und spürte nichts, spürte das Fehlen dieses Stroms. Strom muss mit Brennstoff versorgt werden: Der Brennstoff war ausgegangen, verbraucht worden, sie wusste nicht, wie. Sie drehte sich um. Ivans Kopf war vornübergebeugt, und er schrieb. Er spürte nicht, dass sie hersah. Sie stand auf und ging im Zimmer herum.

»Möchtest du eine Pause machen und einen Kaffee trinken?«, fragte sie.

Nach geraumer Zeit antwortete er: »Nein«, ohne aufzublicken.

Das war verständlich; sie wusste, was es heißt, in etwas vertieft zu sein. Später würde er zu ihr kommen, im Bett. Dort war er in sie vertieft. Die Luft im Zimmer wurde plötzlich drückend und stickig. Sie machte das Fenster weit auf. Ivans Unterlagen flatterten und raschelten.

»Könntest du das Fenster bitte etwas schließen?«, sagte er, ohne aufzublicken.

Sie machte das Fenster zu und flüchtete ins Schlafzimmer. Während sie im Bett wartete, las sie alte Ausgaben der *Nation,* hauptsächlich Artikel, die Ivan geschrieben hatte, weil ihr sein Stil gefiel, der epigrammatisch und dennoch flüssig und komplex war. Ivan analysierte die gesellschaftlichen Ursachen des Niedergangs städtischer Räume mit unnachsichtiger Luzidität, die er beim Sprechen nicht immer an den Tag legte. Diese Luzidität erinnerte sie an die Romane von Jane Austen, ihre Lieblingslektüre in jungen Jahren, und zu ihrem Leidwesen musste sie daran denken, dass die Handlung in allen abrupt mit der Hochzeit endet. So befriedigend Jane Austen auch war, so fragte sich Caroline auf der letzten Seite dennoch jedes Mal, was dann geschah, und dann, und danach? Was würde mit ihr geschehen, wenn etwas sie jetzt aufrütteln würde? Aber was? Irritiert begann sie zu rauchen, obwohl Ivan Zigarettengeruch über dem Bett hasste. Ihr Gejammer war töricht, kindisch. Das Problem waren lediglich ihre eigenen Erwartungen. Ihre Naivität. Das Problem war lediglich, dass sie früher einer Zukunft voll großer und unvorstellbarer Veränderungen entgegengesehen hatte, voller Drehungen und Wendungen, und dass diese Zukunft nun prosaisch vorstellbar und linear geworden war: berufliches Weiterkommen, eine größere Wohnung, Reisen. Ein halbwegs angenehmes Leben. Sie nahm ihren schlichten Ehering ab und drehte ihn zwischen den Fingern. War es nur eine Laune der Sprache, dass der Kreis in der Topologie als trivialer Knoten bezeichnet wird? Als Ivan ins Bett kam, empfing sie ihn mit wilder Leidenschaft, die jedoch teilweise vorgetäuscht war. Sie war ruhelos. Sie wollte es, aber nicht ihn.

Ihre Beziehung wurde fader, verlor ihre Vitalität, so wie ein Druck, der zu lange an der Wand hängt, die Leuchtkraft seiner Farben verliert, und tatsächlich verloren die Drucke, die er aus Italien mitgebracht hatte – prächtige alte Bauwerke und terrassierte Hügel –, ihre Farben, als sie einige Jahre im erbarmungslosen, durch die Ostfenster einfallenden Sonnenlicht hingen. Caroline verstand jetzt, was ihre Freunde damit gemeint hatten, sie beide seien einfach grässlich: Denn nun mischten sie sich auf Partys unter die Gäste. Sie sprachen mit anderen Leuten, sie flirteten. Bei einem Tanz mit irgendeinem Mann ließ sie sich in einer engen erotischen Umarmung in eine dunkle Ecke ziehen. Es war interessant, der Mann hatte einen interessanten Körper. Einen anderen als Ivan. Ivan mit seinen Kontaktlinsen entging natürlich nichts. Sie und der Mann lösten sich voneinander; fünfzehn Minuten später sah sie, wie Ivan die Frau dieses Mannes küsste. Auch das war in Ordnung. Sie waren quitt. Die Sache würde nie erwähnt werden, außer vielleicht in einigen Monaten, und dann scherzhaft.

Sie gingen viel ins Kino. Caroline mochte Liebes- und Familienfilme, Filme über Begierde und Konflikte, Verrat und Verzicht, während Ivan politische Filme mochte – Konfrontation und Macht, Strategie und Intrige. Sie sahen sich geduldig die Filme des anderen an, aber meistens hielt Ivan ihre Lieblingsfilme für allzu grobe Vereinfachungen, in denen sich strebsame gute Menschen gegen hinterhältige böse Menschen wehren mussten; und Caroline fand, dass in seinen Lieblingsfilmen Gut und Böse zu einem amoralischen Grau verschwammen, und sie argumentierte, ein derart hohes Maß an Mehrdeutigkeit zerstöre sämtliche Unterscheidungen. So sei das Leben nun mal, entgegnete er dann; die Dinge seien nicht so eindeutig, wie einem in der Schule beigebracht wurde. Caroline konnte eine Menge Brutalität verzeihen, solange es keine emotionale Unaufrichtigkeit gab; Ivan dagegen bestand auf ästhetischer Reinheit und ging mit Geschmacksverirrungen streng ins Gericht. Er sagte, wenn etwas schäbig ausgeführt sei, dann sei es zweifelsfrei schäbig entworfen und nicht genügend empfunden worden. Angesichts dieser ihm eigenen Rigorosität, insbesondere wenn sie einem gutgemeinten Film galt, wurde Caroline bange ums Herz. Dennoch wusste sie, dass es sich auf ihrem Gebiet genauso verhielt: Alles Wahre und Nützliche beruhte auf einer klaren Definition der Prämissen.

Sie waren sich einig, dass Macht korrumpiert, aber Caroline war überzeugt, dass sie so total korrumpierte, dass keine Hoffnung auf Verbesserung mittels sanktionierter Methoden bestand. Das Problem, wie sie Ivan eines Nachmittags im Park erläuterte, begann mit dem Gesellschaftsvertrag, wenn sich mehr als drei oder vier Personen zusammentun und Regeln aufstellen. Sie kämen sich dann wichtig vor und fingen an, die Einhaltung ihrer Regeln zu überwachen, und von diesem Gefühl der eigenen Wichtigkeit rührten alle sozialen Missstände her. So einfach sei das. Dergleichen komme sogar bei guten Menschen mit guten Regeln vor. Folglich sei sie eine Anarchistin, sagte sie zu Ivan und fügte lachend hinzu, dass er es niemandem an der Universität verraten dürfe, da sie sonst ihren Job verlieren würde. Natürlich werde sie nie eine Bombe in ein bewohntes Gebäude werfen, doch im Grunde ihres Herzens sei sie eine Anarchistin. Ivan fand, diese logische Folgerung sei untauglich. Vielleicht fand er sie ebenfalls lustig, aber er lachte nicht über Carolines Ansichten – er war ausnahmslos respektvoll und höflich. Welchen Nutzen ein heimlicher Anarchist denn habe, fragte er höflich, während er Blütenblätter aus einem Gänseblümchen zupfte. Wenn sie wirklich glaubte, was sie sagte, dann sollte sie nach New York fahren und die Börse in die Luft sprengen. Sie sagte, er sei nicht fair. Anarchismus sei weit mehr, als Bomben zu werfen, und das wisse er; er wisse, dass sie von der Freiheit von auferlegten gesellschaftlichen Restriktionen spreche, davon, Freiheit zu haben. Das sei ja alles schön und gut, sagte Ivan, jeder Mensch wolle Freiheit. Ach ja, die persönliche Freiheit. Die werde insbesondere von Angehörigen der privilegierteren Schichten reklamiert, denen es noch nie an Geld gemangelt habe. Und er bedachte Caroline mit einem seltsam gleichgültigen Blick. Falls es ihr jedoch um einen tatkräftigen Einsatz für die Sache gehe, sollte sie tun, was er vorgeschlagen habe, und die Börse in die Luft sprengen; obwohl sein Vater zu guter Letzt doch noch einige Aktien erworben habe, werde er zu ihren Gunsten aussagen. Sie solle es jedoch nachts tun, damit niemand verletzt werde. Er persönlich ziehe es vor, kleine, schrittweise, aber greifbare Verbesserungen im Rahmen des bestehenden Systems zu erreichen. Da man nie das ganze gesellschaftliche Gefüge zerstören könne, müsse man sich damit begnügen, jeweils seinen eigenen bescheidenen Beitrag zu leisten. Viel erreichen werde man ohnehin nicht. Und darum liebe er zeitlose Schönheit und ziehe es vor, am Wochenende die Nachmittage damit zu verbringen, sich in Galerien und Museen Gemälde anzuschauen. Wenn das zutreffe, wollte sie wissen, wenn er tatsächlich so über schrittweise Veränderungen und zeitlose Schönheit denke, wieso habe er dann den *National Guardian* abonniert, über dessen selbstgerechte, unschöne Hysterie sie nur lachen könne? Weil diese Zeitung etwas zu sagen habe, erwiderte er und zerpflückte ein weiteres Gänseblümchen, und weil es wichtig sei, alle Meinungen zu hören, insbesondere die, die von der Boulevardpresse ignoriert würden. Darauf hatte Caroline keine Antwort, sondern murrte nur, dass sie es nicht schätze, als Angehörige der privilegierten Schichten bezeichnet zu werden, nur weil ihr Vater an einer Highschool unterrichtet hatte, und im Übrigen habe sie nicht die Absicht, sich dafür zu entschuldigen, dass sie zu spät geboren sei, um die Weltwirtschaftskrise würdigen zu können.

Doch Monate später, als sie über den nassen Sand des Strandes von Cape Cod gingen, wo sie für drei Wochen ein Ferienhaus gemietet hatten, gestanden beide, in einem seltenen Moment der Verbundenheit, dass jeder den anderen für intelligenter hielt. Beide waren überrascht, nach all den Angriffen und Gegenangriffen ihrer Wortgefechte, und verwahrten sich mit verlegener Bescheidenheit dagegen, fassten sich dann bei der Hand und gingen weiter, während die leichte Brandung gegen ihre Füße schlug. Der einzige Unterschied, dachte Caroline, war, dass in ihrem Kompliment aufrichtige Bewunderung mitschwang und in seinem leise Missgunst.

»Auf jeden Fall bist du hübscher«, sagte Ivan. »Zumindest in diesem Punkt sind wir uns ja wohl einig.«

»Na, ich weiß nicht«, erwiderte sie neckend, »da bin ich mir gar nicht so sicher.«

Sie sah ihn an, gebräunt und erholt, er wirkte noch immer jünger als seine dreiunddreißig Jahre, und er schien ihr tatsächlich schön zu sein. Sie umarmte ihn und drängte ihn in einen Winkel hinter einigen Felsbrocken am Strand – denn obwohl sie noch immer ständig miteinander schliefen, und das mit einer neuen rastlosen Energie, kam es selten vor, dass sie, so wie früher, mit ganzem Herzen bei der Sache waren.

In ihrer Freizeit las Caroline Romane und Gedichte, während Ivan Bücher über gesellschaftspolitische Fragen oder Kunstgeschichte las. Wenn er mal einen Roman las, dann einen, von dem sie noch nie gehört hatte, wie *Die Wahlverwandtschaften* oder *Der letzte Puritaner* oder *Der Mann ohne Eigenschaften,* Romane, die die Realität, wie Caroline beim Durchblättern feststellte, so umfassend und schonungslos wiedergaben, dass ihr dabei nicht wohl war. Schon die Titel, die auf Abwesenheiten im Leben anspielten, schüchterten sie ein. Weil Ivan, der diese Bücher auswählte, selbst abwesend zu sein schien. Anwesend für Berührungen, aber abwesend für die anspruchsvolleren Sinne. Sein Verlangen nach ihr war für sie rätselhaft geworden. Warum hatte er gewollt, dass sie für immer bei ihm war, wenn er selbst abwesend war?

Während sie das Gefühl hatte, dass sie und Ivan sich voneinander entfernten, verblassten wie Gestalten im dichten Nebel, las sie Buch um Buch von Henry James. Es war die ideale geistige Nahrung: pikant, aber gut verdaulich. Alle Figuren verzichteten auf das, was sie sich am meisten wünschten, und waren deshalb nie mit der schlimmeren Qual konfrontiert, zu bekommen, was sie sich am meisten wünschten. Manchmal machte sie sich Sorgen, dass Ivan, mit seinen Büchern über aktuelle Themen und seinen brillanten, aber vernachlässigten Romanen, die Realität immer fester in den Griff bekam, während sie, mit ihren täglichen Ausflügen in die Äquivalenzen nicht-trivialer Knoten sowie in die Welt von Henry James und seinen exzentrischeren Zeitgenossen, den Bezug zur Realität zu verlieren begann. Aber vielleicht mussten sie ja nicht beide die Realität fest im Griff haben. Vielleicht konnte Ivan das für sie übernehmen. Das Grundprinzip eines jeden Systems war eine angemessene Arbeitsteilung. Tatsächlich hatten sie, da jeder ganz in seine eigene, dem anderen fremde Tätigkeit vertieft war, es in letzter Zeit unwirtschaftlich gefunden, gemeinsam zu kochen und gemeinsam zu putzen, und so hatten sie sich geeinigt, die Hausarbeit im täglichen Wechsel zu erledigen. Es war einsam abends in der Küche, aber effizienter.

In seinem Büro gab es eine Frau, wie er ihr eines Abends beim Essen erzählte, die auf demselben Gebiet forschte wie er. Sie arbeiteten zusammen an einem Projekt, in dessen Rahmen Werke aus Museen leihweise mit einem Kunstmobil in ärmere Stadtviertel gebracht werden sollten, damit deren Bewohner, die nicht in Museen gingen, schöne Dinge zu sehen bekamen. Die Sicherheit war natürlich ein Riesenproblem – vielleicht kam das Projekt nie zustande. Die besagte Frau hatte den ungewöhnlichen Namen Chantal. Sie führte auch ein ungewöhnliches Leben. Ihr Vater war im diplomatischen Dienst gewesen, und so hatte sie ihre Kindheit in fremden Ländern verbracht und an der Sorbonne studiert. Sie war etwa vierzig, nach Ivans Schätzung, hatte keine Kinder und war mit einem Maler namens Joe verheiratet, der in New York lebte. Joe kam jeden Monat für eine Woche nach Boston und wohnte dann bei Chantal in ihrem sanierten Sandsteinhaus.

»Und das nennen sie eine Ehe?«, sagte Caroline.

»Ja.«

»Merkwürdig. Ich meine, wollen die beiden zusammen sein oder nicht?«

»Ich nehme an, sie wollen eine Woche im Monat zusammen sein. Er ist an irgendetwas beteiligt, einer genossenschaftlichen Galerie oder etwas Ähnlichem, jedenfalls gefällt es ihm in New York. Und sie ist lieber hier.«

»Wie praktisch. Vermutlich hat sie … andere Männer, in den drei Wochen, wenn Joe nicht da ist?«

Ivan bedachte sie mit einem seiner kritischen Seitenblicke und zuckte die Schultern. »Von dem Teil ihres Lebens weiß ich nichts. Aber sie ist sehr nett. Sehr interessant. Ich dachte, wir könnten sie mal zum Abendessen einladen.«

»Hm«, sagte Caroline und nahm sich noch eine Portion Spaghetti. An diesem Abend hatte Ivan gekocht, und zwar hervorragend. Spaghetti al pesto, grün und körnig. Am besten verstand er sich auf ausländische Gerichte. Er konnte ja an dem Abend kochen, an dem Chantal kam. Caroline hatte nicht die Absicht, sie zu mögen. Es erschien ihr nicht gerecht, dass Chantal sowohl die Vorteile des Ehelebens als auch des Singledaseins genoss. Sie konnte sich schon vorstellen, wie diese Chantal aussah: Bestimmt trug sie lange dunkle geblümte Röcke, lange Ohrringe und hatte dunkle Augen und lange dunkle Haare. Bestimmt war alles an ihr lang und dunkel und eher schlabberig, aber sie hatte sicher breite Schultern und breite Hüften. Sie sah bestimmt aus wie eine elegante Bäuerin.

Chantal kam nicht zum Abendessen, da Ivan nicht mehr davon sprach, sie einzuladen. Ihr Name tauchte auf, wenn er über das Kunstmobil sprach, und hin und wieder, wenn er erwähnte, dass er mit ihr zu Mittag gegessen hatte, entweder zusammen mit anderen oder allein. Seine Arbeit nahm ihn noch mehr in Anspruch, und ein- oder zweimal in der Woche musste er abends länger im Büro bleiben. Nicht wegen des Kunstmobilprojekts, wie er sagte, sondern wegen des Architekturwettbewerbs für das neue Rathaus. An einem dieser Abende, an denen er spät heimkam, las Caroline im Bett *Die goldene Schale.* Der Name der Figur, die im Roman zwischen das junge Ehepaar trat, war Charlotte, und als sie diesen Namen las, musste sie an Chantal denken. Sie blickte vom Buch auf das Tableau vor ihr – Kommode mit Kamm, Bürste und Parfümflakons, bunte Perlenketten, die an Nägeln an der Wand hingen, Bücherregale, Druck von Degas' Tänzerinnen, die sich steif vorbeugen, um ihre Ballettschuhe zu binden –, das ihr plötzlich nicht mehr vertraut war. Sie war in ihrem eigenen Schlafzimmer eine Fremde. Genau in diesem Augenblick könnte Ivan Chantal vögeln. Vielleicht stöhnte Chantal vor Lust. Oder schrie – vielleicht war sie der Typ, der schrie. Oder nein, vielleicht hatte sie Schwierigkeiten, zu kommen. Oh ja, diese Vorstellung gefiel ihr sehr: Chantal unter Ivan, wie sie sich vergeblich bemüht, einen Orgasmus zu haben. Vielleicht kam sie ja überhaupt nie. Doch dann würde Ivan nicht auf ihr liegen – Ivan verlangte eine Reaktion. Das Selbstwertgefühl mancher Männer basierte auf ihrer Fähigkeit, eine Erektion zu haben, während Ivans angenehmerweise darauf basierte, eine Reaktion hervorzurufen. Möglicherweise war es ja auch sein erstes Mal mit Chantal. Er würde sicher bald dahinterkommen und nie mehr hingehen, es sei denn, er hielte es für wert, sie aus dieser Zwangslage zu befreien. Nein, Ivan hatte nicht das Zeug zum Missionar. Vielleicht hatte er ja selbst Probleme. Vielleicht musste Chantal die Sache voranbringen. Wahrscheinlich nicht; die Art Probleme hatte er nicht. Aber trotzdem, eine andere Frau, die Heimlichkeiten, die Schuldgefühle. Selbst ein so unerschütterlicher Mann wie Ivan …

Sie erkannte beschämt, dass ihre Fantasievorstellungen allesamt mit vulgärem körperlichem Versagen zu tun hatten. Doch aller Wahrscheinlichkeit nach war es nichts dergleichen. Ivan war anziehend und unwiderstehlich, Chantal war eine dunkle, leidenschaftliche Zigeunerin. Sie legte das Buch weg, verschloss ihre Augen vor dem fremden Zimmer und gestand sich dumpf ein, dass sie trotz der lebhaften Bilder in ihrem Kopf nichts empfand.

Es war furchtbar, nichts zu empfinden. Weder Abscheu noch Eifersucht noch Verlangen, nur leichte Verärgerung, als hätte sich ein Außenstehender einen wichtigen Haushaltsartikel geborgt, den er ganz gewiss lädiert zurückbringen würde. War es das, was aus ihrem vielversprechenden Leben geworden war? Allein im Bett zu sitzen, während ihr Mann irgendwo eine Frau mit exzentrischen Gewohnheiten fickte, und nichts zu empfinden, außer armseliger Verärgerung? Sie versuchte sich vorzustellen, was Ivan veranlassen würde, zu dieser Frau zu gehen: Einsamkeit, Langeweile, Rastlosigkeit. Das alles empfand auch sie jetzt, nur dass sich ihr Geist auf keines dieser Gefühle konzentrieren wollte – sie bildeten ein schwülstiges Milieu, in das sie sich so leichtfertig begeben hatte und in dem sie sich nun schon so lange treiben ließ. Was sie sich ohne Weiteres, und mit einer kleinen zärtlichen Regung, ausmalen konnte, war, wie er Chantal näherkommen würde: seine Befangenheit, das mühsam unterdrückte Verlangen und die leise Furcht, genau wie damals bei ihr. Was zog ihn an? In erster Linie der Name. Chantal war ein romantischer Name, Ivan sprach ihn bestimmt gerne aus. Sie konnte seine Freude an der Schönheit des Klangs nachempfinden. Er würde diesen besonderen Ton benutzen, um »Chantal« zu sagen, den Ton, den er benutzte, wenn Liebe und Begierde ihn erfüllten, und den sie selbst in letzter Zeit immer seltener hörte. Und dann, wie er Chantal berührte. Ihre Haut, ihr Haar. Sie empfand mit Ivan, der ihr schließlich so nahestand, empfand Ivans Lust an der Berührung mit. Mochte er dieses Wunder ruhig mit Chantal erleben, wenn er es mit ihr zusammen nicht mehr konnte. Jeder sollte es erleben. Sie dachte an die Art und Weise, wie er mit ihr, Caroline, schlief, an seine Bewegungen und Liebkosungen, die Teil ihres Körpers geworden waren, zugeschnitten und angefertigt, um sie einzuhüllen wie eine zweite Haut, und die alle in gleicher Weise erwidert wurden, sodass sie beide im Dunkeln noch immer eine stützende Nähe empfanden, trotz der bei Tageslicht so deutlich sichtbaren Abwesenheit. Aber was, wenn seine Art und Weise bei Chantal nicht so gut passte? Chantal war ein anderer Körper; vielleicht brauchte sie eine andere Sorte Liebhaber. Jenseits aller Vernunft wünschte sie, Ivan möge

Chantal befriedigen, um seines Stolzes willen, damit der Liebhaber, der er war, angemessen gewürdigt wurde. Auch um ihres eigenen Stolzes willen, denn der Liebhaber, der er war, gehörte ihr. Deshalb war sie letztendlich bei ihnen, geschlechtslos und ohne sexuelle Erregung, nahm an seinem Geben und ihrem Empfangen teil, damit alles gutging.

Ivan kam herein. Sie gab vor, zu schlafen. Er zog sich leise aus, kam ins Bett und legte die Arme um sie.

»Schläfst du?«, flüsterte er.

Sie gab keine Antwort.

»Caroline«, fragte er hartnäckig, »bist du wach?«

»Nicht so richtig.«

»Sei wach, Caroline.«

»Warum?«

»Warum wohl?«

Sie war, in ihrer Fantasie, bereits über ihre Kräfte hinausgegangen. Das war nun wirklich zu viel verlangt.

»Bist du nicht müde?«, fragte sie.

»Nicht zu müde. Komm schon. Komm zu mir.«

Sie wollte ihn nicht berühren, möglicherweise direkt nach Chantal, doch sie wollte, dass er sie berührte. Erschöpft und leer, wollte sie nichts tun, nur Liebe empfangen. Ivan verstand, und sie wiederum reagierte auf ihn so, wie er es erwartete. Und weil sie um nichts in der Welt hätte sagen können, ob er sie begehrte, nachdem er lange allein gearbeitet hatte, oder aber Chantal, die ihn über alle Maßen enttäuscht oder erregt hatte, begann sie zu weinen.

»Was ist denn, Schätzchen? Wars nicht schön für dich?«

»Doch, doch. Es ist nur … Ivan, ich habe das furchtbare Gefühl … irgendetwas zwischen uns ist ganz und gar nicht in Ordnung, und das ertrage ich nicht.«

Er schwieg. Sie erwartete, dass er es abstreiten oder einschlafen würde.

»Stimmt. Ich weiß. Ich bin nur zu erschöpft, um jetzt darüber zu reden. Können wir das ein andermal tun?«

Einige Wochen später ging sie auf dem Heimweg von der Arbeit in eine Buchhandlung, um ein Geburtstagsgeschenk für Lila zu kaufen, die fünfjährige Tochter von Freunden, die unter ihnen wohnten. Lila war ein frühreifes, zartes Kind, das bereits lesen lernte. In letzter Zeit klingelte sie am Wochenende oft bei ihnen und trat, ein Buch an sich gedrückt, schüchtern über die Türschwelle. Ivan nahm sie dann auf den Schoß und las ihr vor, was sie gerade mitgebracht hatte, und anschließend erzählte er ihr, mit tiefer dramatischer Stimme, Geschichten von Feen, Ungeheuern und Elfen. Lila hielt alle für wahr, und Ivan ließ sie in diesem Glauben.

Caroline war noch nie in der Kinderabteilung gewesen. Sofort bezaubert, las sie Buch um Buch durch, und als sie eine Stunde später ging, fühlte sie sich so beflügelt, als wäre sie in ferne Länder gereist. Hier war eine komplette Subkultur, einschließlich ihrer Literatur, die das Bewusstsein ihrer Angehörigen – Kinder – ebenso perfekt verkörperte, wie es die Literatur eines jeden Volkes tat. Diese vor Leben sprühende Alternative war reizvoller als der korrumpierte Massengeschmack. Um sich jedoch darin heimisch zu fühlen, musste man entweder ein Kind sein oder ein Kind haben.

»Schau mal, was ich für Lila gekauft habe«, sagte sie abends. Ivan lag auf der Couch und las, die eine Hand unter dem Kopf, während die andere das Buch aufrecht auf seiner Brust hielt, so wie ihr Vater es nach dem Abendessen zu tun pflegte.

»Zeig mal«, sagte er. »Ah. *When We Were Very Young,* Gedichte für Kinder von A. A. Milne. Ich glaube, das hat sie noch nicht.«

»Ich glaube, es wird dir gefallen. Weißt du, als ich da im Laden in den ganzen Kinderbüchern geschmökert habe, hatte ich plötzlich eine Eingebung.«

»Wirklich? So wie James Joyce?«

»Ich glaube, ich hätte gerne ein Kind.«

»Ein Kind.«

»Ja. Das ist ganz einfach. Man muss nur machen, was wir immer machen, bloß ohne …«

»Würdest du bitte aufhören, wie ein Idiot daherzureden?« Ivan setzte sich auf und legte *Die Geschichte vom Prinzen Genji* beiseite. »Du willst ein Kind. Ich bin etwas überrascht. Erst neulich sagtest du, und ich zitiere, das Eheleben werde überschätzt.«

»Ich weiß. Aber ich habe meine Meinung geändert. Es wäre etwas Produktives.«

»Leute, die Kinder bekommen, um … um ihre Ehe zu retten – das ist das Allerletzte.«

»Ja, ja, ich weiß. Aber es ist nicht deshalb. So schlimm steht es nun wirklich nicht um uns. Schau, ich meine, wir schlafen noch immer miteinander. Wenn man kurz vor einer … ach, du weißt schon … dann schläft man nicht mehr miteinander so wie wir.«

»Woher weißt du das? Das ist eine ziemlich naive Vermutung. Außerdem hat Sex nichts zu bedeuten. Sex kann man mit jedem haben.«

Sie sah ihn scharf an, doch ihre Stimme blieb ruhig. »Da kann ich nicht mitreden. Für mich hat Sex nicht nichts zu bedeuten.«

»Na ja, nicht direkt nichts. Der springende Punkt ist doch …« Er musterte sie skeptisch. »Bist du sicher, dass du ein Kind willst?«

»Du magst Lila, stimmts? Du magst Kinder.«

»Lila kommt zu Besuch. Unseres würde hier leben. Außerdem ist das keine Antwort.«

»Nein, ich bin nicht sicher. Ich dachte nur, dass es interessant wäre. Und ich möchte deine Meinung dazu hören.«

»Caroline!«

»Was?«

»Warum redest du so?«

»Wie denn?«

»Du weißt, was ich meine. Du klingst nicht wie du selbst.«

»Weil ich nicht mehr weiß, wie ich mit dir reden soll!«, rief sie aus. »Ich weiß nicht, wo du bist und was du vorhast. Du erzählst mir nichts. Der einzige Kontakt, den wir noch haben, findet im Bett statt. Was zum Teufel hat das alles zu bedeuten?«

Ivan beugte sich mit dem Kopf in den Händen vor. Als er sich wieder aufrichtete, war sein Gesicht grau geworden. »Das ist nicht wahr.«

»Aber fast.«

Er griff nach ihrer Hand. Seine Hände waren warm und groß, und ihre verschwand zwischen ihnen. Er legte ihre Hand auf seinen Oberschenkel.

»Oh ja, das ist natürlich viel einfacher, als zu reden, Ivan. Doch es ändert gar nichts.«

Er ließ ihre Hand los. »Nicht einmal dafür brauchst du mich noch. Wofür brauchst du mich eigentlich? Um dir ein Kind zu machen?«

In seinen Augen standen Tränen. Carolines Herz verkrampfte sich. Ihre inneren Organe zogen sich zusammen, und einen Moment lang befürchtete sie, ihr geschrumpftes Herz würde ganz zu schlagen aufhören. Aber sie wollte ihn jetzt nicht berühren. Sie sagte: »Hältst du das für das Beste an dir? Da täuschst du dich.«

»Ich glaube, du hast genug von mir. Ich wusste, dass das passieren würde.« Ivan lehnte sich zurück und breitete die Arme auf der Rückenlehne der Couch aus: Er lag da wie ein Opfer. Wenn sie sich nicht vorsah, würde sie auf ihn klettern, um ihre Frustration abzureagieren, doch die ließ sich nicht abreagieren, nur unterdrücken.

»Nein. Ich kann alles aushalten. Ich habe das Sterben von zwei Menschen durchgestanden. Du bist derjenige. Du liebst mich nicht mehr«, sagte sie. »Du liebst nur dich selbst. Deine Projekte. Deine Arbeit. Dein Vergnügen.«

»Und ob ich dich liebe«, sagte er bitter. Die Worte klangen, als würden sie aus ihm herausgepresst, wie bei einer Vernehmung. Carolines Augen weiteten sich bestürzt.

»Warte«, setzte er rasch hinzu, »so habe ich das nicht gemeint.« Er schloss die Augen und legte die Hände auf die Oberschenkel, die langen angespannten Finger gespreizt. Er atmete ein und aus wie ein erschöpfter Läufer. »Ich liebe dich«, sagte er ruhig. »Du hingegen hältst es einfach aus.«

»Manchmal verdrehst du alles. Ich halte durch, weil ich dich liebe. Weil mir das wichtig ist. Trotzdem stimmt etwas nicht zwischen uns.«

»Nicht mehr als normal. So ist das eben im wirklichen Leben. Irgendwann wird es … träge.«

»Damit werde ich mich nie abfinden«, sagte sie. »Wenn das stimmt, dann will ich nicht normal sein.«

»Was dann?«

»Das Leben wäre nicht träge, wenn wir offen füreinander wären.«

»Offen füreinander! Ich hasse diesen Psychojargon.«

»Na schön. Dann sei halt ein Purist. Aber du bist irgendwo anders, Ivan.«

»Dann sag mir, wo ich bin, Caroline.«

»Das wüsste ich auch gern. Vielleicht ... vielleicht bei Chantal.«

Er stand auf und ging zum Fenster. »Sei nicht albern. Ich dachte, jetzt kommt etwas Tiefschürfendes. Etwas Metaphysisches. Eine Eingebung.«

»Nicht, dass es mir etwas ausmacht«, sagte sie. »Es ist mir egal, ob du etwas mit ihr hast. Offensichtlich ist nur, dass sie dich ganz schön auslaugt.«

Er fuhr herum. »Halt den Mund! Weißt du, was du mir antust, wenn du so daherredest? Wie kannst du so etwas sagen?« Er warf sich in einen Sessel, sprang wieder auf, begann herumzugehen. »Du bist gehässig, weißt du das? Du bist vulgär. Du bist wie ein Beil. Du bringst mich noch um.«

Sie war erstaunt über ihre plötzliche Härte. Ihr Körper nahm die Worte hin, als wäre sie aus Stein. »Ivan«, antwortete sie ungerührt, »ich komme ja gar nicht nahe genug an dich heran, um dich umzubringen.«

»Und du willst ein Kind. Willst ein Kind diesem Schlamassel aussetzen.«

»Ja. Ich weiß, dass unsere Beziehung derzeit sehr hässlich ist. Aber das ist sie doch nicht immer. Das ist nur eine ... *brutto periodo.*«

»Eine was?«

»Erinnerst du dich nicht? Eine *brutto periodo.* Das geht vorbei.«

»Ach, das.« Ivan setzte sich wieder auf die Couch. »Das scheint mir hundert Jahre her zu sein. Hör zu, Caroline, so kommen wir doch nicht weiter. Ich kann derartige Szenen nicht ertragen. Es wäre wohl für uns beide besser, wir würden uns trennen.«

»Das wäre es nicht. Schau dir die Singles an, wie sie herumhetzen und die Partner wechseln wie beim Squaredance. Willst du das allen Ernstes? Du wirst keine finden, die dich besser versteht als ich. Und ich würde vermutlich nie einen finden, der es mit mir aushält.«

»Begreifst du denn nicht, dass diese Art Verständnis … tödlich ist? Darauf kann ich verzichten«, sagte Ivan. Seine Stimme wurde jedoch sanfter, verlor den abweisenden Beiklang. »Wenn du so viel verstehst, wirst du doch auch einsehen, dass ich nicht etwas sein kann, was ich nicht bin.«

»Das verlange ich doch gar nicht. Ich bitte dich nur, so zu sein, wie du bist. Wie du warst.«

»Dann sag mir ganz genau, was du von mir willst und nicht bereits hast.«

Sie schüttelte den Kopf. »Ich weiß nicht, wie ich es anders ausdrücken soll.«

»Caroline, lass uns damit aufhören. Ich will Ruhe und Frieden haben.«

»Ich mag Ruhe und Frieden nicht. Ich meine, nicht die Art von Frieden. Es ist leicht, friedlich zusammenzuleben, wenn zwei Menschen nichts voneinander wollen, sondern sich lediglich eine Wohnung teilen. Das ist kein Frieden, das ist ein Vakuum.«

Ivan schloss die Augen.

Nach langem Schweigen sagte sie: »Barbara und Rick haben gestern die Scheidungspapiere bekommen. Ich bin ihr auf dem Campus begegnet. Sie sah furchtbar aus. Und Christine hat eine Affäre mit einem Schauspieler aus ihrem Ensemble und leidet darunter. Cory und Joan trennen sich. Ich habe gestern einen Brief von ihr bekommen.«

»Cory und Joan?«

»Ja. Sie schrieb nicht genau, wie es dazu kam. Einer der Gründe ist wohl, dass er trinkt, und zwar Unmengen, und damit kann sie nicht leben. Dem Baby macht es auch Angst.«

»Cory trinkt?« Ivan sah sie verdutzt an. »Er war doch immer wie ein Kind.«

»Stimmt. Aber Menschen werden nun einmal erwachsen. Ich will nicht so werden. Und will nicht, dass du so wirst.«

»Das ist ja schrecklich. Ausgerechnet Cory.« Er stand wieder auf und ging im Zimmer herum. »Ich kapiere das nicht. Die beiden schienen mir ganz glücklich zu sein.«

»Ach, glücklich.« Sie machte eine wegwerfende Handbewegung.

»Was hast du gegen glücklich?«

Caroline lachte kurz auf. »Erinnerst du dich nicht? Du warst doch derjenige, der gesagt hat, Glücklichsein sei nicht der springende Punkt.«

»Habe ich das gesagt? Und was war für mich der springende Punkt?«

»Das hast du nicht gesagt. Mich wundern diese Trennungen überhaupt nicht. Ich habe sie kommen sehen. Es gab Dinge …«

»Tja, ich stochere nicht so herum wie du«, sagte Ivan und setzte sich wieder neben sie.

Caroline rückte etwas zur Seite, um ihm ins Gesicht sehen zu können. Sie berührte leicht seinen Arm. »Ivan. Lass uns nicht so werden. Lass uns anders sein. Wir schaffen das.«

»Das haben bestimmt alle gedacht.«

»Du wolltest, dass ich dich heirate«, sagte sie leise, »damit ich immer da bin. Also habe ich dich geheiratet und werde immer da sein. Nun möchte ich etwas, Ivan. Ich möchte ein Kind.«

Endlich drehte er sich um und blickte sie direkt an. Sie sah, dass eine Barriere in ihm, endlich, nachgegeben hatte. Er war so präsent, als würden sie sich umarmen.

»Du hast tatsächlich deine Meinung geändert«, sagte er. »Hattest du so eine Regung, hier oder hier?« Er wusste inzwischen genau, wo bei einer Frau was war.

Ihr stiegen Tränen in die Augen. »Um die Wahrheit zu sagen, nein. Es ist einfach nur, dass das hier … nicht genug ist.«

»Du meinst damit«, sagte er, ohne den Blick von ihr abzuwenden, »dass ich nicht genug bin.«

»Nein, nicht du«, protestierte sie. Sie spürte entfernt, dass Tränen von ihren Wimpern tropften. »Das hier ist nicht genug.«

»Also gut.«

»Aber willst du es wirklich?«

»Ich sagte doch, also gut.«

»Das ist nicht dasselbe wie es wollen.«

»Du wirst dich damit begnügen müssen. Du hast bekommen, was du wolltest, Caroline, stimmts? Also zieh deine Krallen wieder ein.«

»Tut mir leid. Ehrlich. Ich versuche ja nicht, den Sieg davonzutragen. Ich sage das nur, weil du, na ja, weil du dann Vater wirst. Wirst du ein Vater sein?«

»Herrgott noch mal! Ja, ich werde ein Vater sein. Es ist ja auch mein Kind. Wofür hältst du mich?«

CAROLINE DACHTE, ES WÄRE GANZ EINFACH. Bei allen anderen klappte es im Nu, klappte es so gut, dass die Hälfte der Frauen ihres Bekanntenkreises irgendwann den günstigen Wochenendflug nach Puerto Rico für eine Abtreibung genutzt hatten. Inzwischen empfand sie wenig Mitleid angesichts dieser Horrorgeschichten. Was stimmte bei ihr und Ivan nicht? In der Algebra musste man nur beharrlich sein, um letztendlich Ergebnisse zu erzielen. Doch bei menschlichen Unterfangen gab es keine gerechte Korrelation zwischen Anstrengung und Ergebnis. Sie und Ivan und alle, die abtrieben, waren der Beweis. Ihr flacher Bauch war es ebenfalls, genau wie der entsprechende Neid von Freundinnen, die mit dem zweiten oder dritten Kind schwanger waren.

Einige unbedachte Worte genügten, schon hagelte es aus allen Richtungen Ratschläge. Auf offensichtliche Krüppel wurde Rücksicht genommen, sie beide wurden hingegen herablassend behandelt. Zwei totale Versager. Für Caroline spielte es keine Rolle, ob das Problem bei ihm oder ihr oder bei beiden oder keinem lag; sie war nur maßlos gereizt. Genau wie Ivan. Die Gereiztheit schwappte auf die Ratschläge gebenden Freunde über, die in rasend machender Weise Entschuldigungen für sie fanden – der Stress, unter dem sie beide standen. Sie konnten es sich nicht leisten, allzu genervt voneinander zu sein. Ärger konnte, wie sie bereits wussten, ein starkes Aphrodisiakum sein, Gereiztheit nicht.

Sie gaben sich nicht genug Mühe, wie man durchblicken ließ. Es gab Möglichkeiten, die ihnen ihr Stolz verbot. Caroline weigerte sich, jeden Morgen fünf Minuten lang ihre Temperatur zu messen und in ein Diagramm einzutragen, um die wärmsten Phasen für Sex zu nutzen und den Akt dann zu vermerken. Ivan nannte das *Carpe diem.* Sie sprach von der Fickfrequenz. Sie wäre eher unfruchtbar gestorben, als einem Arzt die Kurven ihrer und Ivans sexueller Begierde, oder deren Fehlen, vorzulegen. Die brutale Wahrheit war jedoch, dass sie nicht die Frequenz der Begierde vermerken musste, sondern lediglich die Frequenz des Vollzugs. Früher bildeten beide eine Linie, die sich nun geteilt hatte und in separaten Bahnen verlief. Sie und Ivan begehrten, ohne den Akt zu vollziehen, und sie vollzogen ihn, ohne zu begehren.

Sie studierte das Diagramm, während sie und Ivan vor dem Abendessen einen Scotch tranken. Er blätterte im *National Guardian,* in dem es nur noch um die Kubakrise ging. Als Kennerin der Materie fand Caroline die vor ihr liegende grafische Darstellung schlecht gemacht. Schlampig. Ein unkontrolliertes Experiment mit einem höchst mangelhaften Verständnis bezüglich der Komplexität der damit verbundenen Faktoren. Die Daten konnten, da sie unvollständig waren, große und irreführende Schwankungen enthalten, für die es kein Korrektiv gab. Ästhetisch war das Diagramm eine Zumutung – selbst die Zweitsemester ihres Seminars hätten es besser gemacht. Aber natürlich ging es ihr nicht um die Ästhetik. Ihr ging es darum, schwanger zu werden. Und das tat man, indem man einen Punkt anbrachte, ein Sternchen anbrachte, einen Buchstaben anbrachte. Es gab einen Code, samt Zeichenerklärung.

»Aha! Jede Wette, dass man nichts eintragen muss, wenn man es oral macht«, bemerkte sie.

»Was murmelst du da vor dich hin?«, fragte Ivan, noch immer lesend. »Oral was?«

»Oralverkehr.«

Er hüstelte diskret. »Wahrscheinlich nicht. Warum?«

»Tja, das können wir dann wohl vergessen. Es sei denn, ich habe vor, es im Rachen auszutragen.«

Er bedachte sie mit einem seiner Seitenblicke, ganz missbilligender Schulmeister. Sie warf das Diagramm weg. »Ich habe keine Nerven für diesen Schwachsinn. Ich kann mich nicht jeden Morgen als Erstes mit so was abgeben. Ich muss arbeiten gehen.«

Ivan blätterte um. »Es ist unglaublich«, sagte er, »wie kurz wir vor einem großangelegten Atomkrieg standen.«

»Ivan. Was hältst du davon, wenn wir dem Ding ein Schnippchen schlagen und etwas sehr Unanständiges tun?«

Ivan, mit seinem selektiven Gehör, legte prompt den *Guardian* weg. »Ich hätte nichts dagegen.«

So undenkbar für sie das Eintragen in ein Diagramm war, so undenkbar war auch die andere Alternative. Sie kannte Ivan. Sie wusste genau, was er ihr zuliebe tun würde und was nicht. Er war bereit, verheiratet zu bleiben und Vater zu sein, aber er würde nie und nimmer einer weiß bekittelten Person in einen kleinen Raum folgen und zu Musikberieselung in einen Plastikbecher onanieren, während er sich Fotos im *Playboy,* im *Hustler* und im *Swank* anschaute. Sie machte sich erst gar nicht die Mühe, es vorzuschlagen.

Die Angespanntheit ließ Ivan nicht erschlaffen. Er wurde sogar potenter, legte eine wilde Entschlossenheit an den Tag, die Natur zu überlisten, was allerdings nichts fruchtete und

Caroline in der Seele wehtat. Sie hätte ihm gerne erklärt, dass es sich nicht um ein physikalisches Experiment handelte, wo stärkere Stöße, tieferes Eindringen und höhere Geschwindigkeit etwas bewirken konnten, sondern um Chemie, eine nicht so leicht zu kontrollierende Disziplin. Aber sie brachte es nicht über sich, ihn zu verletzen; sie hatte noch nie zu denen gehört, die im Bett Kritik üben, und so machte sie die Augen zu und ertrug es. Wenn er in ihr explodierte, war sie erleichtert und dachte an die Wahrscheinlichkeitstheorie. Sie vergaß, wie es sein konnte, wenn der Sex nicht zielgerichtet war.

Ihre eigene Reaktion auf die vergeblichen Versuche war Übelkeit. Es gab Phasen, in denen sie kaum etwas essen konnte, Zeiten, in denen sie aus leerem Magen Galle erbrach, Kopfschmerzen und Schwindelanfälle hatte. Am Anfang dachte sie, es seien Virusinfektionen, die gerade umgingen, aber dafür traten die Symptome zu häufig auf – und auch dann, wenn alle anderen nichts hatten.

Sie hoffte, fit genug zu sein für die Party am Valentinstag, die einer von Ivans Institutskollegen gab. Wie üblich kamen sie mit Verspätung; Ivan hatte erst noch einen Antrag zu Ende lesen müssen. Beim Eintreten bekam jeder ein kleines rotes Satinherz zum Anstecken. Ivan sagte: »Vielleicht sollte ich mein Herz auf der Zunge tragen.«

»Ausgerechnet du! Dafür bist du nicht der Typ«, erwiderte sie. »Es genügt, wenn du das Herz auf deinem Herzen trägst.«

Ivan mischte sich unter die Gäste, und Caroline setzte sich zu Antonia, einer Freundin.

»Da bist du ja endlich. Jerome wartet schon«, flüsterte Antonia und deutete mit einer Kopfbewegung auf den korpulenten Mann gegenüber, der sich gerade eine Pfeife anzündete. »Hast du nichts zu trinken?«

Antonia, eine ehemalige Balletttänzerin, hatte vor Kurzem Zwillinge zur Welt gebracht, zwei Jungen. Sie kam stets mürrisch und ungepflegt auf Partys, aber je später es wurde, desto glänzender wurden ihre Augen: Sie trank den ganzen Abend und musste gewöhnlich von ihrem Mann, der bei Ivan arbeitete, nach Hause getragen werden.

»Ich trinke heute Abend nichts.«

»Warum nicht? Damit du später beim Marihuana zuschlagen kannst?«

»Nein«, sagte Caroline. »Auch kein Marihuana. Mir ist heute nicht danach. Hallo, Jerome. Hallo, Sheila.«

Nach scheinbar endloser psychiatrischer Ausbildung und Analyse hatte Jerome gerade erst eine Praxis eröffnet. Da er ein Fanatiker war, piesackte ihn Caroline aus Prinzip. Sheila, seine Frau, stand kurz vor der Entbindung.

»Was ist los, ist dir wieder schlecht?«, fragte Sheila. Sie hielt mit beiden Händen ihren Bauch fest, als könnte er sich selbstständig machen und wegrollen.

»Nur ein bisschen. Na, Jerome, wie läuft das Geschäft? Ist dir schon so was wie der Wolfsmensch untergekommen? Oder Dora, das arme Ding? Erinnerst du dich, was du mir über Freud und Dora erzählt hast?«

Er hatte die Pfeife zwischen die Zähne geklemmt. Sein Satinherz trug er oben auf dem Knoten seiner gestreiften Krawatte. »Deine Symptome klingen nach Schwangerschaftsübelkeit.« Beim Sprechen bewegte er kaum die Lippen, vielleicht damit die Pfeife nicht herausfiel.

»Wohl kaum.«

»Bist du sicher?«, fragte Sheila.

»Ja, ich bin sicher. Aber ehrlich, Jerome, wie läufts denn so? Gibt es im Großraum Boston-Cambridge genügend zahlungswillige Neurotiker? Ich könnte mir vorstellen, dass das ein ergiebiges Revier ist.«

Antonia legte ihr beschwichtigend die Hand auf den Arm. »Sei nicht so unverschämt«, flüsterte sie. »Jerome ist nicht gut drauf.«

»Was ist passiert?«, flüsterte Caroline zurück. »Fehlerhafte Übertragung?«

»Schiere Geilheit, lautet meine Diagnose.«

»Ich kann mich nicht beklagen«, sagte Jerome. »Glücklicherweise sind die meisten Menschen in ihrem ureigenen Interesse nicht ganz so beratungsresistent wie du.«

»Aha! Und was heißt das?« Sie zündete sich eine Zigarette an, obwohl ihr vom Rauchen manchmal übel wurde.

»Wie ich dir bereits sagte, bei deinem Problem solltest du dir professionelle Hilfe suchen. Dann könntest du auf Partys wenigstens wieder trinken.« Jerome nahm die Pfeife aus dem Mund, holte ein kleines zusammenklappbares Gerät mit scharfer Spitze aus der Brusttasche und begann, den Pfeifenkopf zu reinigen. Er kratzte ihn mit affektierten Bewegungen aus und kippte die klebrigen Tabakreste in einen Aschenbecher. »Etwas würde mich allerdings interessieren, nur so aus Neugier. Als du klein warst, wie glaubtest du da, dass Babys gemacht werden?«

»Ich habe an die unbefleckte Empfängnis geglaubt«, sagte Antonia. »Ich wollte es immer auf diese Tour machen. Ich glaube, das ist bis heute ein Wunschtraum von mir.«

»Das ist eine andere Geschichte. Ich habe Caroline gefragt.«

»Ach, Jerome, vergiss doch mal deinen Beruf.«

Er deutete mit dem Pfeifenstiel auf Caroline. »Wovor hast du Angst? Ich mache nur Konversation.«

»Na gut, ich weiß es nicht mehr. Ich glaube, ich habe immer gewusst, wie das geht. Ich hatte eine Zeit lang zwei Kaninchen im Garten.«

»Hatte es deiner Meinung nach etwas mit Essen und Verdauung zu tun?«

»Mit Essen?«

»Bei kleinen Mädchen herrscht häufig die Vorstellung, ein Kind entstehe, weil etwas Bestimmtes gegessen wurde. Das ist ganz natürlich, denn sie sehen ja, wie es die Magengegend aufbläht.« Er blickte kurz auf den Bauch seiner Frau. »So wie bei Sheila. Ein Kind könnte denken, sie hätte eine Wassermelone unzerteilt hinuntergeschluckt.«

Caroline spürte, wie eine Welle der Übelkeit in ihr aufstieg, und ihre Schenkel fühlten sich schwammig an. »Dann würde ich doch essen, damit es endlich klappt, stimmts?«

Jerome beugte sich vor und tippte mit dem leeren Pfeifenkopf an ihr Knie. Einige Tabakkrümel fielen auf ihren Rock. Sie starrte das Muster an, das sie bildeten, ein fast perfektes kleines Sechseck. »Ganz so einfach ist es nicht«, sagte er. »Was dich betrifft, verweigerst du die Nahrung. Es liegt auf der Hand, dass du dich gegen die Idee einer Schwangerschaft wehrst.«

Sie fasste sich an den Hals. Jerome war so nahe, dass sie die Poren seiner Nase sehen konnte. Er roch nach Pfeifentabak. »So etwas Lächerliches habe ich noch nie im Leben gehört.«

Sie blinzelte einige Male. An der Peripherie ihres Gesichtsfelds, um Jeromes rundes Gesicht herum, zuckten undeutliche sichelförmige Blitze. Der Raum schwankte und drehte sich langsam. Sie lehnte sich zurück. »Dieser Kerl macht mich buchstäblich krank«, sagte sie zu Antonia.

»Dann leg dich hin, Caroline. Du siehst ziemlich grün aus.«

»Könnte es sein, dass sie unbewusst die Symptome einer Schwangerschaft imitiert, Jerome?«, fragte Sheila.

»Sheila, bitte«, antwortete Jerome mit einem warnenden Blick. Er steckte die Pfeife, unangezündet, wieder zwischen die Zähne und tippte mit den Fingern an Carolines Knie. Er ließ sie einen Moment dort liegen. »Außerdem ist kleinen Mädchen nicht ganz klar, wie ein Baby herauskommt. In Erweiterung der Verdauungsmetapher glauben sie –«

Caroline hielt sich an der Armlehne der Couch fest und stand auf. »Weißt du eigentlich, was für eine Witzfigur du bist? Diese Theorie wird nur noch vom Penisneid übertroffen.« Sie sah sich vage nach Ivan um, doch der stand auf der anderen Seite des Raums, wo er sich mit irgendeiner Frau unterhielt. »Entschuldigt mich bitte, ich muss mich übergeben. Jerome, ich glaube, du hast gerade den Hippokratischen Eid gebrochen.«

Nachdem sie sich übergeben hatte, legte sie sich mit dem Gesicht nach unten auf den Fliesenboden, bis sie wieder bei Kräften war. Inzwischen kannte sie das; diesmal war es nur ein kurzer Anfall. Als sie sich das Gesicht gewaschen und die Haare gekämmt hatte, sah sie fast wieder wie immer aus. Zurück auf der Party, erhaschte sie einen Blick auf Jerome, der am Geländer lehnte und mit einer anderen Frau sprach, einer jüngeren, die gebannt zuhörte, während er vor ihren Brüsten mit der Pfeife gestikulierte, aus der sich, wie ein kleiner Tornado, eine dünne Rauchfahne emporkringelte. Ausgehungert aß Caroline ein halbes Roastbeef-Sandwich und machte sich auf die Suche nach Ivan. Unterwegs tippte sie Jeromes Gesprächspartnerin auf die Schulter. »An Ihrer Stelle würde ich mich in Acht nehmen«, riet sie ihr.

Auch Ivan unterhielt sich angeregt mit einer unbekannten blonden Frau, allerdings ohne mit einem Gegenstand vor ihr herumzufuchteln. Sie lachten unbefangen miteinander, wie alte Freunde. Als Caroline näher kam, trat Ivan etwas zur Seite, damit sie sich zu ihnen stellen konnte. Er legte den Arm um sie. »Caroline«, sagte er lächelnd, »ich möchte dich gerne mit Chantal Morgan bekannt machen. Chantal, das ist meine Frau Caroline.«

»Hallo.« Chantal streckte die Hand aus. »Ivan hat schon viel von Ihnen erzählt.«

»Hallo. Endlich lernen wir uns mal kennen«, sagte Caroline, ebenfalls lächelnd. Chantal! Die hatte sie in den letzten Monaten fast vergessen. Sie sah weder frigide noch zigeunerhaft aus. Sie war schlank und mittelgroß, hatte kurze wuschelige Haare und trug ein blaues Kleid, das ebenfalls kurz war, schlicht und fast streng. Sie trug weder Schmuck noch Make-up. Ihr Gesicht war auf eine unaufdringliche, gemeißelte Art sehr schön. Wenn sie lachte, verengten sich ihre hellbraunen Augen, ihre Strenge verschwand, und sie sah Ivan und Caroline an, als wollte sie sie mit ihrer Fröhlichkeit anstecken. Sie sprach davon, wie gut Ivan eine Krise im Zusammenhang mit dem Kunstmobil gemeistert hatte. Eines der Exponate war leicht beschädigt worden, während es ausgeliehen war, und der Museumsdirektor wollte das als Vorwand nutzen, um das Projekt zu stoppen; doch Ivan war es gelungen, den Schaden reparieren zu lassen und den Direktor zu besänftigen. Caroline versuchte, sich Chantal auf dem Rücken ausgestreckt vorzustellen, die Beine für Ivan breitgemacht, doch diesmal ließ ihre Fantasie sie ausnahmsweise im Stich.

»Wenn ich diejenige gewesen wäre, hätte ich debattiert und ihn verprellt«, sagte Chantal, »aber Ivan ist ja so diplomatisch – er kriegt jeden rum.«

»Ja«, sagte Caroline. Sie hatte ihn noch nie aus diesem Blickwinkel betrachtet, doch nun, da Chantal darauf hinwies, merkte sie, dass es stimmte.

»Ist Joe in der Stadt?«, fragte Ivan.

»Ja, aber er wäre auf keinen Fall mitgekommen. Er hasst Partys wie diese.« Sie lachte. »Ich habe ihn mit *Solo für O.N.C.E.L* vor dem Fernseher daheim gelassen.«

Gegen Ende der Party setzte sich Ivan mit einigen Leuten auf den Boden. Sie ließen Joints von Mund zu Mund kreisen, von Antonias Mund zu Jeromes Mund zu Chantals zu Ivans. Ivan war high, schlenderte gemächlich herum, berührte Frauen am Arm, alles mit einem verträumten Lächeln. Caroline fuhr den Wagen bei Schneetreiben nach Hause, und Ivan legte sich auf dem Beifahrersitz zurück und seufzte von Zeit zu Zeit.

»Das ist also Chantal«, sagte sie.

»Hm.«

»Sie ist anders, als ich sie mir vorgestellt hatte.«

»Hm?«

»Sie hat ein bisschen Ähnlichkeit mit mir, stimmts? Ich meine, vom Typ her.«

»Mhm.«

»Jerome behauptet, mein Brechreiz sei ein Symptom dafür, dass ich insgeheim gar nicht schwanger werden will. Dass ich tief im Innern glaube, dass ich schwanger werde, wenn ich das Essen bei mir behalte. Irgendein Überbleibsel aus der Kindheit.«

»Jerome ist ein Arschloch. Aber wenn du ihn provozierst, kannst du nichts anderes erwarten.«

»Ich will nicht mehr versuchen, ein Kind zu bekommen. Ich will nicht mehr auf solche Partys gehen. Ich mag unsere Freunde nicht.«

Er stieß einen langen Seufzer aus.

»Hast du gehört, was ich sage?«

»Ich bin ja nicht taub, Caroline. Im Gegensatz zu einer möglichen Zeugungsunfähigkeit gehört Taubheit nicht zu meinen Gebrechen«, verkündete er sehr langsam. »Ich höre alles, was du sagst. Ich höre jedes Wort, jede Silbe, jedes Phonem, jeden Buchstaben. Ich könnte alles wiederholen, was du gesagt hast, seit wir im Auto sitzen. Ich bin einer von den Menschen – um einen deiner Lieblingsautoren zu zitieren –, denen nichts entgeht. Tatsächlich höre ich in diesem Augenblick Musik, ich höre Glocken, und ich höre, dass du kein Kind willst, nicht mehr auf solche Partys gehen willst, und dass du keinen unserer Freunde magst. Jede … einzelne … Silbe.«

An der nächsten roten Ampel drehte sie sich zu ihm und sah ihn sich genau an. »Wie viel von dem Zeug hast du geraucht?«, fragte sie.

Sie hatten genug von Boston. Die Back Bay mit ihren immer jüngeren Bewohnern war für ihren Geschmack zu chic geworden. Ihre Freunde verzogen sich in die Vorstädte, wo sie voll und ganz mit Säuglingsnahrung, nächtlichem Füttern und Kindersitzen, Ehebruch, Geldverdienen und Psychoanalyse beschäftigt waren. Wenn sie und Ivan sie besuchten und Caroline die Babys sah und roch, wenn sie verfolgte, wie ihnen der Gemüsebrei über das Kinn lief, und ihr eigenartiges, durchdringendes Geschrei hörte, verspürte sie so etwas wie Panik. Einmal spuckte einer der Säuglinge ein weißes klumpiges Zeug auf ihre Schulter, und sie konnte die geronnene Milch selbst dann noch riechen, nachdem die Bluse chemisch gereinigt worden war. Schlussendlich benutzte Caroline die

Bluse als Staubtuch. Ivan fand in einer kleinen Universitätsstadt ein paar Autostunden entfernt einen Job als stellvertretender Leiter einer Stiftung, die Stipendien an bildende Künstler vergab. Und Caroline, dank einer Kombination aus ihren Kontakten, ihren Veröffentlichungen und ihrer allgemeinen Bekanntheit als Frau in der Forschung, wurde als Assistenzprofessorin im Fachbereich Mathematik eingestellt. Als sie hinfuhren, um die Stiftung und die Universität in Augenschein zu nehmen und sich Häuser anzuschauen, wirkte ihre zukünftige Wohngegend geruhsam, ja sogar wohltuend. Auf der rasanten Rückfahrt nach Boston fragte sie ihn: »Fällt es dir schwer wegzugehen?«

»Nein.«

»Ich werde einige Leute vermissen.«

»Mit denen, die wir wirklich mögen, können wir uns doch weiterhin treffen.«

»Der Umzug scheint dich ziemlich kaltzulassen. Wirst du denn gar nichts vermissen?«

»Nicht viel. Ich habe genug von diesem Leben hier.«

Es war auch nicht das gewesen, was sie erwartet hatte. Außer ganz am Anfang, als sie sich so nahe waren, hatte es immer wieder lange trostlose Phasen gegeben. Das Merkwürdige war jedoch, dass ihre schönsten Erinnerungen aus der Zeit stammten, die sie trostlos nannte; wenn sie sich über lange Phasen hinweg entfremdet waren, dann unerklärlicherweise zusammenfanden und Tage unbeschreiblicher Wonne miteinander erlebten, sich dabei aber stets bewusst waren, dass aus der Wonne schlagartig wieder Trostlosigkeit werden konnte. Woran sie sich aus den ersten zwei Jahren als glückliches Paar am besten erinnerte, war ein vager Zwang, vergleichbar gutem Betragen in der Schule. Eine zu enge Umarmung. Die

Wolldecken nachts schwer, wie Fesseln. Unglücklichsein machte beide freier, ließ sie manisch hin- und herschwingen wie die Nadel ihres Tachometers, die abgebrochen war und verrücktspielte. Es machte die Zukunft unvorstellbar und angsteinflößend. Kein Wunder, dass sie müde waren und sich nach Ruhe sehnten.

»Was ist mit Chantal?«

»Was soll mit ihr sein?« Er beschleunigte und überholte in hohem Tempo ein Auto, obwohl die Tachonadel lediglich bei zwanzig stand. Je älter er wurde, desto rabiater fuhr er. Caroline sagte nichts dazu – dafür kannte sie ihn zu gut –, sondern vertraute ihm, eine aus der Notwendigkeit geborene Tugend.

»Wirst du sie nicht vermissen?«

»Das geht dir wohl nie aus dem Kopf, was?«

»Inzwischen macht es mir nicht mehr so viel aus. Mich stört nur, dass du weder so noch so sagst.«

»Du weißt genau, dass ich jetzt erst recht nichts dazu sagen werde.«

»Meine Strafe fürs Fragen.«

»Habe ich dich jemals irgendetwas gefragt?«

»Nein, nie. Aber du bist schließlich ein Heiliger. Wie wir wissen.« Alles ruhig und friedlich, dachte sie. Wie nach einem Todesfall.

Sie hielten unterwegs an, um eine Limonade zu trinken. Sie betrachtete ihn, wie er, den Kopf in den Nacken gelegt, dastand, die Flasche am Mund. Für das Treffen mit dem Verwaltungsrat hatte er Anzug und Krawatte getragen, danach Jackett und Krawatte abgelegt; sein weißes Hemd war am Hals aufgeknöpft, die Ärmel hochgekrempelt. Er war müde und trug – was in letzter Zeit immer häufiger vorkam, wenn er müde war – eine dicke Hornbrille statt der Kontaktlinsen.

Sie ließ ihn verletzlich aussehen, und älter. Er war noch immer ein schlanker und junger Mann, und wenn Caroline ihn kritisch musterte, so wie jetzt, musste sie noch immer an seine Berührungen denken. Aber sie hatte eine leise Ahnung, dass er bald in die Jahre kommen würde – dicker werdender Bauch, Schlabberhosen, schütter werdendes Haar, fleischiger Nacken. Ihr schauderte bei der Vorstellung, dass sich ein schmerbäuchiger korpulenter Mann an ihrem Körper zu schaffen machte. Dafür hatte sie sich nicht entschieden. Sie hatte sich für Ivan entschieden, wie er damals war, in Rom. Die Zeit, und was sie ihr aufhalste, war die größte Ungerechtigkeit.

Zu Hause deprimierte es beide, ein Durcheinander aus halb gepackten Kartons, Stapeln von Büchern und Schallplatten, Geschirr und Töpfen vorzufinden. Der frühe Morgen, als sie aufgebrochen waren, schien lange her zu sein. Auch die Jahre, die sie in dieser Wohnung verbracht hatten, waren ringsum aufgestapelt, umgaben sie wie ein schwer lastender Zeitraum. Sie hatten eine Vergangenheit, und Vergangenheit war mächtiger noch als Liebe.

Es war plötzlich heiß geworden. Caroline kramte in einem Karton nach Shorts und Bustier. Sie wärmte das Abendessen vom Vortag auf, und sie tranken kalten Weißwein aus Pappbechern. Ivan starrte sie seltsam an, lange und angestrengt wie damals bei ihrer ersten Begegnung, aber mit einem raubtierhaften Funkeln. Er stand auf.

»Würdest du bitte aufstehen?«, fragte er.

»Warum?«

»Steh einfach auf. Ich möchte dich anschauen.«

»Aber wieso? Ich habe mich nicht verändert.«

»Ich würde dich einfach gerne anschauen. Darf ich das nicht?«

»Ivan, ich … mir gefällt nicht, wie du mich ansiehst.« Sie stand auf.

»Du bist noch immer sehr attraktiv. Du hast recht. Du hast dich kein bisschen verändert.«

»Attraktiv« gehörte eigentlich nicht zu seinem Wortschatz. »Ich fühle mich geschmeichelt, aber was soll das alles?«

»Weißt du«, sagte er und nahm die Brille ab – ohne die sich seine Augen im grellen Licht der nackten Glühbirnen verengten –, »manchmal ist man einem bestimmten Körper verfallen, was absolut irrational ist. Zumindest für einen Mann.« Er zuckte die Schultern. »Ich weiß nicht, ob das bei einer Frau genauso ist.«

»Sprichst du von mir?« Sie blickte an ihrem Körper hinunter, der schwach und harmlos wirkte.

Er packte ihren Arm und schüttelte ihn zornig. »Natürlich spreche ich von dir. Was glaubst du wohl, von wem ich rede? Weißt du, wie oft ich kurz davor war, das alles hier aufzugeben.«

»Was soll ich dazu sagen? Dann geh doch.«

»Ich will nicht gehen.« Er zog sie am Arm zu sich. »Komm her. Ich will jetzt … auf der Stelle.«

»Nimm deine Hände weg! Was ist denn in dich gefahren? Lass mich los, Ivan!«

Er gab keine Antwort. Seine Finger legten sich wie ein eiserner Ring um ihren Arm. Sie erinnerte sich an diesen Griff von damals, ganz am Anfang, an dem Nachmittag, an dem er ihr die Wölfin gezeigt hatte.

»Lass mich los!«

Er schüttelte den Kopf.

»Ich habe keine Lust. Was willst du eigentlich? Willst du, dass ich mich wehre? Ist das deine Masche? Oder hast du völlig den Verstand verloren?«

Er stand nur da und hielt ihren Arm fest. Sie kannte ihn. Wenn er wollte, konnte er sie die ganze Nacht so festhalten. »Okay, Ivan«, sagte sie. »Okay. Du hast gewonnen. Nimm dir deinen Preis. Aber warte noch einen Moment, einverstanden? Keine Hektik bitte, okay?«

»Ich brauche keine Anweisungen. Halt den Mund und mach die Beine breit.«

»Du Schwein!« Sie schlug ihm mit der freien Hand ins Gesicht.

Er stieß sie zu Boden und zerrte an ihren Shorts. Sie versuchte, sich seinem Griff zu entwinden, aber es war zwecklos. Er wartete nicht. Er war grob, und es tat weh. Dann brach er auf ihr zusammen und weinte.

»Herrgott noch mal, hör auf zu heulen. Ich habs ja überlebt.«

»Ich weiß nicht, was mich gepackt hat. Es muss der Umzug sein und … alles. Oh Gott, wie konnte ich nur! Bitte verzeih mir.«

»Schon gut! Es ist ja nicht so, als ob du ein Wildfremder wärst.«

»Bist du okay? Habe ich dir wehgetan?«

»In beiden Fällen, ja. Was hast du denn erwartet?«

»Wirst du mir jemals verzeihen können?«

»Hör auf damit! Ich kann es nicht ertragen, wenn du so bist.«

»Was ist bloß in mich gefahren! Ich bin doch nicht der Mann, der so etwas tut!«

»Wenn du es dir nicht zusammenreimen kannst, dann frag Jerome.« Er lag so schwer auf ihr, dass sie kaum richtig atmen konnte. »Geh bitte runter.«

»Entschuldige.« Er legte sich neben sie.

»Hör auf, dich zu entschuldigen. Ich weiß, dass es dir leidtut. Tu was.«

»Was denn?«

»Tu jetzt etwas für mich.«

»Wie kannst du mich noch wollen …?«

»Das weiß ich auch nicht.«

So weit war es also gekommen. Sie war keine eigenständige Person mehr, nur noch Körper, und sie hatte das Gefühl, daran sterben zu können, und das bereitwillig. Wie viel einfacher es doch wäre, jetzt zu sterben und nicht mehr mit sich selbst leben zu müssen. Als das Gefühl nachließ, fiel ihr die Nacht in Rom ein, als Panik sie ergriff und sie dachte, sie würde sterben, wenn sie Ivan nicht haben konnte, und wie sie sich gewünscht hatte, ausgelöscht zu werden. Nun wusste sie, was es hieß, ausgelöscht zu werden. Sie dachte, dass die Liebe, vor der sie kapituliert hatte, doch etwas Hassenswertes war. Sie hatte es verdient.

Ivan war noch nicht bereit, ein Haus zu kaufen, und so mieteten sie eines, ein kleines zweistöckiges Fachwerkhaus in der Nähe der Universität. Sie benutzten das Geld, das sie in Boston gespart hatten, um es mit Teppichen und Polstermöbeln auszustatten. In Stilfragen waren sie sich spontan einig. Ivan fand Tische aus Massivholz, riesige Kissen und exotische Poster, und er legte Wert auf Pflanzen – das Wohnzimmer war bald der reinste Dschungel. Er beschäftigte sich mit ihnen, strich fürsorglich über ihre Blätter, und wenn er sie umtopfte, hielt er den Wurzelballen mit der anhaftenden Erde so ehrfürchtig in der Hand wie eine Hebamme, die ein glitschiges, zartes Neugeborenes in Empfang nimmt.

Da das Haus drei Schlafzimmer hatte, konnte jeder sein eigenes Arbeitszimmer haben – Ivans vernünftige Idee. Wenn

Caroline abends an ihrem Schreibtisch arbeitete, konnte sie sich zu niemandem umdrehen und zur Abwechslung reden. Es war besser so. Allein war der Verlust leichter zu ertragen. Und sie konnte jetzt Musik hören, während sie arbeitete, was Ivan noch nie konnte.

Teilweise inspiriert durch das Zimmer, das sie weiß gestrichen und sparsam möbliert hatte, beschloss sie, sich ganz ihrer Arbeit zu widmen. Wie eine Nonne würde sie den Freuden des Familienlebens und des heimischen Herdes entsagen. Die hiesigen Studenten waren nicht so brillant, aber es herrschte auch kein so heftiger Konkurrenzkampf. Und die Begeisterungsfähigkeit der jungen Leute belebte ihre eigene. Sie begann einen Artikel über die Einbettung von Sphären im vierdimensionalen Raum, schwierig genug, um ihre ganze Aufmerksamkeit zu erfordern. Beim Einschlafen, in ihren Träumen und beim Aufwachen zeichnete sie im Kopf Knotendiagramme; sie konnte sich ankleiden, Eier verquirlen und Kaffee machen und sich dabei völlig außerhalb der realen Welt befinden. Ivan war in der Nähe, vertraut und zugänglich, jemand, mit dem man zusammen aß und gelegentlich ins Kino ging, den man auf Partys des Fachbereichs Mathematik mitnahm. Aber sie erforschte ihn nicht mehr. Wie sie sich vor langer Zeit vorgestellt hatte, waren die Schichten endlos, aber nachdem sie die brutale Seite darunter zu sehen bekommen hatte, legte sie keinen Wert darauf, noch mehr aufzudecken. An ihr eigenes Leben dachte sie so wenig wie möglich. Sie sah es auf einen einzigen Weg reduziert, wo früher einmal viele gewesen waren, und sie folgte ihm empfindungslos und allein. Nach der bestialischen Nacht auf dem Fußboden zwischen den Umzugskartons ließen sie einander weitgehend in Ruhe.

Das Leben, das sie führten, war nach außen hin geruhsam, abgesehen von einer Reihe merkwürdiger Unfälle. So riss sich Caroline, als sie eines Nachmittags im Wohnzimmer aus einem Sessel aufstand, die Hornhaut des rechten Auges am Blatt einer Avocadopflanze auf, die Ivan gezogen hatte. Vor Schmerzen stöhnend, bat sie eine Nachbarin, sie in die Notaufnahme des Krankenhauses zu fahren. Das Auge heilte, aber Caroline unterstellte Ivan, fahrlässig gehandelt zu haben. Er bedauerte, was passiert war, hielt ihre Schlussfolgerung aber für absurd. Etwas später zerstörte ein kleiner Brand im Erdgeschoss einige Aufzeichnungen für sein Buch über die Perioden der römischen Architektur. Sie habe bestimmt eine brennende Zigarette liegen lassen, behauptete Ivan. Sie war sicher, dass sie das nicht getan hatte; es waren die defekten elektrischen Leitungen des alten Hauses. Selbst die Feuerwehrleute stimmten ihr zu. Doch Ivan blieb dabei, dass sie sein Buch zerstört habe. Er hatte mit Unterbrechungen fast sieben Jahre lang daran gearbeitet, wie Caroline ihm in Erinnerung rief; es war nicht sie, die das Projekt hatte scheitern lassen. Außerdem hätte er seine Notizen oben in seinem Arbeitszimmer aufbewahren sollen. Ivan stellte den Sattel ihres Fahrrads höher, das er benutzte, als sein eigenes kaputt war, und vergaß, ihn wieder zu verstellen. Caroline stürzte, verstauchte sich den Knöchel und ging zwei Wochen am Stock. Kurz danach benutzte sie seinen Rasierer für ihre Beine und ließ die Klinge auf dem Rand des Waschbeckens liegen. Als Ivan am nächsten Morgen ohne seine Linsen herumtastete, schnitt er sich in den Finger. Das alles sah sehr verdächtig aus, dachte sie, aber es waren Unfälle.

Wieder einmal wurde ihr klar, dass Ivan nicht nur intelligent, sondern auch vorherwissend war: Man konnte mit jedem Sex haben. Was sie zweimal mit einem sehr überzeugenden Französisch-Professor bewies, der sie mit selbstgebackenen Brioches überhäufte, und viele Male mit Mark, ihrem brillantesten Doktoranden. Mark war ein netter junger Mann und, abgesehen von seinem mathematischen Genie, völlig unauffällig. Der Sex war nicht das Beste an ihrer Affäre, jedenfalls nicht für Caroline. Das Beste daran war die Erleichterung, mit jemandem zusammen zu sein, der sie nicht so gut kannte. Mark glaubte, sie zu kennen, aber da er jung war und ihm Ivans Fantasie fehlte, hatte er keine Ahnung, was es alles zu wissen gab. Sie sprach mit ihm über ihre Arbeit, von der Ivan nichts verstand, über den sich verlierenden Faden im Labyrinth des Minotaurus, den Faden, dem sie noch immer folgte. Spätnachmittags saßen sie mit Buntstiften und Papier auf seinem Bett, zeichneten Knotendiagramme und stellten Hypothesen auf. Sie arbeiteten an einer neuen Knoteninvariante und konstruierten Bezugsräume. Mark war ein echter Glücksfall: Er hatte Gedankenflüge von algebraischer Genialität, während ihre Gedankenflüge geometrischer Art waren. Sie ergänzten sich gegenseitig, und gemeinsam schrieben sie eine Abhandlung. Caroline bestand darauf, dass sein Name an erster Stelle genannt wurde und er sie auf dem nächsten Kongress präsentierte.

Das Schlimmste an ihrer Affäre war, dass Caroline schwanger wurde. Mark kümmerte sich um eine Abtreibung vor Ort – Studenten wussten in derlei Dingen Bescheid –, und sie bezahlte. Etwas anderes kam nicht infrage; etwaige zärtliche Regungen kappte sie an der Wurzel. Dies war kein Kind der Liebe, sondern eine ungewollte Wucherung, ähnlich einem Pilz, der von ihren inneren Wänden abgeschabt werden musste. Ohne Anästhesie nahm sie die Schmerzen und ein entsetzliches Geräusch wahr, wie Fingernägel, die Eis von einer Fensterscheibe kratzen. Die Schmerzen halfen, erinnerten an die Schmerzen der anderen bizarren Unfälle, und versetzten die ganze Sache in die Umlaufbahn der gegenseitigen Verletzungen, nur dass diese sich aufhalten ließ, bevor sie Ivan wehtun konnte. Es gab Verletzungen, die zu schrecklich waren, um sie dem anderen zuzufügen. In der Topologie konnte man Räume unendlich verdrehen, auseinanderziehen oder zusammendrücken, vorausgesetzt, dass keiner der Räume in zwei Teile brach, Löcher bekam oder mit der Innenseite nach außen gekehrt wurde. Das war die Abmachung, die der Mathematiker akzeptierte. Caroline vertraute darauf, dass Ivan sie ebenfalls akzeptierte: keine irreparablen Wunden. Die Unterseite des Ehevertrags, in unsichtbarer Tinte. Also log sie und erzählte ihm, sie fahre zu einem zweitägigen Kongress über Mannigfaltigkeit, und als er sich bei ihrer Rückkehr erkundigte, warum sie so blass und matt war, sagte sie, sie habe sich ein Magenvirus eingefangen, das derzeit umgehe.

Danach war sie ihm gegenüber lockerer, umgänglicher, und verzieh ihm fast seinen tätlichen Angriff, da sie nun quitt waren. Sie konnte zwar nicht vergessen, wie sie auf dem Fußboden miteinander gekämpft hatten, aber sie wagte zu hoffen, dass sie sich eines Tages ohne Schaudern daran erinnern würde, vielleicht sogar ein Plätzchen in einem größeren, noch nicht erkennbaren Plan dafür finden würde. Inzwischen verbrachten sie Zeit miteinander wie taktvolle alte Freunde und vermieden schwierige Themen. Eines Abends hatte sie tatsächlich ein Magenvirus. Hilflos, ausgelaugt, ihr Körper wie wässeriger Teig, fühlte sie sich so, wie sie glaubte, dass man sich fühlt, wenn der Tod naht. Ihr

Schädel pochte, ihr war schwindelig, und sie hatte sich gerade im Badezimmer erbrochen.

Ivan half ihr beim Ausziehen und deckte sie dann sanft zu. »Versuch zu schlafen.«

»Nein.« Sie schob die Kissen höher. »Es wird sicher bald besser. Ich möchte jetzt nicht schlafen. Nein, geh noch nicht.« Sie griff nach seiner Hand, damit er sich zu ihr aufs Bett setzte. »Bleib noch ein Weilchen bei mir. Rede mit mir. Ich fühle mich so schwach.«

Sie fühlte sich mehr als schwach. Sie war der Verzweiflung nahe. Sie hatte Angst, allein zu sein, hatte Angst, zu denken, da jeder Gedanke zu einem Schmerz wurde, der sich bis in das hämmernde Zentrum in ihrem Kopf schlängelte.

»Worüber sollen wir reden?«

»Ich kann nicht reden. Rede du. Irgendwas. Was hast du heute gemacht? Erzähls mir. Oder erzähl mir eine Geschichte.«

Er schwieg eine Weile. Als er schließlich sprach, drang seine Stimme durch, ließ Wärme aus ihrem Innern bis an ihre kalte Haut dringen. »Erinnerst du dich an Lucca? Erinnerst du dich, als wir in Lucca waren? Wir schlenderten durch die Straßen und hörten die Musik in den Kirchen. Es war dein Geburtstag, das Fest von Sant'Anna. Erinnerst du dich?«

Sie nickte. Sie erinnerte sich. Bei seinen Worten hätte sie am liebsten geweint. In ihrem geschwächten Zustand klangen sie wunderschön, gesprochen wie eine Beschwörungsformel. So etwas Wunderschönes hatte sie nicht erwartet. Vielleicht hätten Tränen die furchtbare Anspannung in ihrem Kopf gelöst, aber sie wollte nicht weinen, während er da war. Sie drückte seine Hand.

»Erinnerst du dich, wie wir auf der Stadtmauer spazieren gingen?«, sagte Ivan. »Auf dem Mauerring, der die Stadt umgibt. Es regnete, ein sanfter grauer Regen. Das Fest von Sant'Anna, dein Geburtstag. Wir spazierten auf der Stadtmauer. Wir sahen Lucca. Erinnerst du dich? Du hattest Geburtstag.«

»Ich erinnere mich«, flüsterte sie. Die heilige Anna war die Schutzpatronin der Schwangeren, wie ihr ein Mann im Tabakladen erzählt hatte, während Ivan draußen wartete. Wie war das, wenn in einem drin ein Kind um sich trat? Vermutlich so ähnlich wie die Magenkrämpfe, ein innerer Peiniger.

»Lucca.« Er hielt inne. Seine Augen waren weit weg, sahen Regen auf Steinmauern. »Weinst du, Caroline?«

»Nein. Es ist nichts. Ich erinnere mich gut an Lucca. Ich hatte es vergessen.« Sie nahm seine Hand in beide Hände, breitete seine Finger aus und berührte sie, einen nach dem anderen. »Erzähl mir mehr von dieser Reise.«

Sie war leer, wartete darauf, dass er sie füllte, sie mit Erinnerungen speiste. Er schwieg wieder, dann lachte er. »Erinnerst du dich an Arezzo? Da waren wir beide krank. Mein Gott, war uns übel.«

»Wir mussten drei Tage lang in dem kleinen Zimmer bleiben.«

»Ja. Erst wurde ich krank, und du hast dich um mich gekümmert, dann waren wir beide krank, dann ging es mir besser, und ich habe mich um dich gekümmert. Wir konnten nichts essen. Wir lagen nur im Bett und jammerten.«

»Ab und zu ließen wir uns Tee raufbringen.«

»Ja. Erinnerst du dich, wie sie uns ansahen? Und der Junge, der den Tee brachte? Er hatte Unterhosen an. Alle dachten, wir wären auf Hochzeitsreise. Weil wir drei Tage lang das Zimmer nicht verlassen haben.«

»Und dann konnten wir endlich wieder raus«, sagte sie.

»Ja. Und dir war es peinlich, an der Rezeption vorbeizugehen.«

»Wir haben gesagt, dass wir krank waren, aber sie schienen uns nicht zu glauben.«

»Daraufhin sind wir den Hügel hinaufspaziert zu einem Restaurant und haben Hühnersuppe mit Nudeln gegessen. Unsere erste Mahlzeit.«

»Ich erinnere mich daran«, sagte Caroline. »Für uns war es ein Festessen.«

»Ja.« Er nahm ihre Hand in beide Hände und streichelte sie geistesabwesend. »Geht es dir schon ein bisschen besser?«

Sie merkte, dass er wieder an seinen Schreibtisch wollte. »Ein bisschen. Erzähl mir noch einmal von Lucca, dann lass ich dich gehen.«

»Beim zweiten Mal klingt alles nicht mehr so toll.«

»Erzähls mir trotzdem.«

»Lucca. Es regnete. Ein grauer sanfter Regen. Wir gingen auf der Stadtmauer spazieren. Es war dein Geburtstag, das Fest von Sant'Anna. Wir hielten Händchen und schlenderten durch die Straßen. Wir hörten den Gesang in den Kirchen. Die Stimmen – weißt du noch? – waren erhaben und prachtvoll, schwangen sich empor, als könnten sie die Sonne dazu bringen, herauszukommen. Du erinnerst dich genauso gut an Lucca wie ich, Caroline.«

Sie konnten sich niemals trennen, sie und Ivan. Sie waren miteinander verwoben, verwoben in der Erinnerung an Lucca. Sie zog ihre Hand aus seiner und ließ sie auf die Wolldecke fallen.

Er stand auf, küsste sie auf die Stirn und machte das Licht aus.

»Nein. Lass das Licht an.«

»Willst du nicht schlafen? Du siehst so blass aus.«

»Vielleicht schlafe ich. Aber lass es an. Ich möchte nicht im Dunkeln sein.«

»Na gut.« Er machte das Licht wieder an. »Ruf mich, wenn du etwas brauchst.«

Lucca war ein Traum. Caroline veränderte vorsichtig ihre Lage und fand eine Position, auf der Seite liegend und ein Kissen an den Bauch gedrückt, in der sie ihren Körper nicht mehr spürte, wie unter Narkose.

Abgesehen davon, dass er wunderschön war, konnte er noch immer witzig sein, er konnte galant sein, er konnte faszinierend sein, sie musste diese Gaben nur akzeptieren. An einem Sonntag im Vorfrühling hatte er eine faszinierende Idee. Sie saßen gerade mit Sandwiches und Chianti auf einer Decke, die sie auf dem kleinen Rasen im Garten ausgebreitet hatten. Ivans Narzissen waren eben erst aufgegangen: Das Rasenstück war von leuchtendem Gold umrahmt.

»Wenn ich meine Karten richtig ausspiele«, sagte er, »und den Sommer über durcharbeite, könnte ich es arrangieren, im Herbst sechs Wochen freizunehmen.«

»Das wäre großartig. Ein langer Urlaub würde dir mit Sicherheit guttun. Du arbeitest zu viel.«

»Ich dachte, wir könnten vielleicht verreisen.«

»Aber das ist mitten im Semester.«

»Ich dachte, wir könnten nach Rom fahren.«

»Nach Rom!« Sie blickte auf. Ihre Hand, die ein Glas hochhob, hielt mitten in der Bewegung inne. »Ich wünschte, ich könnte.«

»Dann tus doch. Nimm dir das Semester frei.«

»Wie denn? Ich bin ja noch keine zwei Jahre hier. Ein Sabbatical steht mir erst in einer halben Ewigkeit zu.«

»Dann nimm unbezahlten Urlaub. Frag nicht lange, sondern teile es ihnen einfach mit. Gib persönliche Gründe an.«

»Persönliche Gründe sind nicht gerade beliebt.«

»Hör mal, du hast dich an der Uni praktisch unentbehrlich gemacht, vor allem bei den Übungen. Die wissen, dass sie mit dir das große Los gezogen haben. Glaub mir, ich weiß, wie derlei Dinge funktionieren. Ich werde dir genau sagen, wie du vorgehen musst.«

Das war klar. Er wusste immer, wie alles funktioniert, und er würde die perfekte Strategie für sie entwickeln. Er hätte in die Politik gehen sollen, nur dass er dafür zu zurückhaltend war und Wahlkämpfe verabscheut hätte. »Meinst du wirklich …?«, fragte sie.

»Habe ich dich jemals schlecht beraten?« Mit einer schwungvollen Bewegung, die an sein jüngeres Ich erinnerte, erhob er die Chiantiflasche.

»Ich kann noch nichts versprechen«, sagte sie und hielt ihm die Weingläser hin.

»Denk wenigstens darüber nach.«

Es war nicht sehr wahrscheinlich, dass man sie feuern würde. Da Frauen zunehmend Ungleichbehandlung im Beruf anzuprangern begannen, war es kein günstiger Zeitpunkt, eine von ihnen gehen zu lassen, insbesondere eine, die kein Blatt vor den Mund nahm und Referenzen auf einem so exotischen Gebiet wie der Topologie vorzuweisen hatte. Die beiden Doktorandenseminare ließen sich verschieben. Und was die Lehrveranstaltungen für untere Semester betraf – ein Geistesblitz: Sie würde Mark empfehlen. Das würde ihn aufmuntern – sie war ihm seit der Abtreibung aus dem Weg gegangen –, und es stellte kein Risiko dar. Mark war mehr als geeignet für diesen Job, aber noch nicht fest genug verwurzelt, um ihn ihr wegzunehmen. Ach ja, dachte sie und trank einen Schluck Wein, derart teuflisches Taktieren war ihr nicht angeboren. Das war durch Ivan eingesickert.

»Du grinst ja so satanisch«, sagte Ivan. »Woran denkst du?«

»Ich habe nur überlegt«, erwiderte sie. »Ich stells mir gerade vor. Aber wir haben doch kaum noch Geld. Das Haus. Wie soll das gehen?« Sie hatten das Haus erst vor Kurzem gekauft. Ivan hatte nach eineinhalb Jahren entschieden, dass es töricht war, weiter Miete zu zahlen; dass sie investieren und Vermögen bilden sollten.

»Wir machen es so billig wie möglich.« Er lächelte. »Erinnerst du dich, mit wie wenig Geld man verreisen kann, Caroline?« Ein leichter Wind strich über das Gras. Die Narzissen wiegten sich im Einklang hin und her, wie aufgereihte Tänzerinnen. Ivan pflückte eine Blume und steckte sie ihr hinter das Ohr. »Erinnerst du dich?«, sagte er, und in seinen Augen, grün und glänzend, lag unberührt und vollständig die Erinnerung an alles, was in Rom passiert war, sodass es, wenn sie hineinsah, war, als wäre die Oberfläche eines Ozeans durchsichtig geworden, und sie konnte nicht nur alle verborgenen Schätze darunter sehen, sondern auch Hoffnung, und die Gefahr, die aus der Verzweiflung entsprang.

Ivan konnte es kaum erwarten, seine alte Straße wiederzusehen. Es war Vormittag, und die Türen der Taverna Romanaccia waren geschlossen, aber das Reklameschild lockte noch immer, ausgebleicht und ein wenig schäbig. Neben der Tür, aus der jeden Abend das weiße Pferd zu kommen pflegte, standen vier volle Mülltonnen. Schwärme von Fliegen schwirrten um sie herum. Ivans altes fünfstöckiges Wohnhaus war unverändert – Fensterläden, abgebrochenes Gesims und fleckige Fassade –, desgleichen die anderen verwitterten Steinbauten rund um den Platz. Anders war nur, dass mehr Leute unterwegs waren, ein ständiger Strom von Menschen, die alle in dieselbe Richtung gingen. Als sie ihnen folgten, entdeckten sie gleich um die Ecke einen halben Block weiter ein großes neues Billigkaufhaus. Ivan betrachtete stirnrunzelnd das Schaufenster mit den Haushaltswaren aus Plastik. Als sie wieder vor seiner alten Haustür standen, sagte er: »Jede Wette, dass sie nicht mehr da ist. Schau.« Er deutete hinunter auf die zwei Marmorstufen am Eingang, die glanzlos und von vielen Füßen zerkratzt waren.

»Vielleicht wird sie alt«, sagte Caroline.

»Nein, sie würde nie zulassen, dass die Stufen so aussehen.«

Sie betraten die Eingangshalle mit den Reihen der Briefkästen, die niemand poliert hatte. Die Farbe blätterte ab, und der Fußboden war staubig. In einer Ecke lag zusammengeknüllt eine leere Zigarettenpackung der Marke Stop. Die Innentür war abgesperrt. Ivan war verstimmt, als sie wieder hinausgingen.

Die *portiera* des Nachbarhauses erschien mit einem Einkaufsnetz in der Hand und, wie Signora Daveglio, schwarz gekleidet, aber ohne Schürze. Sie war schmächtig, hatte dünnes weißes Haar und weiche Gesichtszüge. Ivan sprach sie an. Sie erinnerte sich nicht an ihn, aber bei dem Wort »Fulbright« ließ sie ein anerkennendes »Ah!« vernehmen und lächelte breit. Sie beantwortete seine Fragen mit einem Schwall flektierter Wörter, hob die Arme mit ausgebreiteten Handflächen gen Himmel und wiegte betrübt den Kopf hin und her. Wenn sie auf Ivans altes Haus blickte, machte sie jedes Mal mit dem

Arm eine rollende Bewegung nach unten. Wellen im Meer?, dachte Caroline. Der unaufhörliche Strom des Lebens? Irgendetwas in der Art. Ivan bedankte sich bei der Frau, die flotten Schrittes in Richtung des neuen Kaufhauses davonging.

»Und?«

»Sie hatte vor zwei Jahren einen Herzinfarkt«, sagte Ivan. »Ganz plötzlich. Das wars.«

»Wirklich? Wie ist es passiert?«

»Das errätst du nie.«

»Beim Treppenputzen?«

»Genau. *Preciso.* Sie war oben an der Treppe und ist einfach umgekippt. Mit dem Eimer die Treppe hinuntergestürzt. Seither geht es mit dem Haus bergab.«

»Sie hat sich also buchstäblich zu Tode geputzt.«

»So ist es.« Sie waren an der Ecke angelangt. Ivan drehte sich um, um einen letzten Blick auf das Haus zu werfen, die Hand wegen der grellen Sonne schützend über die Augen gelegt. »Die Kommunistische Partei hat eine treue Anhängerin verloren.«

»Dich hat sie auch sehr gemocht.«

»Ja. Sie hat manchmal so kleine Teilchen für mich gebacken und sie mir nach dem Abendessen raufgebracht, damit ich beim Arbeiten etwas zu essen hatte. *Sfogliatelle* hießen die. Sie waren sehr leicht und haben wunderbar geschmeckt. Das war, bevor du aufgetaucht bist.«

»Ich wusste gar nicht, dass sie früher gebacken hat.«

»Oh doch, und zwar wirklich gut. Tja«, seufzte er.

Sie gingen zum Fluss. »Das da drüben«, zeigte er ihr, »ist das Castel Sant'Angelo. Eine Festung. Habe ich dir das mal erzählt? Die Renaissance-Päpste pflegten dort Zuflucht zu suchen …«

Sie lauschte höflich, aber sie hatte es schon gehört. Sie hatte das alles schon gehört.

Später, an die Brüstung gelehnt, sagte sie: »Weißt du, was ich gerne machen würde, Ivan? Ich würde gerne im Romanaccia zu Abend essen.«

»Warum um alles in der Welt?«

»Einfach um mal zu sehen, wie es ist. Hast du nie dieses Gefühl, dass du etwas so lange von außen betrachtet hast, dass du gerne mal sehen würdest, wie es innen ist?«

»Ich weiß genau, wie es innen ist. Laut, man muss lange warten, die Kellner machen sich über einen lustig, das Essen sieht besser aus, als es schmeckt, und die Übersetzungen auf der Speisekarte sind mehr als kurios.«

»Trotzdem«, sagte Caroline.

»Na schön, wenn du unbedingt willst.«

Am Abend, als die bunten Lichter brannten, wirkte das schäbige alte Reklameschild fast fröhlich. Signora Daveglio saß nicht in ihrer Club-Strickjacke draußen und las die *Unità,* aber das Pferd war da, samt den roten Troddeln, desgleichen der Renaissance-Mann.

»Meinst du, dass es noch dasselbe Pferd ist?«

»Wohl kaum. Es ist über sechs Jahre her, Ivan. Es ist ja nicht einmal mehr derselbe Renaissance-Mann.«

»Stimmt, der da ist jünger und größer. Aber er trägt das gleiche Kostüm.«

»Das hättest du wohl immer noch gerne, oder?«

»Wenn ich gewusst hätte, dass sie einen neuen Renaissance-Mann brauchen, wäre ich rübergeflogen und hätte mich beworben.«

Das Restaurant war niedrig und wurde von gelben Kugellampen beleuchtet. An den roten Stuckwänden hingen

Gemälde im Stil von Caravaggio – Gesichter, die in schauerlichen Hell-Dunkel-Kontrasten heftige Gefühle widerspiegelten. Dazwischen hingen vereinzelte Gemälde von den Ruinen des Forums und des Kolosseums. Die Holztische waren dicht besetzt mit Deutschen und Schweden mit lauten Stimmen. Die Kellner sprachen Englisch mit den Schweden und mit Ivan und Caroline. »Einen Martini oder einen Manhattan vor dem Essen, *signore?*« Ivan bestellte auf Italienisch Campari-Soda. Die Preise auf der Speisekarte waren unverschämt, und unter jedem Gericht stand in Klammern eine höchst kuriose Übersetzung.

»Schau dir das an.« Caroline lachte. »›Nuddels‹ statt Nudeln. ›Die große Nuddels bedeckt mit Sardellen und ein Soß von Knoblauch, Öl von Olive und Basiliko.‹ Und schau mal, wie sie Petersilie geschrieben haben!«

Ivan starrte sie wütend an.

Das Akkordeon setzte mit einem schmatzenden Ton ein, schlürfte und würgte sich durch ein wildes Arpeggio.

Sie hoffte, der Akkordeonspieler werde nicht besagte Melodie spielen. Das wäre ein Sakrileg gewesen. Sie erinnerte sich noch genau an den Bogen der Melodie, obwohl sie nie ihren Namen erfahren hatte und sie nie wieder gehört hatte seit dem Abend, als sie den Platz überquerten, den bohrenden Blick von Signora Daveglio im Rücken, nachdem Ivan auf der durchgelegenen Matratze auf dem Fußboden mit ihr geschlafen und gesagt hatte, dass er sie heiraten wolle, damit sie für immer da war, und dass sie nicht wie andere Ehepaare werden würden. Ivan summte die Melodie manchmal, aber immer falsch.

Der Akkordeonspieler, der sich inzwischen ihrem Tisch näherte und die Geräusche der menschlichen Stimmen übertönte, spielte gerade *Reich mir die Hand, mein Leben* aus *Don Giovanni.* Caroline kannte die Oper gut. Don Giovanni versucht, das unschuldige Bauernmädchen Zerlina zu überreden, sich mit ihm fortzuschleichen. Er sagt, dass er sie auf der Stelle heiraten will. In der Oper ist diese Melodie lieblich und unwiderstehlich verführerisch. *»Nein, nein, ich darfs nicht wagen«,* singt sie. Er bedrängt sie mit *»Du, die ich mir erkoren«* und *»Kannst du mich sterben lassen?«.* Und dann: *»O komm, o komm!«* Doch dieser Akkordeonspieler verjazzte die Musik, verwandelte die klare lyrische Linie in einen abgedroschenen Beat, der den selbstsüchtigen Don, den feinen Herrn, entlarvte, sodass jeder, selbst die naive Zerlina, schlau genug war, seinen Worten nicht zu trauen. Schließlich ging der Akkordeonspieler an andere Tische. Als das Essen endlich gebracht wurde, sah es besser aus, als es schmeckte.

»Ich hätte mich nie von dir überreden lassen dürfen«, sagte Ivan.

»Ärgere dich nicht, mach einfach das Beste daraus.«

Sie hielten sich nicht lange auf. Beim Gehen zwängten sie sich an einer Gruppe von Japanern vorbei, alle mit Kameras um den Hals. Draußen blieb Ivan stehen, um dem Renaissance-Mann ein paar Münzen zu geben, und Caroline tätschelte das Pferd.

Ivan las am nächsten Morgen in einer Zeitschrift, dass es etwa 50 Kilometer nördlich von Rom ein Bad mit heißen Schwefelquellen gab, in dem man das ganze Jahr über im Freien schwimmen konnte. *Andiamo,* sagte er. Auf gehts! Ein solcher Spaß mitten im kalten November machte beide ausgelassen. Ivan spielte in ihrem gemieteten Fiat an der Gangschaltung herum und erkundete das Armaturenbrett, während er pathetisch die entsprechenden Passagen aus dem

Bedienungshandbuch vorlas. In seiner wörtlichen Übersetzung wurde daraus ein so irrsinnig komischer Text, dass Caroline vor lauter Lachen ganz außer Atem war. Als sie die Sitze zu verstellen versuchten, schlugen sie sich die Knie und die Köpfe an und kicherten unbändig, und sie erhaschte eine flüchtige Vision von ihnen beiden, für immer jung und unbekümmert, ein ganzes Leben voll verrückter Einfälle. Warum konnte es nicht immer so sein? Alles, was zwischen ihnen nicht stimmte, hatte sich für den Moment verflüchtigt. Ivan musste das Gleiche empfunden haben, denn während der Fahrt legte er seine Hand auf ihre. »Eigentlich ist es gar nicht so schlimm, oder? Mit uns beiden, meine ich. Wir haben doch viel Spaß miteinander.«

Sie drückte seine Hand.

Erst rochen sie es, dann sahen sie es. Von außen war das Heilbad ein strenger rechtwinkliger Bau aus weißlichem Backstein. Sie betraten ihn und trennten sich widerwillig – Caroline ging zum Umkleideraum für Frauen, Ivan zu dem für Männer –, um dann zitternd am Becken wieder zusammenzukommen. Der Himmel war gelblich weiß. Die einzigen anderen Besucher waren zwei ältere Leute, die, bis zur Taille im Wasser, an entgegengesetzten Enden des Beckens standen. Der Mann, dessen eingesunkener Brustkorb mit weißen Haaren bedeckt war, rieb sich die schlaffen Arme und Schultern mit Wasser ein.

»So ein Wahnsinn!«, sagte Caroline. »Mir ist eiskalt. Und es stinkt! Bist du sicher, dass wir da reinsollen?«

»Das Wasser ist ganz warm. Komm schon. Zeit für dein Bad.« Er zog sie mit beiden Händen neckend zum Beckenrand.

»Wehe, du schubst mich! Untersteh dich!«, rief sie. »Das mache ich selbst.« Sie sprang mit einem Hechtsprung hinein.

Das Wasser war warm. Von der Oberfläche stieg ein dampfiger fauliger Geruch auf. Ivan hechtete ebenfalls hinein, und als er auftauchte, strich er sich die langen nassen Haare aus dem Gesicht.

»Ist das nicht toll?«

»Ja, aber was ist das für ein widerliches Zeug, das da herumschwimmt?« Sie deutete auf die flockigen Klumpen, die überall im Becken trieben. »Sieht aus wie Scheiße.«

»Das ist der Schwefel, Dummerchen. Das, was einem angeblich so guttut.«

»Sieht trotzdem aus wie Scheiße. Schwimmende Scheiße.«

»Willst du mal probieren?« Ivan nahm einen der Klumpen in die Hand und kam auf sie zu.

»Bleib mir bloß vom Leib damit! Igitt!« Sie flüchtete sich unter Wasser und schwamm davon.

Die beiden Alten an den entgegengesetzten Enden des Beckens sahen ihrem Herumtollen im Wasser mit unbewegter Miene zu. Der Mann rieb sich weiterhin unablässig Arme und Schultern mit Wasser ein. Die Frau, deren breites Gesicht unter ihrer gelben Gummibadekappe herausragte wie unter einer mittelalterlichen Haube, legte sich von Zeit zu Zeit auf den Rücken und ließ sich treiben, ohne Arme oder Beine zu bewegen. Wenn sie unterzugehen drohte, richtete sie sich auf und starrte eine Weile zu ihnen her, bevor sie sich wieder treiben ließ. Als Caroline nach längerem Tauchen an die Oberfläche kam, sah sie zwei neue Besucher, einen Mann und eine Frau, die am anderen Ende des Beckens, mit dem Rücken zu ihr, dicht beieinanderstanden. Beide noch sehr jung, wie es schien. Er war stämmig und hatte lockiges Haar. Sie trug einen schwarz-weiß gestreiften Bikini, und ihre dunklen Haare waren oben auf dem Kopf zusammengerollt und wurden von einer Spange gehalten. Sie trat einige Schritte vom Becken zurück. Für eine schlanke, große junge Frau bewegte sie sich seltsam schwerfällig. Ihr Körper hatte nicht den schwungvollen Gang junger Frauen in Bikinis. Auch ihre Haltung war seltsam, nach hinten gekippt und leicht gebeugt. Ivan kam zu Caroline geschwommen und fasste sie unter Wasser von hinten um die Taille. Der junge Mann legte den Arm um die junge Frau und flüsterte ihr etwas ins Ohr. Sie drehte sich um. Sie war hochschwanger. Zwischen dem Ober- und dem Unterteil ihres Bikinis wölbte sich eine prall gefüllte Kugel, und ihr Bauchnabel war nach außen gestülpt.

»*Madonna!* Ist das der letzte Schrei?«, fragte Ivan.

Caroline lächelte ebenfalls, aber ihr Blick ging ins Leere.

Alles wurde verschwommen. Das Wasser, das ihr bis zu den Brüsten reichte, war plötzlich heiß.

Der junge Mann flüsterte immer noch und stupste die junge Frau an, die sich immer wieder wegdrehte und zurückzog.

»Weißt du, mit wem sie Ähnlichkeit hat?«, fragte Caroline. »Erinnerst du dich an diese Rusty, und an Ed? Die beiden, die ihr Baby allein gelassen hatten? Sie hat den gleichen starren Blick.«

»Ja, da ist was dran. Ich wüsste zu gern, was aus dem Baby geworden ist.«

»Es ist bestimmt erstickt.«

Schließlich stieg das junge Paar am flachen Ende in das Becken. Er hielt sie am Arm fest, während sie die glitschigen Stufen hinuntergingen. Sie schwamm schnell los, attackierte mit langen dünnen Armen das Wasser, während der junge Mann herkam und vertraulich mit Ivan zu reden begann. Väterlich lächelnd antwortete ihm Ivan in beruhigendem

Ton, und kurz darauf verabschiedete sich der junge Mann grinsend und schwamm davon.

»Was war denn los?«, fragte Caroline.

»Sie wollte nicht reingehen, weil es ihr peinlich war. Sie dachte, Donnerstagvormittag wäre niemand da. Gewöhnlich ist das auch so. Sie hat sich erst gar nicht die Mühe gemacht, einen entsprechenden Badeanzug zu kaufen, weil die Dinger teuer und hässlich sind und sie ohnehin in etwa einem Monat ihr Kind bekommt.«

»Ach so.«

Ivan strich ihr gemächlich die Haare glatt. Er ließ seine Finger unter Wasser seitlich über ihre nackte Haut gleiten, ihre Rippen hinunter, über ihre Hüften. Er kam näher, einen bewundernden Blick in den Augen. »Du dagegen bist im Bikini ein Anblick für die Götter.«

Sie drehte sich weg. »Ist schon gut, Ivan, wirklich. Das musst du nicht.«

Er schwamm unter Wasser davon, außer Sicht.

Das korpulente alte Paar schwamm langsam von den entgegengesetzten Enden des Beckens auf die Mitte zu, wo sich die beiden trafen und Seite an Seite zum Beckenrand wateten. Sie stiegen schweigend die Stufen hinauf, legten sich weiße Handtücher um die Schultern und begaben sich schweigend zum Ausgang, wo sie sich wieder trennten, sie ging zum Umkleideraum für Frauen und er zu dem für Männer. Caroline sah ihnen nach, bis sie verschwanden. Sie hob einen der braunen, porösen Schwefelklumpen auf, die in der Nähe trieben. Er war leicht und papierartig, nicht fest, wie sie gedacht hatte. Er fühlte sich nicht gerade angenehm an, doch es war auszuhalten. Glitschig und schaumig legte er sich um ihre offene Hand.

Sie bemühten sich, wieder ausgelassen zu sein, aber es wirkte gezwungen. Der Tag war verdorben.

Da Caroline noch nie im Süden gewesen war, reisten sie in den Apennin weiter, der, wie Ivan sagte, eine primitive, karge Schönheit besaß. Auf der Fahrt dorthin gerieten sie jedoch in den Bergen in einen Schneesturm und mussten auf einer schmalen Straße drei Stunden hinter einem Schneepflug herkriechen. In Paestum nahmen sie ein ungeheiztes Zimmer für die Nacht, um Geld zu sparen. Es war November, doch der Schnee lag Tage hinter ihnen, und Süditalien war eine warme Gegend, wie sie glaubten. Der Nachmittag war warm und sonnendurchflutet gewesen, und in der frühen Abenddämmerung hatten die Säulen der Tempel golden geleuchtet. Doch Stunden später gab es einen heftigen nächtlichen Kälteeinbruch, eine arktische Kälte hing schwer in der Luft. Sie kroch ihnen in die Knochen und setzte sich in ihren inneren Organen fest. Carolines Nase lief. Sie zwang sich aufzustehen, um eines von Ivans Taschentüchern zu holen, konnte es mit ihren zitternden Fingern aber kaum festhalten. Sie warf ihre leichten Mäntel über die Wolldecken und brachte ihre Bademäntel mit ins Bett. Selbst wenn sie kurz einschliefen, blieb die Erinnerung an die Kälte; sogar in ihren Träumen regierte das Thema Kälte. Ivan stöhnte leise vor sich hin. Gegen drei Uhr morgens hatte er eine Idee: Es gab doch heißes Wasser – sie konnten eine Dusche nehmen. Sie alberten ein Weilchen unter der Dusche herum, bewarfen sich mit Waschlappen, aber kaum zurück im Bett, froren sie wieder, warteten in grimmigem Schweigen darauf, dass es hell wurde, und jeder verübelte es dem anderen, dass sie das ungeheizte Zimmer genommen hatten. Am Morgen strömte die Sonne herein. Warum haben wir nicht miteinander geschlafen, um warm zu werden?, dachte Caroline, als sie das Fenster weit öffnete. Warum hat das keiner von uns vorgeschlagen? War es dafür einfach zu kalt?

All das machte beide gereizt, aber sie bemühten sich, rücksichtsvoll zu sein, wie Reisegefährten, die ein Krieg oder eine Naturkatastrophe zusammengewürfelt hatte. Caroline vermisste ihre Arbeit. Mitten in der Nacht wachte sie in fremden Hotelzimmern auf, besessen von einem nicht gelösten Problem, das mit einem n-dimensionalen Knoten zu tun hatte. Wenn sie doch nur allein in ihrem Büro wäre, mit Bleistift und einem leeren Blatt Papier vor sich! Sie hatte absichtlich alle Notizen und Diagramme zu Hause gelassen, und das bedauerte sie jetzt. Im Dunkeln konnte sie kaum mehr tun, als Probleme, die bereits gelöst waren, hin und her zu wälzen. Und bei Tageslicht war da zu viel Raum, um nachzudenken. Während Ivan um Haarnadelkurven raste, schloss sie die Augen und dachte ausgiebig und angestrengt über ihr Leben nach, was sie eigentlich tat, und wie, und zu welchem Zweck. Gedankengänge, denen sie seit den trostlosesten Momenten ihrer Verzweiflung nicht mehr gefolgt war. Sie dachte an die großen Imponderabilien wie Hoffnung, Zeit und Ungerechtigkeit, Schicksal und Tod, aber ihr Verstand war solch nebelhafte Aufstiege nicht gewohnt, und so stürzte sie wiederholt ab. Sie war darin geschult, ausgeklügelte mathematische Spekulationen anzustellen, die so perfekt zu den komplexen Feinheiten ihres Gehirns passten wie mikroskopisch kleine Zahnräder in ein mikroskopisch kleines Getriebe. Sie liebte diese Spekulationen, auch wenn sie wusste, dass sie im täglichen Leben der Menschen keine Rolle spielten. Genau wegen dieser Belanglosigkeit liebte sie sie. Die weitreichenderen Fragen spielten dagegen sehr wohl eine Rolle, und sie befürchtete, dass sie ihr irgendwie entgingen – so wie in früheren Zeiten Webern, die an einem Segment eines Wandteppichs arbeiteten, der Gesamtentwurf entging. Ivan entgingen sie nicht. Mit seinem lateralen Blickfeld und seinem Sinn für Geschichte sah er sie und erduldete sie auf seine verschleierte Art. Wegen ihr? War sie sein nützliches Paradigma für die Hindernisse dieser Welt? Oder trotz ihr? Oder war sie irrelevant für das, was er erduldete, und wie er sein Leben empfand? Zu unbedeutend, ein Störfaktor? Vielleicht sollte sie sich ihm nicht länger in den Weg stellen, sondern ihn in Ruhe leben und erdulden lassen.

Zwei Wochen später kehrten sie nach Rom zurück, um neun Uhr abends, wo sie die Lobby ihres kleinen Hotels verlassen vorfanden. Ivan klopfte auf den Tresen am Empfang und rief: *»C'è nessuno?«*

Der grauhaarige Besitzer kam aus der kleinen Wohnung hinter dem Empfang gerannt. *»Gli americani«,* rief er über die Schulter zurück. *»Sono tornati.«*

Seine Frau, die *padrona,* kam ebenfalls gerannt, gefolgt vom Pagen und dem Zimmermädchen. Alle schrien durcheinander. Die *padrona* war in Tränen aufgelöst.

»Signore, signora«, rief sie, während sie auf Ivan und Caroline zulief.

»Ma che c'è?«, fragte Ivan und stellte das Gepäck ab.

Die Italiener umringten sie mit entsetzter Miene.

»Il presidente, il vostro presidente Kennedy è morto«, jammerte die Frau.

»Oh nein«, sagte Caroline.

»Sì, sì, è vero! Assassinato.«

Alle sechs drängten sich in dem winzigen Wohnzimmer der Besitzer um den Fernseher. Der *padrone* füllte sechs kleine

Gläser mit einem farblosen, scharf riechenden Likör. Anisette; er brannte. Das Fernsehen berichtete live aus den Staaten – Ivan übersetzte für die Italiener. Der Moment des Attentats wurde wieder und wieder gezeigt: Der Präsident hatte auf der einen Seite ein schartiges Loch im Kopf, der Rock seiner Frau war mit Blut bespritzt. Sie hatte, wie sich Caroline erinnerte, vor Kurzem erst ein Kind verloren. Die Italiener weinten, doch Caroline und Ivan waren zu gelähmt, um zu weinen. Die *padrona* brachte Brot und Käse. Der Mensch muss essen, erklärte sie, egal, was passiert. Während des Krieges, während der Besatzungszeit, während all der Schrecken hätten sie sich immer gesagt, dass man essen muss, um bei Kräften zu bleiben, obwohl gutes Essen damals rar war. Auf dem Kaminsims standen gerahmte Fotos von drei jungen Leuten. Der jüngere Sohn arbeitete in der Schweiz, wie ihre Gastgeberin unter Tränen erläuterte, ihre Tochter war verheiratet und lebte in Turin, und der älteste Sohn war im Krieg getötet worden, von den Deutschen.

Als sie zwei Tage später an der amerikanischen Botschaft vorbeikamen, einem klassischen weißen Gebäude auf leuchtend grünem Rasen in einiger Entfernung von der Straße, sahen sie, dass die hohen Tore verriegelt waren. Ausgesperrte Amerikaner standen still in Zweier- und Dreiergrüppchen herum. Caroline und Ivan stellten sich einen Moment dazu und setzten dann ihren Weg fort. Einen Block weiter lockten Zeitungsverkäufer lauthals mit Schlagzeilen, die Caroline nicht verstand. Leute kamen gelaufen, um sich eine Zeitung zu schnappen.

»Was ist denn jetzt wieder passiert?«

»Ich komme nicht dahinter. Mal sehen.« Ivan kaufte eine Zeitung und lehnte sich an einen Laternenmast, um sie zu lesen. »Der Mann, von dem man annimmt, dass er Kennedy erschossen hat, wurde selbst erschossen. Im Gefängnis.«

»Das kann nicht sein. Lies es noch mal in aller Ruhe.«

Er las es noch einmal und zeigte ihr das Foto auf der Titelseite. »Da stehts. Genau, wie ich gesagt habe.« Sein Gesicht war schlaff und abgespannt. Sie hatten beide nicht geschlafen. »Meine Augen tun weh«, sagte er und reichte ihr die Zeitung. »Halt mal. Ich will meine Linsen rausnehmen.«

Sie reisten vorzeitig ab, da sie nicht mehr in Urlaubsstimmung waren. Hin- und hergehend und murmelnd, warf Ivan seine Sachen in den offenen Koffer auf dem Bett. »Jetzt sind wir geliefert«, stöhnte er. »Jetzt sind wir wirklich geliefert. Vorher war schon schlimm genug, aber jetzt …«

»Eine *brutto periodo.*«

Er fuhr sie wütend an. »Würdest du bitte aufhören, diesen blöden Ausdruck zu benutzen? Musst du denn alles ins Banale ziehen?«

»Entschuldigung.«

»Tut mir leid, Caroline. Ich bin ganz durcheinander.«

»Du hast ja recht. Es war blöd von mir, das zu sagen. Entschuldige bitte.«

Sie starrten sich an, jeder mit einem Stoß Kleidung im Arm. »Das ist doch albern«, sagte Ivan.

Ja, das war es. Jetzt waren sie geliefert, dachte sie. Sie waren wirklich geliefert, weil klar war, dass diese Ehe nirgendwo hinführte. Vorbei. Ende einer Ära: *Presto, presto* den Nachfolger vereidigen, bevor der Leichnam kalt wird. Aus ihrer Benommenheit gerissen, stellte sie fest, dass sie vor Kummer erschöpft war. Sie hatte keine Kraft mehr, konnte nicht länger durchhalten. Wozu auch? Ivans Trick, aus Nostalgie etwas wieder aufleben zu lassen, hatte nicht funktioniert. Es sollte eine nostalgische Reise werden, aber es wurde ein Horrortrip. Sie hatte alle hässlichen Phasen durchgemacht, für die ihre Kraft gereicht hatte. Nichts währte ewig. Selbst ein gewähltes Symbol der Stabilität ... Schau ihn an, ein Loch im Kopf, Hirnmasse auf dem Rock seiner Frau. Weinende Menschenmengen. Da konnte sie sich doch gewiss einer, im großen Ganzen betrachtet, so kleinen Erschütterung stellen, wie Ivan zu verlassen.

Verspätet wie üblich und außer Atem bestiegen sie das Flugzeug, als die Motoren bereits liefen. Ivan hatte ein Buch im Hotel liegenlassen und darauf bestanden, zurückzurasen und es zu holen. Schon als sie starteten, schmiedete Caroline Pläne. Sie konnte sich eine Wohnung nehmen. Er konnte das Haus und das Auto behalten. Er konnte den Fernseher haben. Er konnte die Möbel behalten. Sie brauchte nicht viel, nur den Plattenspieler und die Schallplatten – Ivan hatte für Musik nichts übrig. Sie konnte sehr einfach leben, wie ein Quäker oder Eremit. Eine Matratze auf dem Fußboden. Es entbehrte nicht einer gewissen Ironie, dass Ivan sich als derjenige erwiesen hatte, der sammelte und anhäufte – Pflanzen, Bücher, Zeitschriften, Bilder, Krawatten. Sie hegte keine Rachegefühle gegen ihn; im Gegenteil, sie hatte ihn sehr gern. Sie konnten Freunde sein. Wie banal, wie unoriginell: Freunde sein können! Aber früher oder später war jedermanns Schicksal banal. Warum also danach trachten, andauernd originell zu sein? Aus purer Arroganz. Selbst eine so fein ziselierte Arroganz wie Kennedys konnte am helllichten Tag von einem gemeinen Killer abgeknallt werden, der nicht einmal ein Anarchist war.

Sie rechneten damit, dass im Land chaotische Zustände herrschten, doch alles lief reibungslos. Beunruhigend reibungslos. Sie packten aus, Caroline kehrte zu ihrem n-dimensionalen Knoten zurück, Ivan holte seine Pflanzen bei den Nachbarn ab. Sie rief Mark an, um zu hören, wie die Übungen liefen. Nein, sie wolle sich nicht mit ihm zum Lunch treffen, aber falls es ein Problem gab, könne er sich gerne melden. Ihr Auszug hatte keine Eile. Sie waren beide zu aufgewühlt, Ivan eher aus praktischen Gründen, weil ein Präsidentenwechsel einen Stimmungswechsel bedeutete und letzten Endes, so wie ein Wasserfall zu einem Rinnsal versiegt, Veränderungen bei den Geldmitteln für die Kunst mit sich brachte. Erst wenn sich alles beruhigt hatte, würde sie ihm ihre Pläne mitteilen. Unterdessen wurde es Winter, und sie kehrte zu ihrer Arbeit zurück. Ein leises Gefühl der Erleichterung überkam sie, nun, da sie ihr nicht gerade originelles Schicksal akzeptiert hatte. Die allgemeine Trostlosigkeit des Landes schien ihre private Trostlosigkeit zu mildern, und da sie wusste, dass ihr Leben mit Ivan vorübergehend war, begann sie, ihn aus großer Distanz zu betrachten, seltsam objektiv an ihn zu denken. Er ist wirklich ein sehr gutaussehender Mann, dachte sie manchmal. Er ist wirklich ein sehr intelligenter Mann. Und auch sehr gutmütig. Was für ein Glück, einen so feinen Mann so intim gekannt zu haben. Derartige Gedanken in ihrer absurden formalen Ausdrucksform, als wäre er tot, brachten sie unwillkürlich zum Lächeln. Ivan erwischte sie einmal dabei im Supermarkt.

»Worüber grinst du?«

Sie beschloss, die Wahrheit zu sagen, so albern das war, da ohnehin alles aus war. »Ich dachte gerade an deinen Wortschatz, wenn du schreibst. Du benutzt eine Menge guter Wörter. Ich meine, anschauliche Wörter.«

»Ach, hör auf, Caroline.«

»Nein, wirklich, ich meine das ganz im Ernst. So wie in der Rezension, die du letzten Monat geschrieben hast. Zu dem Buch über die Ursprünge des Jugendstils. Das war eine wirklich gelungene Rezension. Die Wörter haben mir gefallen. Florale Ornamentik. Funktionalität. Patina.«

»Die sind nicht weiter bemerkenswert. Wenn du mehr andere Kritiken lesen würdest, wüsstest du das. ›Patina‹ ist sogar schon zu allgemein gebräuchlich geworden.«

»Mag sein. Aber trotzdem, alle in einem einzigen Absatz unterzubringen …«

Er schob achselzuckend den Einkaufswagen weiter. Doch sie merkte genau, dass er im Stillen erfreut war, und verwirrt.

Sie wartete nach der Arbeit unter dem Vordach des Kinos auf ihn und sah zu, wie andere ihre Eintrittskarten kauften. Zehn Minuten. Fünfzehn Minuten. Ihr Blut kochte vor Empörung. Ivan wurde von Jahr zu Jahr unpünktlicher, fast krankhaft; er wollte nie dort sein, wo er versprochen hatte. Selbst Verabredungen waren für ihn ein Zwang! Er war verrückt! Sie arbeitete einen Unpünktlichkeitskoeffizienten aus und begann zu berechnen, welchen Anteil ihres Lebens sie damit verbracht hatte, auf Ivan zu warten, und wie entsprechend gut es bald sein würde, nämlich sehr, sehr gut, nie wieder warten zu müssen. Während sich die Zahlen in ihrem Kopf vervielfachten, blickte sie geistesabwesend auf die Schar der Passanten, die sich einen Block weiter der großen Kreuzung näherten. An der Ecke blieben sie im Pulk stehen und warteten auf Grün. Ein Mann fiel ihr auf, der aus der Menge herausgetreten war, um sich Bücher anzuschauen, die auf einem Tisch im Freien ausgestellt waren. Sein Profil war für sie teilweise verdeckt, aber sie konnte sehen, dass er groß und schlank war und eine Cordsamtjacke trug. Ihr gefiel die konzentrierte Art, wie er dort stand, von einer inneren Ruhe umwoben, als könnte er nie zu spät kommen oder in Eile sein, nie überarbeitet, nie wortkarg. Er löste eine viszerale Erregung aus, die sie seit geraumer Zeit bei keinem Mann mehr verspürt hatte. Ach ja, jemand wie dieser. Als er sich von den Büchern abwandte und mit selbstsicheren, gemächlichen Schritten die Straße überquerte, war ihre erste Reaktion, über sich selbst zu lachen. Aber wenn sie es sich recht überlegte, war es überhaupt nicht lustig. Er beugte sich vor und küsste sie auf die Wange. »Entschuldige, dass ich mich verspätet habe. Ich musste noch etwas fertig machen, und dann war der Bus so langsam, dass ich ausgestiegen und hergerannt bin. Hat es schon angefangen?«

Im Kino griff sie nach seiner Hand. Er legte ihre Hand auf sein Knie und hielt sie dort fest, so wie er es früher zu tun pflegte, wenn sie sich Filme ansahen. Diesmal war es ein italienischer Film über Liebe und Politik, etwas für jeden. Als sich das Paar auf der Leinwand umarmte, legte Ivan den Arm um Caroline. Sie lehnte den Kopf an seine Schulter. In der öffentlichen Dunkelheit vollzogen sie schüchterne Berührungsrituale, an die sie sich aus Highschool-Tagen erinnerte, zaghafte Gesten, gewagt von zaghaften Kindern, die sich nur flüchtig kannten, ermutigt durch die Dunkelheit. Als sie das Kino verließen, war es im Westen noch ein wenig hell. Auf der Straße sahen sie sich blinzelnd an. Caroline wurde von Verlangen überwältigt. Ivan streichelte langsam ihre Wange, studierte sie.

»Möchtest du auswärts essen?«, fragte er. »Oder zu Hause?«

»Zu Hause.«

Sie wurden von einem Sturm der Leidenschaft ergriffen, der wochenlang anhielt. Und warum es nicht genießen, da ohnehin bald alles vorbei war? Sie sprachen nicht über ihren Ärger und ihr Versagen, sondern klärten ihre Differenzen und arbeiteten Kompromisse aus wie Freunde, die zur Eheberatung gingen, eine Methode, die Ivan für unter seiner Würde hielt. Sie fielen übereinander her wie Tiere und gestanden sich ein, dass sie alt und geil waren und dass ihnen das nichts ausmachte; dafür hatten sie zu viel hinter sich. In dieser Zeit der zügellosen Exzesse, ausgelöst durch den Verlust des Vertrauens und ohne vernünftige Zukunft, wurde Caroline schwanger. Sie war einunddreißig Jahre alt.

HINTERHER SAGTE SIE GERNE, dass sie es in dem Moment gewusst hatte, in dem es passierte. Es habe sich anders angefühlt, erklärte sie Ivan, wie ein Nadelstich in einen Luftballon, aber ohne den lauten Knall, ohne das schnelle Zusammenfallen. »Ach, komm«, sagte er, »das ist unmöglich.«

Doch sie hatte sich so lange mit infinitesimal exakten Abstraktionen beschäftigt, dass sie genau wusste, wie es passiert war. Das Kind wurde in einer Nacht Ende September gezeugt, im Altweibersommer. Den ganzen Tag über hatte die tief stehende Sonne heiß vom Himmel gebrannt, eine bernsteinfarbene Mattigkeit über Menschen und Dinge gebreitet, und nachts war es genauso, nur dass nun langsam eine dunkle heiße Schwere herabsank. Durch das offene Schlafzimmerfenster kam der Duft des noch immer blühenden Geißblatts herein. Gerade als sie sich vorbeugte, schwer und heiß wie die Nacht, um Ivan zu küssen, erkundigte er sich neckend, ob sie sich denn lange genug von ihrer neuesten Abhandlung über Knotengruppen loseisen könne, und sie boxte ihn leicht auf die Schulter. Als Antwort legte sich Ivan auf ihren Rücken wie eine Decke, erdrückte sie schier, während sie unter ihm kämpfte, sich ihm zu entwinden versuchte. Es war ein wortloser, schweißtreibender Kampf, unterbrochen von unbändigem Gelächter, spitzen Schreien und keuchenden Atemzügen. Sie versuchte es mit Beißen, doch er wich ihr aus, und sie versuchte, die Fäuste zu zerkratzen, die sie unten hielten, konnte sie jedoch nicht erreichen. Ihr ganzes Verlangen hatte sich in eine Kraftanstrengung verwandelt, aber er war noch immer zu stark für sie. Sie weigerte sich, zu sagen, dass sie aufgab, und er wollte auf keinen Fall seinen Griff lockern, und so verharrten sie ineinander verkrallt und keuchend in statischer Umarmung.

»Du hast gewonnen«, sagte sie schließlich. Als er sich herunterrollte, stieß sie ihm den Ellbogen in die Rippen.

»Aha!«, brüllte Ivan, bereit, wieder anzufangen, doch sie lenkte ihn ab. Sobald der Ringkampf vorbei war, verspürte sie Begierde, die einen Anflug von Unwillen enthielt. Und später, als sie in Schweiß gebadet waren, der auf den anderen tropfte, sagte sie: »Das war kein fairer Kampf.«

»Kein fairer Kampf? Das sagst ausgerechnet du!«

»Es ist nicht fair, dass immer du gewinnst.«

Ivan lachte hämisch und kuschelte sich in ihre Arme. Sie lächelte im Dunkeln.

Das war die Nacht, in der das Kind gezeugt wurde, nicht in wilder Leidenschaft, sondern in heftigem Ringen.

Als sie ihn nach ihrem Arztbesuch im Büro anrief, wollte er es nicht glauben. Er kam närrisch strahlend nach Hause, und als sie miteinander schlafen wollten, fragte er: »Glaubst du, dass das in Ordnung ist?«

»Also ehrlich, Ivan. Es ist noch mikroskopisch klein.«

Er war in einer seiner drolligen Stimmungen und machte grässliche Witze, über die sie leicht nachsichtig lachte. Er sagte, er werde dem Baby einen Besuch abstatten, und fragte, ob er ihm etwas von ihr ausrichten solle. Er löste sich aus ihrer Umarmung, glitt an ihrem Körper hinunter und sagte, er werde mal selbst nachsehen. Aus Jux legte er sein Ohr zwischen ihre Beine, um zu lauschen. Er hörte erst auf, den Clown zu spielen, als sie ihre Arme um ihn schlang und flüsterte: »Ivan, du bist wirklich zu albern.« Er wurde ungewöhnlich sanft. Gezähmt, und das mochte sie nicht, hoffte, dass er nicht monatelang so weitermachen würde. »Ivan«, setzte sie ihm geduldig auseinander, »es ist wirklich völlig in Ordnung. Ich meine, das ist etwas ganz Natürliches.«

»Ich möchte dir nur nicht wehtun.«

»Ich bin nicht krank.«

Dann, als wollte ihr Körper diese dreiste Behauptung Lügen strafen, wurde sie tatsächlich krank, litt an einer lähmenden Übelkeit, die heftigem Hunger glich. Morgens musste sie Ivan bitten, ihr ein hartes Brötchen aus der Küche zu bringen, bevor sie es wagen konnte, aufzustehen. Etwas musste gefüllt werden, ein bedrohliches Vakuum, das in ihrem Inneren herrschte. Der entscheidende Punkt war, die ersten Bissen hinunterzubekommen. Wenn sie genug von dem Brötchen in sich hatte, um sich stabiler zu fühlen, konnte sie manchmal eine halbe Tasse Tee trinken, aber Flüssigkeiten waren riskant. Sie schwappten in ihr herum, und sie musste an das Baby in dieser herumschwappenden trüben Flüssigkeit denken.

Die Vormittage, an denen sie unterrichtete, waren eine Qual. Ivan weckte sie früh, brachte ihr ein Brötchen und bugsierte sie sanft aus dem Bett.

»Ich schaffe das einfach nicht.« Sie schob vorsichtig die Beine über die Bettkante.

»Klar schaffst du das. Außerdem hast du gar keine andere Wahl. Du hast einen Job.« Er war frisch geduscht und angekleidet, und seine Munterkeit irritierte sie. Sie stand auf und schwankte.

Ivan war beunruhigt. »Soll ich anrufen und sagen, dass du nicht kommen kannst?«

»Nein, nein.« Das jagte ihr Angst ein. Sie musste sich an ihrem Job festhalten, um dem werdenden Kind etwas entgegenzusetzen. Wenn sie erst einmal im Seminarraum war, ging es ihr sicher gut. Während Wellen der Übelkeit durch ihr Inneres rollten, taumelte sie ins Badezimmer.

Es war ihr lieber, wenn er wartete, bis sie aus der Dusche kam, ehe er ins Büro ging, weil sie sich einbildete, unter der Wucht des Wassers ohnmächtig werden zu können. Letztendlich zwang sie sich jedoch, sich unter den eiskalten Strahl zu stellen, legte den Kopf weit zurück und ließ das Wasser hinten über ihre Haare laufen. Es war jedes Mal eine Tortur, aber wenn sie vorbei war, fühlte sich Caroline wieder lebendiger.

Wenn die Dusche eine Weile nicht mehr lief, kam Ivan und machte die Badezimmertür auf. »Alles okay, Caroline? Ich muss mich allmählich auf den Weg machen.«

Er küsste sie auf die Lippen, auf die nackte feuchte Schulter, tätschelte zum Abschied kurz ihren Po unter dem Badehandtuch und war weg. Leicht beklommen sah sie ihm nach, wie er durch den Flur ging, und hoffte, dass sie kein großes, unbewegliches Kind haben würde. Früher war sie auf ihre Kraft stolz gewesen. Beim Umzug von Boston hierher hatte sie genauso geschuftet wie Ivan, hatte Möbelstücke und schwere Kartons geschleppt. Er war beeindruckt gewesen. Jetzt bedurfte es ihrer ganzen Kraft, um ihr eigenes Gewicht zu bewegen.

Anschließend zog sie sich ganz langsam an, das harte Brötchen immer in Reichweite, und betrachtete sich in den einzelnen Phasen des Ankleidens prüfend im Ganzkörperspiegel. Erst nackt, dann in Büstenhalter und Schlüpfer, dann mit Schuhen und schließlich mit Kleid suchte sie nach Anzeichen, aber noch hatte sich nichts verändert. Mit dem tiefgründigen

Narzissmus von Frauen jenseits der Blüte ihrer Jugend bewunderte sie ihre noch immer schmale Taille und ihre vollen Brüste. Besonders mochte sie ihre Schultern und ihr vorstehendes Schlüsselbein, das zerbrechlich und einladend wirkte. Das alles würde bald verschwunden sein, nachgegeben haben. Sie forschte in ihrem Gesicht nach dem Schwangeren-Look, den sie von den Gesichtern von Freundinnen so gut kannte. Es war eine undefinierbare Veränderung, eine Membran transparenter Verletzlichkeit, die das Gesicht überlagerte; ein flehender Blick, ein Betteln um Hilfe, wie eine Botschaft aus einem eroberten wehrlosen Land an die übrige Welt. Auf ihrem Gesicht war noch nichts davon zu sehen.

Von der zehnten bis zur vierzehnten Woche schlief sie, unterbrochen von kurzen wachen Phasen, in denen sie ihre Studenten unterrichtete. Sie musste die Abhandlung über Knotengruppen beiseitelegen. Es war eine gespenstische, traumähnliche Zeit. Die Übelkeit ließ nach, dafür wurde die Lockung des Schlafes übermächtig. Selbst mitten am Tag konnte es passieren, dass sie am Schlafzimmer vorbeiging, das wartende Bett sah und von einem sanften, heftigen Verlangen übermannt wurde, sich hinzulegen. Sie sank augenblicklich in tiefen, traumlosen Schlaf. Sie vergaß, wie es war, voller Energie aufzuwachen und einen ganzen Tag auf den Beinen zu sein, ohne sich ein einziges Mal hinzulegen. Sie vergaß das Gefühl, die Augen ohne Anstrengung weit offen zu halten. Sie hätte diesen sonderbaren, beschämenden perversen Drang vor Ivan gern geheim gehalten, doch das war unmöglich. Ivan wollte ständig ins Kino gehen. Zweifelsohne langweilte er sich mit ihr. Vielleicht würde er sich irgendwann so langweilen, dass er sie und das Baby verließ, und allein würde sie das Haus nicht halten können, und sie und das Baby würden zerlumpt auf der Straße landen und betteln müssen. Aber das war natürlich höchst unwahrscheinlich.

»Geh nur, Ivan. Ich kann einfach nicht.«

Eines Abends sagte er: »Ich dachte, ich könnte Ruth Forbes fragen, ob sie mit mir in den Charlie-Chaplin-Film in der High Street gehen will. Ich weiß, dass sie Chaplin mag. Hättest du etwas dagegen?«

Sie schlief schon fast ein, während sie im Bett langsam einen Apfel aß und im Fernsehen *Perry Mason* anschaute. »Nein, natürlich nicht.« Ruth Forbes wohnte ein paar Häuser weiter, eine Bekannte und überhaupt nicht Ivans Typ, zu groß und laut, geschieden und depressiv. Caroline war es egal, ob er Ruths Gesellschaft suchte. Es war ihr egal, ob er im Kino ihre Hand auf sein Knie legte oder sogar, was kaum denkbar war, hinterher in ihrem von Kindern wimmelnden schmuddeligen Haus mit ihr schlief. Ihr war alles egal, wenn sie nur zusammengekuschelt im Bett bleiben konnte.

Gelegentlich schlief sie mit ihm, ganz gemächlich. Sie verspürte kein sonderliches Verlangen, aber sie wollte sich ihm nicht verweigern. Es war schmerzlos, und gleich danach konnte sie schlafen. Gewöhnlich gab es einen Moment, in dem sie, ohne es zu wollen, lebendig wurde, wenn die Gegenwart seines Körpers einen sehnsüchtigen Schub der Begierde in ihr auslöste, doch meist war sie zu müde, um sich darauf einzulassen, und ließ das Lustgefühl abklingen, dankbar für dieses Symptom schlummernden Lebens. Sie hatte Mitleid mit Ivan, konnte jedoch nicht anders.

Einmal schlief sie ein, während er in ihr war. Er weckte sie mit einem Klaps auf die Wange. Tatsächlich war es eher eine Ohrfeige als ein Klaps, wie sie an dem leichten Brennen merkte. »Um Himmels willen, Caroline, du schläfst ja!«

»Nein, nein, tut mir leid. Ich hab nicht wirklich geschlafen. Ach, Ivan, das hat nichts zu bedeuten. Das hört bald auf.« Aber sie machte sich doch Gedanken.

Kurz darauf spürte sie seine Hände auf ihren Hüften. Seine Lippen wanderten über ihren Bauch, glitten sachkundig abwärts. Er murmelte etwas, das sie nicht verstehen konnte. Sie verspürte einen leichten Stich, leise Verärgerung. Ironischerweise wusste sie seine Absichten zu schätzen, nur konnte sie diese Art Erregung jetzt nicht ertragen.

»Bitte nicht«, sagte sie. »Bitte lass das.«

Er war zutiefst gekränkt. Er sagte nichts, sprang ruckartig weg und wickelte sämtliche Decken um sich. Sie war zerknirscht, fiel jedoch augenblicklich in traumloses Dunkel.

Gleich nach Neujahr, als der Unterricht für das nächste Semester begann, wachte sie früh auf und eilte entschlossen unter die Dusche. Erst als sie sich energisch die Zähne putzte, begriff sie, was passiert war. Da stand sie, sicher auf den Beinen, vor acht Uhr morgens und überlegte, wie sie ihre neuen Studenten in die Differenzialrechnung einführen wollte. Sie starrte ihr Gesicht im Spiegel an, ihren Mund, aus dem weißer Schaum sickerte, die Augen aufgerissen und verblüfft. Sie lebte wieder! Sie wusste nicht, wie dieses Wunder geschehen war, und sie wollte es auch nicht ergründen. Plötzlich voller Euphorie, zog sie den Reißverschluss ihrer engen Hose hoch und vergewisserte sich im Spiegel. Noch nichts zu sehen. Fürs Erste hatte sie überlebt.

»Ivan, aufstehen.«

Er grunzte und schlug die Augen auf. Als sie sich auf die über ihn gebeugte Caroline richteten, verdunkelten sie sich vor Verwunderung. Ivan fuhr sich mit der Faust über die Stirn. »Du bist schon angezogen?«

»Ja. Du wirst es nicht glauben. Ich habe ausgeschlafen. Das Leben hat mich wieder.«

»Oh.« Er stöhnte und rollte sich wie ein Seehund mit einer einzigen Bewegung auf die Seite.

»Willst du nicht aufstehen?«

»Ich komme gleich. Ich bin so müde. Ich muss noch ein bisschen schlafen.« Seine Stimme war belegt und undeutlich.

Sie war merkwürdigerweise verärgert. Ivan stand sonst immer voller Elan auf. »Bist du krank?«

»Mhm …«

Er war eine Woche lang müde. Caroline wollte jeden Abend ausgehen – die Januarluft war frisch und anregend. Aber Ivan wollte immer nur auf dem Bett liegen und mit einer Dose Bier in der Hand im Fernsehen Filme über Profiboxen anschauen, genau wie in den Karikaturen im *New Yorker,* über die er lachte. War das wirklich Ivan? Handelte es sich um eine Art Atavismus? Es war abstoßend. Trägheit, ließ sie ihn wissen, war eine der sieben Todsünden. Am fünften Abend sagte sie wütend: »Was zum Teufel ist eigentlich mit dir los? Wenn du krank bist, geh zum Arzt.«

»Ich bin nicht krank. Ich bin nur müde. Darf ich nicht auch mal müde sein? Lass mich in Ruhe. Ich hab dich doch auch in Ruhe gelassen, oder?«

»Darauf verstehst du dich ja auch viel besser als ich«, fuhr sie ihn an. »Auf dem Gebiet hast du mehr Erfahrung.«

Kurz nachdem Ivans Symptome verschwanden, saßen sie eines Abends in entgegengesetzten Ecken des Wohnzimmersofas, ihre Beine schräg über seinen, und lasen Zeitung. Caroline strich über ihren Bauch.

»Ivan.«

»Was ist?«

»Es führt kein Weg daran vorbei. Ich muss mir Umstandskleidung kaufen.«

Er legte die Zeitung weg, um sie leicht gequält zu betrachten. »Wirklich?«

»Ja.«

»Aber kauf bloß nicht diese hässlichen Sachen, wie Schwangere sie tragen. Könntest du dir nicht was Indisches oder etwas in der Art besorgen?«

Sie lachte. »Gar keine schlechte Idee. Wird gemacht.«

Er griff wieder nach der Zeitung.

»Es bewegt sich.«

»Was?«

»Ich sagte, es bewegt sich. Das Baby.«

»Es bewegt sich?«

Sie lachte erneut. »Erinnerst du dich an Galileo? *Eppur si muove.*« Sie hatten Galileos Geburtsstätte in Pisa besucht, auf der Rückfahrt von Lucca. Er war für sie beide ein Held, weil er sich einen freien Geist bewahrt hatte, obwohl sein Leib der Tyrannei unterlag.

Ivan lachte ebenfalls. »*Eppur si muove.* Lass mich mal fühlen.« Er fasste an ihren Bauch, blickte dann zu ihr hoch, sein Gesicht voller Verlangen, Staunen und Neid. Im nächsten Augenblick zerrte er in jugendlichem, stürmischem Überschwang an ihrer Kleidung. Er wollte dort sein, sagte er, bitte, jetzt gleich. Sie wurde überrumpelt, auf dem Fußboden, schweigend; es ging schnell und war verzehrend.

Ivan lag erschöpft in ihren Armen. Noch keuchend und an ihn geklammert, sagte Caroline: »Niemand ist so wie du. Ich könnte es nie so lieben wie dich.« Erstaunt fragte sie sich, als sie ihre Worte in der Stille fallen hörte, ob das tatsächlich der Fall sein würde, wenn das Baby auf der Welt war.

Aber nachdem sie indische Blusen und Kleider zu tragen begann, schien Ivan das Baby zu vergessen. Wenn sie im Bett gelegentlich stöhnte: »Ach, ich kann nicht einschlafen, es bewegt sich ständig«, antwortete er mit einem Grunzen oder gar nicht. An einem Sonntag im März fragte er sie, ob sie Fahrrad fahren möchte.

»Wie soll ich denn Fahrrad fahren, Ivan? Schau mich doch an.«

»Ach so. Stimmt ja.«

Er schien es zu vermeiden, sie anzuschauen, und sie sah tatsächlich schrecklich aus, wie sie zugeben musste. Zusätzlich zu dem monströsen Bauch schwollen ihre Fußknöchel an; die Form ihrer Beine war ihr fremd. Sie nahm Diuretika und stand nachts jede Stunde auf, um auf die Toilette zu gehen. Manchmal konnte sie danach nicht wieder einschlafen und las stattdessen.

»Kannst du nicht das Licht ausmachen?«, bat Ivan dann. »Du weißt, dass ich bei Licht nicht schlafen kann.«

»Was soll ich denn sonst machen? Ich kann überhaupt nicht schlafen.«

»Dann lies im Wohnzimmer.«

»Da ist es nachts so kalt.«

Er drehte sich gereizt weg. Ein paar Mal nahm er die Decke und schlief selbst im Wohnzimmer.

Wenn sie an warmen Aprilwochenenden zu einem Picknick aufs Land fuhren, schien er die holprigsten, schlechtesten Straßen zu wählen. Sie brauchte unterwegs ständig eine Toilette. Zunächst belustigte ihn das, doch schon bald wurde seine Belustigung sarkastisch. Er hielt an Tankstellen, obwohl er kein Benzin brauchte, und wartete mit verschränkten Armen und so griesgrämiger Miene im Wagen, dass Caroline das Gefühl hatte, sich entschuldigen zu müssen. Sie entfernten sich wieder voneinander, lebten sich auseinander. Sie konnte erneut die Distanz spüren, die wie eine Nebelbank zwischen ihnen hing, die Konturen im Raum trübte und verzerrte. Das Baby, das im Dunkel zwischen ihnen lag, trieb sie auseinander.

Manchmal, wenn Caroline nachts wach im Bett lag, sann sie über die Missbildungen nach, mit denen das Baby geboren werden könnte: Klumpfuß, Arme wie Flossen, zwei Köpfe. Sie fragte sich, ob sie ein Baby mit einem schweren Defekt lieben könnte. Sie fragte sich, ob Ivan es in eine Institution stecken würde, und ob es anständige Heime in der Nähe gab, und ob sie für den Rest ihres Lebens jeden Sonntagnachmittag damit verbringen würden, das Baby zu besuchen und todunglücklich und schweigend nach Hause zu fahren. Sie durchlebte diese Besuche im Heim in allen Details, bis sie sogar die Gesichter der Ärzte und Schwestern kannte. In ihren Vorstellungen kam immer ein Punkt, an dem sich Ivan – selbstsüchtig auf seine Freizeit bedacht und ungehalten wegen der Sinnlosigkeit des Ganzen – weigerte, weiter hinzugehen, und sie ihr Kind allein besuchen musste. Sie fragte sich, ob Ivan jemals an derlei Dinge dachte, doch angesichts seiner derzeitigen frostigen Stimmung traute sie sich nicht, ihn darauf anzusprechen.

Eines Nachts konnte sie die erdrückende Atmosphäre nicht länger ertragen und weckte ihn. »Ivan. Ich bin so einsam.«

Er setzte sich ruckartig auf. »Was ist?« Mit den dunklen Haaren, die ihm ins Gesicht fielen, und dem benommenen Ausdruck sah er jungenhaft und verletzlich aus. Sie hatte Mitleid mit ihm.

»Ich weiß, dass du geschlafen hast, aber ich … ich liege schon ewig hier im Dunkeln und denke an furchtbare Sachen, und du bist so weit weg, dass ich es nicht mehr aushalte.«

»Ach, Caroline. Mein armer Schatz.« Er war jetzt hellwach und nahm sie in seine Arme. »Ich weiß. Ich weiß, es ist schwer für dich. Du bist so … es ist eben alles so anders.«

»Aber, Ivan, das bin doch immer noch ich.«

»Ich weiß, es ist dumm von mir. Nur, ich kann nicht …«

Sie wusste, was es war. Nichts würde mehr so sein wie früher. Sie saßen die ganze Nacht im Bett, hielten einander und redeten. Ivan redete mehr als seit Wochen. Er sagte, mit dem Baby werde alles absolut in Ordnung sein, und es werde zum richtigen Zeitpunkt auf die Welt kommen, nämlich Ende Juni, sodass Caroline das Semester beenden konnte, und in zwei Wochen würden sie mit der Schwangerschaftsgymnastik beginnen, damit er bei der Geburt bei ihr sein und ihr beistehen könne, obwohl sie das natürlich mühelos schaffen werde, weil sie in allem so kompetent war. Danach hatten sie den Sommer für die ersten schwierigen Monate, und im Herbst wäre sie dann fit und bereit, wieder arbeiten zu gehen. Sie würden eine zuverlässige Person finden, so eine Art Großmutter, die ins Haus kam, und er werde versuchen, seine Termine so zu legen, dass sie sich nicht überlastet und eingesperrt fühlte. Kurz gesagt, alles würde gut sein, und sie würden wieder miteinander schlafen so wie früher und sich wieder nahe sein. Er sagte genau das, was sie brauchte, während sie sich an ihn schmiegte, vor Kummer zerrissen, weil er die ganze Zeit die richtigen Worte gekannt hatte, aber nicht daran gedacht hatte, sie auszusprechen, bis sie ihn aus Verzweiflung geweckt hatte. Dennoch schlief sie bei Morgengrauen befriedigt ein. Sie liebte ihn; er war ihre Reizquelle.

Sie gingen zur Eröffnung einer Ausstellung junger ortsansässiger Künstler. Ivan hatte der Gruppe zu einem Stipendium verholfen, und dafür sollte ihm bei einem Essen öffentlich gedankt werden. Caroline, die Ende des achten Monats war, ging eine Stunde lang herum, sah sich die Gemälde an und lehnte den Champagner ab, den man ihr immer wieder aufdrängte. Schließlich sagte sie leise zu Ivan: »Es tut mir leid, ich muss nach Hause. Gib mir bitte die Autoschlüssel. Ich stehe das nicht durch.«

»Was ist los?«

»Meine Füße bringen mich um, mein Kopf tut weh, und das Kind kullert herum wie ein Basketball. Bleib du hier und genieße den Abend. Irgendjemand nimmt dich bestimmt mit. Wir sehen uns später.«

»Ich fahre dich heim«, sagte er grimmig. »Wir gehen.«

Ein furchtbarer Knoten zog sich um ihren Magen zusammen. Der Knoten war das Symbol für Ivans perverse Gegenreaktion, für das riesige Problem, das auf sie zukam, für alle Probleme, bei denen sie zugelassen hatten, dass sie sich verfestigten, um sie dann umgehend zu verdrängen. Beide lächelten im Vorbeigehen Bekannten zu, während sie wütend miteinander flüsterten.

»Ich will nicht, dass du mich nach Hause bringst, Ivan. Das ist dein großer Abend. Also bleib, und ich gehe. Wir sind doch eigenständige Wesen.«

»Wenn du dich nicht wohlfühlst, kannst du nicht allein heimfahren. Du bist meine Frau, und ich bringe dich nach Hause.«

»Ganz wie du willst«, sagte sie liebenswürdig, da gerade der Leiter der Galerie näher kam. »Wir wissen ja beide, dass du wesentlich größer und stärker bist als ich. Wie du bereits hinlänglich bewiesen hast.« Und sie lächelte maliziös.

Ivan winkte dem Mann vage zu und führte sie zum Ausgang. Draußen explodierte er.

»Scheiße, Caroline! Können wir verflucht noch mal rein gar nichts mehr unternehmen?«

»Du kannst unternehmen, was immer du willst, wie üblich. Du musst mir nur die Schlüssel geben. Ich habe meine zu Hause gelassen.«

»Steig ein. Dir ist doch angeblich schlecht.«

»Du missgünstiger, selbstsüchtiger Idiot. Eifersüchtig auf einen Embryo!« Sie schrie inzwischen. Er startete den Wagen mit einem solchen Ruck, dass sie nach vorn gegen das Armaturenbrett geworfen wurde. »Lass lieber mich ans Steuer. So wie du fährst, bringst du mich noch um.«

»Halt verdammt noch mal den Mund, oder ich schwöre dir, ich fahre gegen einen Baum«, brüllte er. »Mir ist inzwischen alles scheißegal.«

Es begann zu regnen, ein sanfter stiller Regen, der in der düsteren Dämmerung draußen glitzerte. Beide kurbelten genau im selben Moment die Autofenster hoch. Sie waren miteinander eingesperrt, dachte sie, wie ruhelose Raubtiere in einem Käfig. Wie die Wölfin unter der herrlichen Piazza. Die Luft im Wagen war feucht und stickig.

Als sie heimkamen, knallte er die Tür so laut zu, dass das ganze Haus wackelte. Caroline hatte sich beruhigt. Sie ließ sich in einen Sessel sinken und schleuderte ihre Schuhe weg. »Ivan, warum gehst du nicht wieder hin? Es ist noch nicht zu spät. Solche Essen fangen nie pünktlich an. Ich komme schon zurecht.«

»Ich will nicht wieder hin!«, brüllte er. »Du hast alles verdorben. Unser ganzes Leben hast du verdorben. Vorher ist es uns bessergegangen. Ich dachte, du wärst darüber hinweg, ein

Kind zu wollen. Ich dachte, das Thema wäre erledigt.« Er starrte so hasserfüllt auf ihren dicken Bauch, dass sie schlagartig alles klar vor sich sah.

»Du widerst mich an«, sagte sie ruhig. »Offen gesagt, hast du mich schon immer angewidert, und daran wird sich vermutlich nie etwas ändern.« Sie wusste nicht, warum sie das sagte. Es war überhaupt nicht wahr. Wahr war nur, dass er sie in diesem Moment anwiderte, aber der Rest hatte sich abgespult wie Faden von einer Rolle.

»Warum haben wir das Ganze dann überhaupt angefangen?«, schrie er.

Sie wusste nicht, ob er ihre Ehe oder das Baby meinte, und einen Moment lang dachte sie, er würde sie schlagen, so viel komprimierte Gewalt lag in seiner Haltung.

»Mach, dass du rauskommst, Ivan. Ich kann deinen Anblick nicht mehr ertragen.«

»Okay. Ich werde deinen Rat befolgen und wieder hingehen. Ruf doch deinen beschissenen Geburtshelfer an, wenn du was brauchst. Der freut sich bestimmt, wenn er mal wieder was zum Grapschen hat.«

»Du mieses Schwein! Hau ab. Und komm bloß nicht so schnell wieder. Such dir 'ne magere kleine Kunststudentin und besorgs ihr mal so richtig.«

»Gute Idee.« Er knallte die Tür zu, und das Haus wackelte wieder.

Er würde zurückkommen. Nur verspürte sie dieses Mal keine heimliche Erregung, keinen leisen Schauer, der sich in Leidenschaft verwandeln konnte; dafür war sie zu deprimiert. Der hässliche Wortwechsel würde noch Wochen nach der Geburt des Babys wie ein Klotz zwischen ihnen liegen, bis Ivan das Gefühl hatte, seinen rechtmäßigen Besitz wiedererlangt zu haben. Caroline nahm zwei Aspirin. Als sie um drei Uhr nachts aufwachte, lag er neben ihr im Bett, hielt im Schlaf die Decke umklammert und atmete schwer. Danach sprachen sie tagelang mit forcierter, verhaltener Höflichkeit miteinander.

Einmal in der Woche machten sie eifrig in der Schwangerschaftsgymnastik mit, während sie zu Hause darüber kicherten, wie albern die Übungen waren. Ivan bestand darauf, dass Caroline jeden Tag wie angeordnet fünf Minuten hechelte. Zur Entspannung sollte Ivan abwechselnd beide Arme und Beine von ihr dreimal hochheben, während sie absolut schlaff und passiv dalag. Caroline beherrschte diese Übung, die sie allabendlich vor dem Einschlafen im Bett ausführten, sofort perfekt. Ein Ersatz, dachte sie. Sie konnte ihren Körper so schlaff und passiv machen, dass ihre Arme und Beine zurückprallten, wenn sie aufs Bett fielen. Zur Abwechslung versuchte sie es eines Abends bei ihm.

»Du musst nur daliegen und nichts tun. Ich hebe das Bein hoch, und ich lasse es (wieder) fallen. Lass es einfach geschehen. Dann kannst du ebenfalls ein Baby bekommen.«

Doch er konnte sich die Technik der Passivität nicht aneignen. Er versuchte, schlaff zu sein, doch Caroline sah genau, dass seine Muskeln, genau die Beinmuskeln, die sie so verführerisch fand, sich anstrengten, sich selbst zu heben und fallen zu lassen, zu heben und fallen zu lassen.

»Du kannst dich nicht unterordnen.« Sie lachte. »Merkst du nicht, was du machst? Du sollst nur daliegen und mich machen lassen.«

»Ach, vergiss es, Caroline.« Er lächelte zu ihr hoch und streichelte sanft ihren Bauch. »Ist doch egal. Ich muss es ja nicht können. Und du machst es sehr gut.«

Sie machte ihre Sache tatsächlich sehr gut, als der Zeitpunkt gekommen war. Sie lag außergewöhnlich kurz in den Wehen, sehr ungewöhnlich beim ersten Kind, wie die Schwestern immer wieder murmelten. Sie atmete konzentriert, beginnend mit den langen langsamen Atemzügen, die man sie gelehrt hatte, und schien von dem geschäftigen Treiben um sie herum weit entfernt zu sein. Dann wurde sie plötzlich auf einer fahrbaren Krankenliege hektisch durch den Korridor geschoben, gefolgt von einem Pulk weiß gekleideter Personen, und keuchend dachte sie: Egal, was ich jetzt durchmache, bald bin ich wieder dünn.

Der Raum war voller Menschen, wesentlich mehr Menschen, als sie für nötig gehalten hätte, aber die einzigen Gesichter, auf die sie achtete, waren das von Ivan und das des Arztes. Der Arzt, rundlich und von ihren Knien umrahmt, war von dem Verlauf hell begeistert. »Fantastisch, Caroline, fantastisch«, rief er ausgelassen, als wären sie in einer lauten Sportarena. »Okay, und jetzt pressen.«

Man legte ihre Hände um seitlich am Tisch angebrachte Chromstangen. Links fand sie tastend Ivans Hand und hielt sie anstatt der Stange fest. Sie presste. Verwundert wurde sie sich eines großen Einschnitts bewusst, als würde sich ein Berg aus Granit spalten, nur dass diese Teilung in ihr stattfand und, falls es so weiterging, bis zu ihrem Hals reichen würde. Sie umklammerte Ivans warme Hand. Gerade als sie den Mund öffnete, um zu schreien, stülpte ihr jemand eine Sauerstoffmaske über das Gesicht, sodass der Schrei nach innen zurückgeworfen wurde. Sie sollte nicht schreien, die Übungsleiterin hatte nichts davon erwähnt, sie sollte atmen und pressen. Aber solange niemand davon Notiz zu nehmen schien, konnte sie auch schreien, es war so befriedigend und unvermeidlich. Die

Übungsleiterin würde ja nichts davon erfahren. Das Geräusch erinnerte sie an etwas, das sie vor langer Zeit gehört hatte, doch sie war derart mit Pressen beschäftigt, dass sie sich nicht darauf besinnen konnte, was es war. Sie vertraute darauf, dass man sie, falls sie bis zum Hals aufriss, irgendwie wieder zusammennähen würde – sie war zu kaputt, um sich jetzt Gedanken darüber zu machen. Vielleicht war das der Grund, warum da so viele Leute waren, ja, natürlich, um sie hinterher wieder zusammenzuflicken, und vielleicht hatte man einfach vergessen, ihr etwas über diese Zweiteilung zu sagen; oder vielleicht war es ein streng gehütetes Geheimnis, eine Art Initiationsritus. Sie umklammerte Ivans Hand fester. Das Ganze war nicht gar zu schrecklich, sie würde es überleben, sagte sie sich, fasziniert von dem wolfsähnlichen Heulen, das aus ihrem Mund an ihre Ohren drang; es war das, was ihre Studenten ein Spitzenerlebnis nannten, und wie erfreulich, den Arzt ausrufen zu hören: »Fantastisch, Mädchen, gut gemacht! Noch ein Mal, Caroline, noch ein Mal pressen und raus damit. Los, gibs her!«

Sie stützte sich auf die Ellbogen, den Blick starr auf den Arzt gerichtet, und presste wie verlangt ein letztes Mal mit aller Kraft. Sie hielt Ivans Hand um die Stange geklammert, konnte spüren, wie seine Knöchel aufplatzten, und dann verschwanden der Raum und die Gesichter mit einem Mal. Ein dunkler dichter Vorhang hüllte sie ein, und plötzlich war sie ganz allein, keuchend, wurde gewaltsam in ein stürmisches schwarzes Loch voller Schmerzen gesogen, die so explosionsartig waren, dass sie wusste, das konnte nur der Tod sein; gleich würde sie sterben, wie eine detonierende Bombe. Es war gut so, es war fast vorbei, sie war schon fast tot, sie hätte nur gerne ein letztes Mal diese nicht ganz exakt ausgerichteten grünen Augen gesehen.

Irgendwo in dem Nichts rief Ivans Stimme jubilierend: »Es kommt«, und dann hörte das Tosen auf, und in ihren Ohren herrschten Ruhe und Frieden. Der Vorhang fiel von ihr ab, die Welt kehrte zurück. Aber ihre Augen brannten noch immer, als hätten sie etwas gesehen, das nicht für Menschen bestimmt war und nach dem man nicht in die Welt der Lebenden zurückkehrte.

»Gebt es mir«, sagte Caroline und hielt es. Sie sah, dass alles am richtigen Platz war, und schloss die Augen.

Sie rollten sie in ein Zimmer und legten sie behutsam aufs Bett. Es war kurz nach zehn Uhr vormittags. Sie erinnerte sich dunkel, dass sie und Ivan die ganze Nacht auf gewesen waren und sich einen James-Cagney-Film über Profiboxen angeschaut hatten, während sie die Zeitabstände zwischen ihren schwachen Wehen stoppten. James Cagney erblindete aufgrund von Schlägen, die ihm in einem manipulierten Kampf mit vergifteten Handschuhen versetzt wurden, und Caroline weinte um ihn, während sie die Hände auf ihren Bauch drückte und atmete. Seit Stunden hatten weder sie noch Ivan geschlafen oder gegessen.

»Ivan, da ist etwas, das ich jetzt auf der Stelle haben muss.«

»Dein Wunsch ist mir Befehl.«

Sie wollte Roastbeef auf Roggenbrot mit Ketchup, und Eistee. Er brachte es ihr und stellte sich ans Fenster, während sie heißhungrig aß.

»Hast du nichts für dich mitgebracht?«

»Nein, ich bin zu kaputt, um zu essen.« Er sah tatsächlich furchtbar aus. Er war bleich; aus seinen normalerweise so strahlenden Augen war fast alle Farbe gewichen, und kleine nach unten verlaufende Linien um seinen Mund erinnerten an seine strapaziöse Nachtwache.

»Das war eine anstrengende Nacht für dich, Ivan. Du solltest ein bisschen schlafen. Wie ist es draußen?«

»Was?« Ivans Bewegungen wirkten planlos. Er ging im Zimmer auf und ab, die Hände in den Hosentaschen vergraben, vom Fußende des Bettes langsam zum Fenster und wieder zurück. Ab und zu blieb er stehen, um Caroline mit einem ungewohnten Blick anzustarren, als wäre sie ein rätselhafter Fremdling.

»Ivan, ist alles okay? Ich meinte das Wetter. Wie sieht es draußen aus?« Noch während sie fragte, fiel ihr auf, dass sie sich seit Wochen nicht mehr dafür interessiert hatte, was draußen los war. Dass es ein Draußen gab, stürzte nun, da sie entleert war, mit absoluter Dringlichkeit auf sie ein, umspülte sie mit einer Flut dankbarer Freude.

»Ach so«, sagte er abwesend, kam zu ihr und setzte sich auf die Bettkante. »Da sieht es ganz merkwürdig aus, um genau zu sein. Es regnet, aber die Sonne scheint.«

Sie lachte. »Hast du das noch nie gesehen?«

»Keine Ahnung. Vermutlich schon.« Er machte mehrmals den Mund auf und wieder zu. Sie wartete und aß ihr Sandwich. Endlich sprach er. »Ich muss sagen, du hast einen ganz schön festen Griff, Caroline. Als du da drinnen meine Hand gehalten hast, hast du so fest zugedrückt, dass ich dachte, du brichst sie mir.«

»Ach, komm, so schlimm kann es nicht gewesen sein.«

»Das ist kein Witz.« Er massierte geistesabwesend seine Hand, streckte sie dann aus und zeigte Caroline die aufgescheuerten roten Knöchel und die Handfläche, auf der sich blutunterlaufene dicke Striemen bildeten.

»Du hast es ernst gemeint. Stammt das tatsächlich von mir? Tja, was sagt man dazu! Also habe ich endlich eine Runde gewonnen.«

»Ich dachte wirklich, du brichst mir die Hand. Ich bin fast gestorben.« Er sagte es noch einmal, nicht gekränkt, sondern unbeteiligt, als läge in den Worten etwas verborgen, das er nicht ergründen konnte.

»Aber warum hast du sie nicht weggenommen, wenn es so wehtat?« Als sie den leicht erstaunten Ausdruck in seinem Gesicht sah, legte sie ihr halb gegessenes Sandwich weg.

»Das konnte ich doch nicht. Ich meine … wenn es genau das war, was du in dem Moment gebraucht hast …« Er blickte verlegen zur Seite. »Außerdem sind wir in einem Krankenhaus.« Er zuckte die Schultern, ohne Caroline anzuschauen. »Genau am richtigen Ort. Die hätten meine Hand gleich verarztet.«

Überwältigt legte sich Caroline in den Kissen zurück. »Ach, Ivan. Das hast du für mich getan?«

»Warum weinst du?«, fragte er sanft. »Du hast sie mir ja nicht gebrochen. ›Fast‹ zählt nicht. Warum weinst du dann? Du hast gerade ein Baby bekommen. Da weint man doch nicht.«

Und sie lächelte und dachte, es würde ihr das Herz zerreißen.

ISABEL WAR EIN NAHEZU PERFEKTES BABY. Bei der Geburt ähnelte sie ihrem Vater, dunkel, langgliedrig und schlank, und das blieb sie auch ihre ganze Kindheit hindurch. Caroline und Ivan empfingen sie verwirrt und staunend wie einen unerwarteten Gewinn, einen Schatz, sodass Isabel glücklich heranwuchs. Es war nur natürlich, sie wie einen Schatz zu behandeln, weil sie so brav war, als hätte sie sich fest vorgenommen, als sie in ihre Familie kam – aus ihnen erst eine richtige Familie machte –, kein Unruhestifter zu sein, mit ihrem zwangsläufigen Weinen und Hinfallen und ihren zwangsläufigen Frustrationen möglichst wenig zu stören. Sie war leicht zu beruhigen. Ihre Unkompliziertheit machte sie jedoch keineswegs langweilig. Als Tochter ihres Vaters war sie ein Kind mit Witz, Energie und Anmut, und legte, wie bei Einzelkindern üblich, eine gewinnende Redegewandtheit an den Tag. Missgünstige Freunde wiesen warnend darauf hin, dass solche Kinder in der Pubertät unerträglich werden, da sie sich ihr zerstörerisches Potenzial sozusagen aufsparen, doch Caroline und Ivan, bei denen nach stürmischen Jahren wieder wohltuende Ruhe eingekehrt war, lebten in der Gegenwart. Sie hatten einen Babysitter, eine ältere Frau, die sich tagsüber um Isabel kümmerte, damit Caroline unterrichten konnte; sie gab jedoch so viele administrative Aufgaben ab, wie sie nur konnte, und nahm weniger eigene Projekte in Angriff. Ivan wurde ein richtiger Vater, wie er es vor langer Zeit versprochen hatte: Nicht nur, dass er Isabel hegte und pflegte, er stand auch nachts auf, um ihr das Fläschchen zu geben, er wechselte Windeln, er schob den Kinderwagen.

Im ersten Jahr war er immer froh, wenn er Caroline für sich allein haben konnte. Voller Erleichterung, dass sie nach der Schwangerschaft ihre alte Figur wiederhatte, stellte er ihr gierig nach, was Caroline an die Highschool-Jungs erinnerte, deren Hände unablässig und unwillkürlich gezuckt und sie betatscht hatten. Sie lachte im Stillen, wenn sie, nachdem sie das Kind zu Bett gebracht hatte, nach unten kam und das gewisse Funkeln in seinen Augen sah. Da sie sich neben ihrer Berufstätigkeit auch um Isabel kümmern musste, war sie meist müde und konnte seine Leidenschaft oft nicht in vollem Umfang genießen. Aber sie war glücklich, zu wissen, dass diese noch existierte, und zwar wegen ihr. Sie war glücklich in seinen Armen. Wenn er zu ihr sagte, sie werde zu passiv, bemühte sie sich, aktiver zu sein. Es erschien ihr nicht allzu wichtig, ob aktiv oder passiv, dafür war sie viel zu erleichtert, die Schwangerschaft und die Geburt hinter sich zu haben.

Und dann, als das Baby in einem zivilisierten Rhythmus zu schlafen und zu essen begann und sich tagsüber zeitweise allein beschäftigte, kehrte Carolines Leidenschaft zurück. Ivans kühlte ab. Isabel war faszinierend präsent geworden. Sie war begeistert, ihren Vater jeden Abend an der Tür zu begrüßen. Ivan sah sein Gesicht in ihrem widergespiegelt. Er flüsterte ihr Worte zu, die Caroline nicht hören konnte, er ging mit ihr allein in der Dämmerung auf den schattigen begrünten Straßen spazieren und kehrte stolz mit witzigen Äußerungen von ihr zurück. Nun war es meistens Caroline, die ihm mit glitzernden Augen nachstellte. Aber sie machte sich kaum Gedanken darüber; sie wusste, dass die Zyklen von Liebenden selten übereinstimmten. Er würde wiederkommen.

Isabel hatte nur einen einzigen erkennbaren Makel, und das war ihr rechtes Auge, das nicht richtig ausgerichtet war. Es schielte nach innen. Der Arzt riet zu einer Operation, je früher, desto besser. Sie war vier. Caroline verbrachte die Nacht vor der Operation auf einer Liege neben Isabels Krankenbett, wo sie sich hin und her warf und zwischendurch aufstand, um im Aufenthaltsraum der Patienten bruchstückhaft alte Filme im Fernsehen anzuschauen. Ivan kam am nächsten Morgen, gerade noch rechtzeitig, um Isabel Guten Tag und Auf Wiedersehen zu sagen, während ein junger bärtiger Pfleger sie schon auf einer fahrbaren Krankentrage festschnallte. Sie hatte Babar, ihren Elefanten, im Arm, schien ungewöhnlich munter zu sein und sich weit mehr für den gutaussehenden Pfleger im grünen Kittel zu interessieren als für Ivan. Sie blickten ihr nach, als der Pfleger sie, viel zu schnell, wie Caroline fand, zu den Türen des Fahrstuhls schob. Er bewegte die Trage im Rhythmus eines Beatles-Songs hin und her, den er Isabel vorsang.

»Du trägst ja deine Brille«, sagte Caroline.

»Meine Augen haben gebrannt.«

Eine vorbeigehende Schwester empfahl ihnen, in die Krankenhaus-Kantine zu gehen, da es lange dauern würde.

»Wie lange?«, fragte Ivan.

»Zwei Stunden. Vielleicht länger. Wir sagen Ihnen Bescheid, sobald sie im Aufwachraum ist.«

Bei dem Wort »Aufwachraum« blieb Caroline schier das Herz stehen. Ihr Vater war auch in den Aufwachraum gebracht worden, aber nie mehr aufgewacht. Nun war Isabel ihre einzige Blutsverwandte.

Die Kantine, die sich am Ende einer Reihe muffiger gekachelter Korridore im Untergeschoss befand, war voller weiß gekleideter junger Männer und Frauen, die plauderten und lachten.

»Sind das etwa alles Ärzte?«, fragte Caroline.

»Eher Studenten, nehme ich an. Jedenfalls sind sie hier unten und nicht dort oben. Such schon mal einen Tisch, Caroline, und setz dich hin. Du siehst furchtbar aus. Was möchtest du essen?«

»Kaffee, schwarz, und irgendwas dazu. Egal was.«

Er brachte zwei Kaffee und zwei Pekannuss-Teilchen, die mit Kokosraspeln bestreut waren. Seine Hände zitterten, als er die Tassen abstellte. Kokosnuss, dachte sie, nach elf Jahren Ehe. Sie hasste Kokosnuss, aber sie biss hinein.

»Ist das nicht abartig, dass wir hier sitzen und essen, während an unserem Kind herumgeschnippelt wird?«, sagte sie.

»Weißt du nicht mehr, was die Frau in Rom gesagt hat? Der Mensch muss essen, egal, was passiert. Kriege, Attentate, operative Eingriffe. Also iss.«

»Vielleicht nehme ich doch noch etwas.« Es war erstaunlich, dass sie seit ihrer Schwangerschaft nie mehr Magenprobleme gehabt hatte. Sie hatte inzwischen das, was Ivans Vater einen Magen aus Gusseisen nannte. Sie durften nicht vergessen, Ivans Eltern später anzurufen und ihnen zu sagen, dass alles in Ordnung war.

Ivan wollte aufstehen.

»Nein, lass nur. Diesmal gehe ich. Möchtest du auch noch etwas?«

»Na gut, bring mir ein Brötchen und Rührei mit Speck, und noch einen Kaffee.«

Sie fand ein Plunderstück ohne Kokosraspeln. Nachdem sie gegessen hatten, zog Ivan ein Kartenspiel aus der Tasche.

»Möchtest du Rommé spielen?«

»Gegen dich habe ich doch nie die geringste Chance.«

»Heute schon«, sagte er. »Ich bin nicht in Bestform. Und du erfüllst alle wesentlichen Voraussetzungen. Dein Problem ist nur, dass du dich nicht konzentrierst.«

»Vielen Dank, du Psychodoktor.«

Sie gingen hinauf ins Erdgeschoss, um im Wartezimmer zu spielen. Der Raum war riesig und mit tiefen braunen Ledersesseln und großen Lüstern mit tropfenförmigen Glasplättchen ausgestattet. Die vereinzelten Leute darin lasen alle Zeitung. Ein Krieg tobte. Studenten demonstrierten. Ivan mischte, und die Karten flogen in hohem Bogen auf den Fußboden. »Ich bin wohl etwas nervös«, sagte er, als er sie aufhob. »Habe ich dir mal erzählt, dass ich als Kind auch so eine Operation hatte?«

»Nein, hast du nicht«, sagte sie. »Wieso erzählst du mir solche Sachen nicht?«

»Ich war sieben.«

»Und, wie wars?«

»Nicht weiter schlimm.«

Sie sah ihn an und zögerte. »Es ist nur nicht ganz perfekt geworden.«

»Ich weiß, aber viel besser als vorher. Die Ärzte haben getan, was damals möglich war. Inzwischen wurde das Verfahren wesentlich verbessert.«

»Das werden wir ja bald sehen.«

Ivan gewann mühelos vier Partien. Er steckte die Karten ein und stand auf, um im Raum hin und her zu gehen. Als er wieder zu ihr kam, sagte er: »Caroline?«

»Was ist?«

»Bist du froh, dass wir uns begegnet sind?«

Sie wollte sich jetzt nicht damit befassen. Sie war mit einer Handarbeit beschäftigt, und sie wollte sich nur auf ihre

Kreuzstiche konzentrieren. Sie bedurften ihrer ganzen Aufmerksamkeit, waren sehr beruhigend in ihrer monotonen Gleichförmigkeit. Sie hatte Ivan noch nie so zappelig erlebt. »Was für eine Frage.«

»Und, bist du's? Ich meine …« – er lächelte matt – »trotz meiner fehlerhaften Augen-Gene und allem?«

»Du bist gar nicht so fehlerhaft. Du bist ganz okay.«

Sie trug inzwischen selbst eine Brille, für den Nahbereich. Sie rückte sie zurecht und beugte sich über ihre Handarbeit.

»Was machst du da eigentlich?«

»Ich arbeite an einem Stickmustertuch. Ich habe es gestern hier im Kiosk gekauft.«

»Du meinst, eins von den Dingern, auf denen so Sachen stehen wie ›Eigner Herd ist Goldes wert‹?«

Sie hielt das Tuch hoch. »Nein, auf dem hier ist nur das Alphabet, in Groß- und Kleinbuchstaben, und Blumen.«

»Ich habe dich noch nie sticken sehen. Seit wann machst du das?«

»Das mache ich nur bei ganz speziellen Gelegenheiten. Ich habe schon das große X und das J gemacht, und die kleinen Buchstaben a, d und f, und zwei Rosen, und jetzt arbeite ich am q.«

Er sah sie merkwürdig an. »Ich glaube, ich geh mal zum Empfang und erkundige mich.«

»Es sind erst eineinviertel Stunden.«

»Ich frage trotzdem nach.« Er war im Nu wieder da, nicht zufriedengestellt, und setzte sich. »Ach, ich hatte vergessen, dir die gute Nachricht mitzuteilen. Gestern kam ein Brief von Vic. Er heiratet.«

Caroline legte die Stickerei weg und nahm ihre Brille ab. »Vic heiratet? Das ist ja großartig! Und wen heiratet er?« Vic war fünfunddreißig, genauso alt wie sie. Dass er Junggeselle war, hatte seinen Eltern jahrelang Kummer gemacht.

»Sie heißt Susan. Sie hat ebenfalls Jura studiert und arbeitet in derselben Firma wie er als Anwältin. Sie wollen nach New York ziehen und dort eine eigene Kanzlei eröffnen, wir werden sie also öfter zu sehen bekommen. Tatsächlich wollen sie auch in New York heiraten, in ein paar Monaten, wir können also hingehen.«

Wenn sie es überlebt, dachte Caroline, gehen wir hin. »Das ist großartig, Ivan. Ich freue mich wirklich. Hat er gesagt, warum gerade sie, nach all den anderen?«

»Vermutlich ist ihm einfach die Richtige über den Weg gelaufen.«

»Du sagst doch immer, dass es den Richtigen oder die Richtige nicht gibt. Dass alles Zufall ist. So wie bei uns.«

»Beides schließt sich nicht zwangsläufig aus.«

Sie dachte einige Sekunden darüber nach und sagte schließlich trocken: »Ich bin zutiefst gerührt«, und griff wieder zu ihrer Stickerei.

Ivan erkundigte sich dreimal am Empfang nach Isabel, dann war es ihm peinlich, erneut nachzufragen. »Diesmal gehst du hin, Caroline.«

»Du warst doch erst vor einer Minute dort. Ich mag nicht, wie die Frau dreinschaut. Sie schreit mich bestimmt an, und mir ist jetzt nicht danach, angeschrien zu werden.«

»Bitte.«

Die Frau, die einen grünlichen Teint hatte, fixierte Caroline mit hervorstehenden Augen und schürzte die Lippen. »Ich habe Ihrem Mann bereits gesagt, dass man Ihnen Bescheid geben wird«, sagte sie und kehrte ihr den Rücken zu.

»Blöde Kuh«, sagte Caroline kaum hörbar. Ein junger Mann, der hinter dem Tresen tippte, fing ihren Blick auf und grinste.

Fünf Minuten später wurden sie gerufen. »Ihr Kind ist im Aufwachraum«, sagte die Frau mit dem Froschgesicht.

»Wann können wir sie sehen?«

»Sie können schon in ihr Zimmer gehen. Man wird sie in Kürze hinaufbringen.«

Caroline drehte sich um und sank Ivan weinend in die Arme. »Ich hatte solche Angst. Oh Gott, ich hatte solche Angst. Das war schlimmer, als sie zu bekommen.«

»Jetzt ist alles gut, Schatz. Alles ist bestens. Es war nur ein kleiner Eingriff.«

»Ich bin froh, dass wir uns begegnet sind, Ivan. Ehrlich.«

Isabel bekam eine dunkle Brille mit runden Gläsern und pinkfarbenem Kunststoff-Gestell, die sie in den ersten zwei Tagen im Freien tragen musste. Draußen vor dem Krankenhaus warf Caroline die Stickerei in einen Abfallkorb und betrachtete ihre Tochter. Ihr Herz schlug schneller: Mit der Brille sah Isabel aus wie eine Blinde. Aber sie würden ja bald zu Hause sein, und dann konnte sie sie abnehmen. Sie selbst konnte es kaum erwarten, ins Bett zu kommen – sie hatte zwei Nächte nicht geschlafen.

»Das ist eine schöne Brille«, sagte Isabel. »Mit der gehe ich in die Schule.«

Ivan sagte: »Vielleicht sollten wir ihr Bleistifte besorgen.«

»Also wirklich, Ivan.« Aber sie lachte.

»Ich will keine Bleistifte«, sagte Isabel. »Ich will meine Sandalen.«

Ivan blickte hinunter auf ihre Füße, die in karierten Turnschuhen steckten. »Welche Sandalen?«

»Mommy hat versprochen, wenn ich nicht schreie, wenn sie mir Blut abnehmen, dann bekomme ich hinterher Sandalen. Ich habe nicht geschrien.«

»Wir besorgen sie morgen.«

»Du hast gesagt, gleich hinterher«, sagte Isabel liebenswürdig. »Weißt du das nicht mehr?«

Ivan machte bereits die Autotür auf. Caroline sah zu ihm hinüber. »Halte bitte an einem Schuhgeschäft«, sagte sie. »Ich habs versprochen. In der Nähe ist bestimmt eines.«

»Bei Jack and Jill habe ich die gesehen, die ich will.«

Abends schliefen sie auf der Stelle ein. Caroline erwachte in der eigentümlichen Stille kurz vor Tagesanbruch. Sie durchlebte noch einmal die Stunden im Krankenhaus, die Nachtwache vor dem Fernseher, die harte Liege, die Babys mit schrecklichen Missbildungen und ihre unglücklichen Mütter. Der singende Pfleger, das Teilchen mit den Kokosraspeln, wie Ivan die Karten fallen lässt. Nachdem sie es vor ihrem inneren Auge hatte ablaufen lassen, empfand sie die wohltuende Erleichterung, aus einem Albtraum zu erwachen. Alles war gut. Die Stille um sie herum wurde intensiver, und in der dunklen Stunde trat wie ein Gnadenbeweis einer jener Momente ein, in denen wunderbarerweise offenkundig ist, dass alles gut werden wird. Sie wusste inzwischen, wie flüchtig diese Momente waren, und dass man sie genießen musste. Nur dass Ivan im Schlaf nach ihrem Rücken und ihrer Hüften tastete. Sie war an seinen unruhigen Schlaf gewöhnt, der weniger Schlaf als eine gedämpfte Form von Aktivität war. Er klammerte sich nachts gern an sie, so wie ein Flüchtling auf dem Weg in ein unbekanntes Land ein geliebtes Erinnerungsstück von zu Hause umklammert. Es machte ihr nichts aus; es gab ihr vielmehr das Gefühl, gebraucht zu werden.

Doch dieses Mal war es extrem: Er fummelte völlig frustriert am dünnen Stoff ihres Nachthemds herum. Nicht vor Verlangen; wenn es darum gegangen wäre, hätte er ihren Namen geflüstert und sie auf eine Art und Weise betatscht, die darauf abzielte, zu erregen. Aber er zupfte und zerrte, obwohl er fest schlief. In der Klarheit der Dunkelheit verstand sie es plötzlich. Was er brauchte, war ein Gefühl. Nach seinem eigenen Albtraum brauchte er es, lebendige Haut zu berühren. Ivans außergewöhnliches Bedürfnis flößte ihr Ehrfurcht ein, denn hier war ein Mensch mit einem so uneingeschränkten Instinkt, dass er selbst im Schlaf suchte, was er brauchte. Als sie das Nachthemd für ihn hochzog, legten sich seine Hände auf ihre Haut, und er wurde ruhiger, begann, gleichmäßig zu atmen.

Es war reiner Zufall, dass sie ihn, einige Monate später, über den Tastsinn sprechen hörte. Vic und seine Frau Susan waren für ein verlängertes Wochenende zu Besuch gekommen. Susan war die Richtige, darin stimmten Caroline und Ivan überein. Sie und Vic waren sich ähnlich – herzlich, gesellig und intelligent. Sie sahen sich sogar ähnlich: kräftige Statur, gesunde Gesichtsfarbe durch Betätigung im Freien, ordentlich gekämmte Haare, ehrliche braune Augen und beide mit dem muskulösen rechten Arm von Tennisspielern. Ihr Leben in New York war mit Arbeit und Geselligkeit ausgefüllt, und sie schienen sich, wenn auch nachsichtig, darüber zu wundern, dass Caroline und Ivan genug Anregung in einer kleinen Universitätsstadt fanden. Sie saßen Händchen haltend auf der Couch, während sie ihren Wein tranken. Wenn einer von ihnen eine zweite Hand brauchte, um sich eine Zigarette anzuzünden oder Käse auf einen Cracker zu legen, wurde die Hand widerwillig entzogen und schnell zurückgegeben. »Widerlich«, scherzten Caroline und Ivan später unter vier Augen, im Bett, während ihre eigenen Hände stürmisch Verstecken spielten. Vic und Susan nannten einander ständig Herzchen und Liebling, worüber sich Caroline und Ivan ebenfalls amüsierten, nachsichtig. Sie planten, sofort eine Familie zu gründen, sagte Susan, da sie schließlich nicht jünger würden.

Caroline brachte Isabel ins Bett und holte noch eine Flasche Wein. Als sie wieder ins Wohnzimmer kam, sagte Ivan gerade: »Trotzdem, die einzelnen Sinne sind bei Menschen jeweils sehr unterschiedlich ausgeprägt.« Er saß im Schaukelstuhl, die Ellbogen aufgestützt, und tippte die Fingerkuppen beider Hände leicht aneinander. »Ich, zum Beispiel, habe kein besonders gutes Gehör – ich meine die feinen Abstufungen, die manche Leute heraushören. So wie Caroline. Bei mir ist es der Tastsinn. Ich glaube, ich lerne Dinge kennen, indem ich sie berühre.« Er hielt einen Moment inne, ließ jede Fingerkuppe der Reihe nach ihr Gegenüber berühren, als würde er stumme Tonleitern auf einem Klavier spielen. »Ich möchte die Beschaffenheit der Dinge erfühlen.«

Sie stellte leise die Flasche ab. Das waren sehr intime Worte, insbesondere von Ivan. Intimer, in gewisser Weise, als eine visuelle oder akustische Präferenz einzugestehen. Vic und Susan sahen ihn eigentümlich an.

Susan sagte, das sei mehr oder weniger das, was sie eigentlich gemeint habe, nämlich dass Ivan und Vic als Brüder unterschiedlicher nicht sein könnten. Vic sei ausgesprochen intellektuell; sie sage ihm immer wieder, er müsse sich mehr auf seine Gefühle einlassen.

»Aber ich habe nicht von irgendwelchem Psychokram gesprochen«, sagte Ivan ruhig. »Ich habe von primären, sensorischen Erfahrungen gesprochen. Noch vor den Emotionen.«

Berührung war das Ursprünglichste. In all ihren gemeinsamen Jahren hatte er ihr das nie gesagt.

Sie lag im Bett und wartete auf ihn, während er sich wie jeden Abend das Haar bürstete und vor dem Spiegel überprüfte, ob etwas darauf hinwies, dass es sich lichtete. Aus dem Zimmer nebenan, in dem Vic und Susan übernachteten, kam ein rhythmisches Knarren.

»Sie sind dabei, eine Familie zu gründen«, sagte Caroline.

»Und lassen sich auf ihre Gefühle ein«, sagte Ivan.

»Apropos Gefühle, du hast mir nie von deinem Tastsinn erzählt … Herzchen.«

»Nein?«

»Nein. Das ist doch etwas sehr Wichtiges.«

»Daran habe ich nie gedacht. Ich dachte wahrscheinlich, dass du das weißt.«

Natürlich wusste sie es. Die Hände nachts auf ihrer Haut, die sie durch Berühren kennenlernten. Und doch musste sie es ihn aussprechen hören, um zu wissen, dass sie es wusste.

Ivan kam mit ernster Miene ans Bett, die Bürste in der Hand. »Caroline? Ich meine, Liebling, glaubst du, dass mein Haar dünner wird? Fühl mal.«

»Es fühlt sich gut an. Ich spüre keinen Unterschied.«

Er sah sie argwöhnisch an. »Ich glaube, du willst bloß nett sein.«

»Du weißt, dass ich in dieser Hinsicht nicht nett bin. Ich würde dir die Wahrheit sagen. Also gut, du hast ein paar Haare weniger. Kein Grund zur Beunruhigung. Du siehst immer noch blendend aus.«

»Das ist keine objektive Meinung«, sagte er.

»Ich kanns nicht ändern. Ich tue mein Bestes. Hör mal, Ivan.« Sie legte ihre Hand auf seine. »Meinst du wirklich, dass ich das machen soll, im kommenden Winter? Ich möchte eine objektive Meinung hören.«

»Meine Meinung lautet, ja, du solltest das unbedingt machen. Wozu das ganze Theater?«

Sie war eingeladen worden, drei Monate – ein Trimester – als Gastprofessorin an einem kleinen College im Norden zu verbringen und Seminare für Fortgeschrittene über topologische Gruppen und die Topologie der Mannigfaltigkeit abzuhalten.

»Machen Sie das. Betrachten Sie sich als ausgeliehen«, scherzte der Leiter des Fachbereichs, als sie ihm das Schreiben zeigte. »Wir kommen schon zurecht.« Er klang wie Ivan.

Sie zögerte wegen Isabel, die erst fünf war, doch Ivan versicherte ihr immer wieder, dass es keinerlei Probleme geben werde. Mrs Seward werde Isabel jeden Tag vom Kindergarten abholen und nachmittags bei ihr bleiben.

»Aber sie kann nicht lange genug bleiben, um Abendessen zu machen.«

»Das übernehme ich.«

»Du willst kochen? Was du kochst, ist zu ausgefallen für sie.« Was er kochte, war nie das, was man erwartete. Seine Hamburger waren bleischwer, da er sie mit Semmelbröseln anreicherte. An dem Abend, an dem er sie in Rom zum ersten Mal in seine Wohnung eingeladen hatte, ließ er das Hähnchen völlig verbrutzeln, während er beschrieb, wie sich die Lichter auf dem Ponte Vecchio in einer Sommernacht im Arno spiegeln. Die Beschreibung ließ sie vor Liebe erschauern, dennoch fand sie, er hätte imstande sein müssen, Gefühlsüberschwang und Hähnchen gleichzeitig zu bewältigen.

»Ich werde Chinesisch kochen«, sagte er. »Das mag sie. Mach dir mal keine Sorgen.« Es stimmte, auf chinesische Gerichte verstand er sich. Er hatte einen Kochkurs gemacht.

Er drängte sie, anzunehmen, begegnete allen ihren Zweifeln mit vernünftigen Argumenten. Nachts, als sie eng beieinander im Bett lagen, fragte sie ihn neckend, während sie einen Finger senkrecht über die Haare auf seiner Brust gleiten ließ: »Warum bist du so scharf darauf, dass ich hingehe?«

»Weil es dir guttun wird«, antwortete er ernst. Ihr wurde warm ums Herz. Doch Stunden später wachte sie auf und hörte diese Worte im Dunkeln widerhallen. Waren es eventuell gönnerhafte Worte?

Ob gönnerhaft oder nicht, er hatte recht, und sie beschloss anzunehmen. Sie freute sich auf den Tapetenwechsel, und auf die in Aussicht gestellten Seminare, auf neue Kollegen mit neuen Ideen, und einsame Spaziergänge in den verschneiten nördlichen Wäldern. In ihrem derzeitigen Leben vermisste sie die Einsamkeit. Sie war gespannt, wie sie sich in der Einsamkeit fühlen würde, welche Gewohnheiten sie haben würde, ob sie ihre eigene Gesellschaft genießen oder sich langweilen würde.

In den ersten Wochen war sie sehr glücklich. Der Unterricht lief gut, die Studenten waren intelligent und die anderen Dozenten sympathisch. Sie hatte eine nette kleine Einzimmerwohnung in einem niedrigen Gebäude, in dem etwa zwanzig alleinstehende Hochschullehrer lebten. Ihr Privatbüro war luxuriös, verglichen mit dem, das sie sich an ihrer eigenen Universität mit einer anderen Person teilte; und es bot einen weiten Blick auf imposante immergrüne Bäume in ordentlichen, befriedigenden Reihen. Aber das Schönste waren die langen Spaziergänge auf geräumten verschneiten Waldwegen. Caroline schüttelte die beladenen Äste der Bäume und lachte, wenn Schneemassen um sie herum und auf sie herabfielen. Sie entdeckte kleine gurgelnde Wasserfälle, die in muntere kleine Wellen an den Rändern zugefrorener Teiche tröpfelten. Auf einer Anhöhe stand sogar ein romantischer alter steinerner Turm. Sie bestieg ihn mit der Begeisterung eines Prinzen, der herbeieilt, eine gefangen gehaltene Jungfrau zu befreien. Sie langweilte sich nicht; ihre eigene Gesellschaft genügte ihr vollkommen. Abends aß sie manchmal allein in ihrer Wohnung, ein Buch auf dem Tisch aufgestellt, und manchmal, wenn ihr nach Reden zumute war, im Speisesaal der Lehrkräfte. Nachts las sie im Bett Proust und rauchte.

Am Anfang hielt ihr Verstand gelegentlich abrupt inne wie ein Zug, der unvermittelt bremst, und sie dachte: Wo ist Isabel jetzt? Isabel ist im Kindergarten und hört einer Geschichte zu. Isabel sitzt mit ihrem Gummifisch in der Badewanne. Isabel ist beim Abendessen. (Was für eine bizarre asiatische Kreation isst sie gerade? Hat er ihr schon den Umgang mit Stäbchen beigebracht?) Doch mit der Zeit hörten diese Fragen auf. Caroline schrieb Isabel Briefe und erhielt dafür Zeichnungen mit Strichmännchen und einigen mit Bleistift geschriebenen zärtlichen Worten, die schräg nach unten über das Blatt verliefen. Diese hütete sie wie einen Schatz.

Spätabends telefonierte sie gelegentlich mit Ivan. Die ersten paar Male hatte sie, wenn sie auflegte, weiche Knie vor Verlangen, nur vom Klang seiner Stimme. Schon bald begann sie, auf unbehagliche Weise, sich nach jemandem zu sehnen, der mit ihr schlief. Wie ein Kind starrte sie auf jeden muskulösen Körper, den sie im Supermarkt oder in der Bank zufällig erblickte. Prousts opulente rhythmische Prosa erregte sie. Am meisten erregten sie die homosexuellen und die sadistischen Passagen. Sie machte sich kurz Sorgen wegen der möglichen Folgerungen, befand dann aber, dass es keine gab, dass sie schlicht einen Mann brauchte. Vorsichtig begann sie, sich umzuschauen.

Ihr Fachbereich, die Mathematik, bestand aus einem älteren Patriarchen, einem müden verheirateten Mann Mitte fünfzig und einem pausbäckigen altklugen Knaben von fünfundzwanzig, den sie bei sich »den unreifen Jüngling« nannte. Ihr fielen die Anglisten ein. Sie waren in der Regel zahlreich und angeblich immer auf der Suche nach Abenteuern. Sie nahm an, dass es von der ständigen Beschäftigung mit Gedichten und Geschichten herrührte. Wenn sie ihren ungewürdigten Körper im Spiegel betrachtete, war es ihr peinlich, sich ihr Vorhaben einzugestehen. Aber sie war schließlich eine erwachsene Frau, entgegnete sie ihrem Spiegelbild, und inzwischen alt genug, um zu wissen, was sie brauchte, und Mittel und Wege zu finden, es zu bekommen. Hatte Ivan nicht irgendwann einmal gesagt, sie sehe aus wie eine Person, die das, was sie wolle, auch erreiche? Außerdem war das hier eine andere Welt – niemand, auf den es ankam, würde es je erfahren.

Sie begann, häufiger und aufmerksamer im Speisesaal zu essen. Von den drei alleinstehenden Männern des Fachbereichs Anglistik war einer ein immerzu verdrossener australischer Lyriker mit faulenden Zähnen und ein anderer ein Experte für Mittelenglisch, dessen herumrudernde morgendliche Unsicherheit darauf schließen ließ, dass er die ganze Nacht trank. Der dritte, der noch nicht lange da war, lehrte viktorianische und moderne Lyrik und bevorzugte schicke ausgebleichte Jeans und Kaschmirpullover in kräftigen Farben – Burgunder, Olive, gebrannte Siena. Er war groß und hellhäutig, hatte einen Schnurrbart und trug eine getönte Pilotenbrille, genau wie sie. Der gleiche Geschmack. Er schien auch in ihrem Alter zu sein, vielleicht ein paar Jahre jünger, alt genug jedenfalls, um Erfahrung zu haben. Er hatte einen leichten Bauchansatz – sie würde lernen müssen, darüber hinwegzusehen –, aber ansonsten war er gut gebaut, mit langen Beinen und festen Muskeln, und er bewegte sich leichtfüßig und mit ungezwungener Lässigkeit. Nur seine Stimme ließ sie zögern: Sie klang gepresst, wie von einer inneren Spannung zurückgehalten. Dafür konnte er ohne Weiteres mit einem entwaffnend bescheidenen, amüsierten Leuchten in seinen blauen Augen über einen Witz lachen. Sie hatte ein altes ungestilltes Verlangen nach blauen Augen, und zwar seit dem Chefredakteur der Schulzeitung, der damals auf der Couch ihrer Mutter seine Hand unter ihren Rock geschoben hatte. Der Name des Dozenten war John, und er war schüchtern. Es würde nicht leicht werden.

Als Erstes erregte sie sein Interesse am Tischtennistisch in der Lounge der Fakultät. Sie spielten ähnlich: mit Feuereifer, legten ihren ganzen Stolz in jeden Schlag, machten sich bei Fehlern selbst heftige Vorwürfe und freuten sich diebisch über jeden gut gemachten Punkt. Keiner von ihnen konnte den anderen an die Wand spielen – die Fehler waren in der Hauptsache selbstverschuldet. Er erklärte ihr, dass ein auf diese Weise verlorener Punkt als »unerzwungener Fehler« bezeichnet werde. Caroline staunte über die Weiterungen des Begriffs unerzwungener Fehler, doch John schien dessen Nuancen nicht so würdigen zu können, wie Ivan es getan hätte.

Nach einigen Abenden passten sie sich der Spielweise des anderen an und arbeiteten raffinierte Gegenschläge aus. John hatte einen angeschrägten, gefährlichen Aufschlag; Caroline lernte, sich für den Return an die rechte Tischecke zu stellen. Sie selbst spielte schnell, aber sprunghaft, und er lernte, sein

Timing darauf einzustellen. Immer häufiger lieferten sie sich lange, trügerisch entspannte Ballwechsel, warteten ab, lauerten darauf, dass die Aufmerksamkeit des anderen einen Moment nachließ. Während dieser Passagen fühlte sie sich mit ihm durch die unausgesprochene Intimität von Gegnern verbunden, von Komplizen geradezu, die heimlich den Rhythmus des anderen finden und sich zu eigen machen. Die langen Ballwechsel endeten gewöhnlich damit, dass er den Ball plötzlich mit ungeheurer Wucht herüberdrosch: Das waren dann entweder brillante Schläge, unerreichbar, oder aber sie gingen total daneben, prallten an der Wand oder an der Decke ab. Über dieses unerwartete Draufgängertum musste sie laut lachen. Ja, beschloss sie nach vielen Tischtennis-Abenden und sorgfältiger Prüfung, das ist der Richtige.

Als sie das erste Mal miteinander schliefen, reagierte sie auf ihn mit dem ganzen Verlangen, das sich in fünf Wochen aufgestaut hatte. Er wird glauben, dass ich verrückt nach ihm bin, dachte sie; er wird nicht verstehen, dass es pure Verzweiflung ist. Doch im Grunde war es ohne Belang.

Sie hatte recht. John, der sich selbst in den intimsten Momenten einen Rest Schüchternheit bewahrte, war erfreut und geschmeichelt. Ohne die Brille waren seine Augen noch blauer und strahlten gewinnend vor leisem Stolz. Er beugte sich über sie, sodass sein helles Haar ihr Gesicht streifte, und lächelte mit bang verzogenen Lippen, die sie am Tischtennistisch nie gesehen hatte. Ein belustigtes Glitzern trat in seine Augen, als er sagte: »Wenn es dir so gefallen hat, würde ich das bei Gelegenheit gern wiederholen.«

Er war ein wirklich liebenswerter Mensch, wie sie zu ihrer Überraschung feststellte.

»Oh, unbedingt.«

Nicht schlecht, beglückwünschte sie sich, nicht schlecht für ein kleines, im Wald verstecktes College am Ende der Welt.

Eines Abends sagte Ivan am Telefon: »Ich habe hier so viel zu tun, dass ich in der ganzen Zeit, seit du weg bist, erst vierzig Seiten von *Der Traum der roten Kammer* gelesen habe.« Er ließ es tragisch klingen.

»Das tut mir leid.« Ich habe drei Bände Proust gelesen, fügte sie im Stillen schuldbewusst hinzu.

»Im Büro geht es drunter und drüber. Lanier hat fristlos gekündigt und uns seine ganze Arbeit der letzten sechs Monate unerledigt hinterlassen. Wir haben drei Tage gebraucht, um den Kram überhaupt zu sichten.«

»Du meine Güte.«

»Dazu die ganze Wäsche. Und Isabel hat wieder angefangen, furchtbar spät ins Bett zu gehen.«

»Wie spät?«

»Neun, halb zehn.«

»Warum schaffst du sie dann nicht früher ins Bett?«

»Na ja, es ist irgendwie nett, sie um mich zu haben. Abends ist es so still.«

»Tja …«

»Ich beschwere mich ja nicht.«

»Es hört sich aber ganz danach an.«

»Und wie geht es dir? Wie läufts da draußen in der Wildnis?«

»Prima. Wirklich prima.« Sie hatte keine Lust, ihm am Telefon viel zu erzählen. Das würde sie tun, wenn sie wieder zu Hause war. Ivan schien inzwischen sehr weit weg zu sein, während John in Reichweite war, greifbar. Es machte sie glücklich, dass John da war, obwohl sie ihn nicht liebte. Er drang nicht in ihre Einsamkeit ein so wie Ivan, und sie brauchte auch nicht an ihn zu denken, wenn er nicht bei ihr war. Manchmal dachte sie, selbst wenn er bei ihr war, an Ereignisse in der Vergangenheit, oder ihre Arbeit, oder den Proust-Band, den sie gerade las, an Dinge, die nichts mit ihm zu tun hatten und die sie nicht mit ihm teilen wollte. Ihre Spaziergänge im Schnee wurden durch seine Anwesenheit nicht verdorben. Er war eine Hand, die sie halten konnte, jemand, dem sie ihre Entdeckungen zeigen konnte – die Wasserfälle, den Turm – und die dennoch nicht weniger ihre eigenen blieben. Ivan hätte die nördlichen Wälder infiltriert. Zu Hause infiltrierte er alles. Um ihn herum bestand eine Art Magnetfeld, das ihren Orientierungssinn beeinträchtigte. Da gab es keine Einsamkeit.

Sie und John entdeckten unterdessen, dass sie, über den Sex hinaus, genügend Gesprächsstoff hatten: Neuengland, wo sie beide aufgewachsen waren; die Musik, von der Ivan nichts verstand; Politik – John fand Anarchismus gar nicht so abwegig; Malerei. Was sie über Malerei wusste, wusste sie von Ivan, wie ihr jedes Mal schuldbewusst einfiel, wenn sie etwas Kluges sagte. Sie spielten auch beide gerne Schach, was Ivan hasste, weil er gegen sie immer verlor, mochten Pizza, Schneeballschlachten und all die Dinge, die Liebespaare gerne tun. Aber wir sind nicht wirklich ein Liebespaar, dachte Caroline. Sie hoffte, dass John sie nicht liebte. Er hatte es jedenfalls nie gesagt. Sie wollte keinen quälenden Schmerz hinterlassen, wenn sie abreiste; ihre eigenen Erinnerungen würden schmerzlich genug sein. Und im Grunde genommen war sie ja nur ausgeliehen.

Bei einem anderen Telefongespräch sagte Ivan: »Isabel ist zu einer Geburtstagsparty eingeladen, von einem neuen Jungen in ihrer Gruppe, er heißt Dick, aber sie will nicht hingehen.«

»Warum nicht?«

»Sie sagt, sie kann ihn nicht leiden.«

»Und warum nicht?«

»Das werde ich dir sagen, es ist einfach zu drollig. Sie kann ihn aus drei Gründen nicht leiden. Er ist zu fett, er spuckt beim Sprechen, und das Hemd hängt ihm aus der Hose.«

Caroline lachte.

»Ich habe ihr zu erklären versucht, dass das keine Gründe sind, um einen Menschen zu verurteilen, trotzdem weigert sie sich strikt hinzugehen.«

»Ich kann es ihr nicht verdenken. Ich finde, das sind ausgesprochen gute Gründe, jemanden nicht zu mögen.«

»Also wirklich, Caroline. Mein Hemd hängt manchmal auch raus.«

»Aber du spuckst nicht«, sagte sie.

»Ach, nein? Ich werde jetzt auf der Stelle spucken. Pass mal auf.« Er machte ein schmatzendes Geräusch ins Telefon.

Plötzlich war er überhaupt nicht weit weg. Er hatte die nördlichen Wälder infiltriert. Sie sackte im Sessel zusammen. »Ich vermisse dich«, flüsterte sie.

»Ich vermisse dich auch. Ich habe deine Kopfkissen weggetan. Es waren zu viele auf dem Bett. Vier Stück. Die haben mich so einsam gemacht, dass ich deine zwei in den Schrank gelegt habe.«

»Oh, Ivan, wie konntest du nur!«

»Die Laken sind kalt«, sagte er.

»Bitte.«

Am nächsten Abend, zusammen mit John, empfand sie etwas, das sie erschrocken fast als Liebe identifizierte. Sie klammerte sich an ihn und bat ihn, über Nacht zu bleiben. Das hatte sie davor noch nie gewollt. Sie empfand unvermittelt verspätete Eifersucht auf die Frau, mit der er, vor einem Jahrzehnt, drei Jahre verheiratet gewesen war. Welche Art Frau würde John als Ehefrau wählen? Während er schlief, verbrachte sie lange Zeit damit, ihn zu betrachten, und zog mit dem Finger die Umrisse seines Gesichts, seines Halses und seiner Schulter nach, ganz leicht, damit er nicht aufwachte. Sie fragte sich, ob sie auf dem besten Wege war, Ärger zu bekommen.

Doch das ging vorbei, und dann machte sie zum ersten Mal Bekanntschaft mit oberflächlicher Doppelzüngigkeit, da sie die ganze Zeit über geglaubt hatte, ihre Integrität beruhe darauf, John und Ivan getrennt zu halten.

Als der Zeitpunkt der Abreise kam, packte sie voller Eifer ihre Koffer. John fuhr sie im fahlen frühen Morgenlicht zum Zug. Wochen zuvor hatte sie sich ausgemalt, wie sie sich in netter Form bei ihm für die schönen gemeinsamen Stunden bedanken würde, doch als es so weit war, konnte sie diese Distanziertheit nicht aufbringen. Er war zu real geworden.

»Ich hoffe, dass du nicht allzu unglücklich sein wirst«, sagte sie. »Du wusstest ja, dass es nur für kurze Zeit ist.« Sie empfand ihre Worte als gefühllos und sah sich als eine Figur aus einem dieser Filme aus den 40er-Jahren, die sie und Ivan sich spätabends so gern im Fernsehen anschauten, eine männliche Hauptfigur, Charles Boyer oder Humphrey Bogart in wichtiger geheimer Mission, nicht der Typ, der dauerhafte Beziehungen einging. Es war keine angenehme Vorstellung.

»Das wusste ich«, sagte John. Seine blauen Augen hinter der Pilotenbrille glänzten merkwürdig, und sie hoffte, dass es keine Tränen waren. »Aber du wirst mir schreiben, ja?«

»Natürlich«, sagte Caroline, und sie verließ die nördlichen Wälder.

Den ganzen Tag über, im Zug und in den ersten Stunden zu Hause, während sie Isabels Stapel abstrakter Gemälde aus dem

Kindergarten bewunderte, alles wieder auf ihren Schreibtisch und in ihren Schrank legte, nachsah, was für exotische Reste sich im Kühlschrank befanden, warf John seinen Schatten über ihre Schulter. Doch in der Nacht, als Ivan sie berührte, verschwand der Schatten. Ivan ließ alles verschwinden.

»Lass mich mal sehen, ob du dich noch wie immer anfühlst«, sagte er.

»Ich bin so froh, wieder zu Hause zu sein«, sagte Caroline, als sie ihn umarmte. Etwas später, mittendrin, sah sie flüchtig das Bild vor sich, wie John am Bahnhof ritterlich ihre Koffer trägt, vielleicht mit Tränen in den Augen.

»Und, sag schon, fühle ich mich anders an?«

»Ja«, sagte er.

Sie rückte überrascht etwas von ihm ab. »Inwiefern?«

Er betastete sie wie ein Blinder. »Du fühlst dich an, als wärst du woanders gewesen.«

»Das war ich ja auch. Was genau willst du damit sagen?«

Ivan schwieg.

»Was bedeutet dieses Schweigen? Nun sag schon.«

»Nein. Vorausgesetzt, du bist zurückgekommen.«

»Das bin ich doch.«

Als sie am nächsten Morgen aufwachte, hörte sie leise Stimmen hinter sich. Sie spürte, dass Isabels Hand auf ihrer Hüfte lag.

»Er heißt Koh Ma. Ich mag ihn nicht. Er geht rum und haut alle in der Gruppe.«

»Hast du ihm gesagt, dass er das lassen soll?«, fragte Ivan.

»Ich sags ihm ja, aber er versteht mich nicht. Er kann nicht sprechen. Er spricht nur Chinesisch.«

»Koreanisch, glaube ich.«

»Einmal hat er eine Puppe genommen und hat dazu ›Suppe‹ gesagt.«

»Er muss unsere Sprache erst noch lernen. Warum versuchst du nicht, ihm einige Wörter beizubringen?«

»Ich mag Kinder nicht, die hauen. Ich haue niemanden. Hauen tun sowieso nur Jungs. Als du klein warst, hast du da Mädchen gehauen?«

Ivan stieß einen tiefen Seufzer aus. »Nicht so laut. Du weißt doch, Mommy ist wieder da. Sie schläft noch.«

»Und, hast du?«, flüsterte Isabel. »Mädchen gehauen?«

»Wenn man sehr wütend ist, tut man manchmal Dinge, die einem später leidtun. Das geht jedem so. Manchmal kann man nichts dafür.«

»Und, *hast* du?«

»Ehrlich gesagt, ich glaube, ja.« Er hielt einen Moment inne. »Ein- oder zweimal.«

»Mich haust du nie.«

»Das ist etwas anderes. Dieser Junge, dieser Koh Ma … der haut nur, weil er frustriert ist. Ich meine damit, dass er das, was er will, nicht anders ausdrücken kann. Wenn er erst unsere Sprache spricht, hört er bestimmt damit auf.«

»Wenn wir ein Lied singen, brüllt er immer rum.«

»Was glaubst du wohl, wie du dich fühlen würdest, wenn du in seinem Land wärst und alle Kinder würden etwas singen, das du nicht verstehst.«

»Ich würde nicht rumbrüllen.«

Ivan lachte. »Sei dir da mal nicht zu sicher, mein Schatz.«

Caroline drehte sich um. Isabel, die die dunkle Brille trug, die sie seit der Operation im vergangenen Jahr aufgehoben hatte, saß mit dem Gesicht zu Ivan mitten im Bett. Während sie sprach, fuhr seine Hand mit langen, langsamen Bewegungen über ihren glänzenden dunklen Schopf, von der breiten Stirn das volle glatte Haar hinunter. Seine Hand bedeckte fast ihren ganzen Kopf. Er bemerkte nicht, dass Caroline wach war: Er blickte unverwandt auf das Kind, ganz in die Berührung vertieft, und ließ seine Finger durch Isabels feines Haar gleiten, während sie weiterplapperte. Die beiden waren völlig zufrieden ohne sie, dachte sie. Während sie weg war, hatten sie die ganze Zeit so gelebt, vergnügt miteinander bis an ihr seliges Ende, wie es im Märchen hieß. Ihre Gefühle für John waren nichts dergleichen. Ein Unbehagen regte sich in ihr und erfasste jede einzelne Zelle.

Als sie, sehr viel später, einmal bemerkte, er liebe das Kind mehr als sie, stritt er es natürlich ab. Er sagte, er liebe Isabel nicht mehr, sondern anders. »Verstehst du das denn nicht? Das ist doch offensichtlich. Das ist eine völlig andersgeartete Beziehung.« Sie war unangenehm berührt, dass Ivan ein Wort wie »Beziehung« benutzte; es ließ sie an gewissen liebevoll gehüteten Vorstellungen zweifeln, die sie noch immer von ihm hegte: dass er der edle Wilde war, der sich ihr argwöhnisch, mit subtiler Grazie, genähert hatte. Oder das genaue Gegenteil, ein Mann aus dem achtzehnten Jahrhundert, der sich von seinem aristokratischen Umfeld befreit und neu erfunden hatte – ausgeglichen und gelassen, geistreich und empfindsam, jedoch mehr dem nackten Impuls gehorchend, als er zuzugeben bereit war. Aber würde ein Wilder oder ein Aristokrat von »Verhältnissen« sprechen?

Auf jeden Fall schien sich seine Liebe zu dem Kind nicht von der zu Caroline zu unterscheiden. Die Gleichartigkeit war offensichtlich. Liebe war immer dasselbe, ein Verlangen, an sich zu ziehen und zu umarmen.

Am wunderbarsten war Isabel in dem Sommer, als sie sieben war. Mit ihrer beneidenswerten schimmernden Bräune ähnelte sie einem Indianer aus dem Südwesten. Die Hälfte ihres Körpers bestand aus Beinen. »Die Beine einer Tänzerin«, bemerkte ein Freund der Familie, und Isabel, die Beine vor sich auf dem Teppich ausgestreckt, lächelte, ohne zu verstehen, schüchtern und mit Zahnlücken zurück. Caroline war dankbar für die Zahnlücken: Sie stellten einen sichtbaren Makel bei ansonsten absoluter Perfektion dar, wenn auch nur vorübergehend. Ihr gefiel nicht, wie der Freund das Kind angesehen hatte, aber sie sagte sich, dass das albern sei. Isabel war ja fast noch ein Baby. Sie trug ihr langes Haar gern streng zurückgekämmt und geflochten. Es tanzte über ihren geraden Rücken wie ein Zopf aus Samt. Jeden Morgen zappelte und stöhnte sie, wenn es gebürstet wurde, während Caroline erbarmungslos weiterbürstete. »Du kannst es dir gerne abschneiden lassen.« Isabel schüttelte mit sanfter Hartnäckigkeit den Kopf. »Ich mag lange Haare. Daddy mag lange Haare.« Sie war stark, in das Leben und in ihre eigene Schönheit vernarrt, und strahlte eine betörende Liebenswürdigkeit aus. Es war mehr als bloß kindlicher Zauber – sie war wahrhaft gut, wie Caroline glaubte, die äußere Schönheit ein exaktes Abbild der inneren. Gefühlsregungen spiegelten sich in ihrem Gesicht wider, waren ihr in aberhundert winzigen Nuancen an Lippen, Augen und Teint anzusehen: Wenn Caroline in ihrem Gesicht las, glaubte sie, bis zu der Reinheit der Nerven und Knochen zu blicken. Ihre verführerischen Widersprüche aus Unschuld und Raffiniertheit machten sie zu einem zweiten Ivan, und sie war tatsächlich bezaubernd.

In jenem Sommer fuhren sie für zwei Wochen in einen Gasthof in den Berkshires. Nach einer Wanderung durch die

Wälder legten sich alle drei auf das breite Doppelbett, in der Mitte Isabel, die rechts und links eine Hand festhielt. Ivan sagte nichts, döste vielleicht, während Isabel ihre üblichen Fragen stellte und die üblichen Antworten erhielt, ein Drehbuch, das nichts von seinem Reiz für sie verlor.

»Und was tun die Leute, wenn sie ein Baby machen wollen? Sagen sie einfach, lass uns ein Baby machen, oder was?«

»Nicht direkt. Das kommt darauf an. Gewöhnlich wissen beide, ob sie das wollen.«

»Und dann? Gehen sie einfach ins Bett und machen es?«

»Ja.«

»Müssen sie sich dazu ganz ausziehen?«

»Nein, müssen sie nicht, doch gewöhnlich tun sie es.«

»Das ist sicher furchtbar peinlich. Müssen sie verheiratet sein?«

»Nein, das müssen sie nicht, aber die meisten Leute, die Babys bekommen, sind verheiratet. Das ist besser für das Baby.«

Isabel packte plötzlich Ivans Arm. Er zuckte zusammen und blinzelte. »Lass uns heiraten!«, rief sie aus.

»Was?«

»Lass uns heiraten.«

»Ich bin doch schon verheiratet«, erwiderte er lächelnd. Auch das stand so im Drehbuch.

Im nächsten Moment, mit der Leichtigkeit eines Schmetterlings, hatte sie sich in voller Länge auf ihm ausgestreckt. »Egal, lass uns trotzdem ein Baby machen.«

Ivan legte die Hände auf ihre Schultern und lachte schallend. »Ich habe schon ein Baby gemacht.«

»Isabel«, sagte Caroline, »es ist so heiß hier drin. Mach doch bitte das Fenster auf.«

Mit einem leicht unwilligen Laut kletterte sie von Ivan herunter und tat, was man ihr gesagt hatte. »Alles, bloß um mich loszuwerden«, sagte sie gutmütig.

Caroline wurde rot. »Komm her«, sagte sie lächelnd. Sie rückte zur Seite, um zu ihrer Rechten Platz für Isabel zu machen, weg von Ivan, legte den Arm um sie und drückte sie an sich. Isabels Körper war weich, gab sofort nach. Gegen ihren Willen gab auch Caroline nach. »Du weißt genau, dass ich dich nicht loswerden will.« Isabel schmiegte sich an sie. Nach einer Weile fügte Caroline hinzu: »Wieso bist du eigentlich so schlau?« Doch niemand hörte sie. Die beiden waren eingeschlafen.

Sie betrachtete sie. Sie schliefen sogar gleich, die Stirn leicht gerunzelt und die Lippen, die gebogenen, exquisit geformten Lippen, kaum geöffnet. Nur dass Ivan wie üblich grapschte und klammerte; das eine Bein war über ihres geworfen, ein schweres, tröstliches Gewicht, seine Faust in die Beuge ihrer Taille gepresst, und sein Kinn hatte ihre Schulter zum Anlehnen gefunden. Isabel schlief im Grunde ohne Körperkontakt; Caroline hätte eine Wand oder ein Kissen sein können. Mit leiser Wehmut stellte sie fest, dass Isabels primitive Kleinkind-Bedürfnisse selbst im Schlaf unterdrückt wurden: Der Daumen, der nicht mehr gelutscht wurde, ruhte leicht auf ihrer Unterlippe und zog sie nach unten, sodass das zarte innere Rosa ihres Mundes zu sehen war.

Das Kind besaß einen unfairen Vorteil, dachte sie. Es tat Dinge, die sie selbst nicht tun konnte. Wenn Isabel abends das Klicken der Haustür hörte – und sie hörte es immer als Erste –, sauste sie durchs Wohnzimmer zu Ivan und sprang in seine Arme. Wenn sein Haar mal wieder lang genug war, band sie es hinten mit einem Gummiring zusammen und brachte ihm einen Spiegel, damit er sich betrachten konnte. Wie ein lächerlicher verzückter Liebhaber ließ er alles mit sich machen. Zettel und Titania, dachte Caroline, wenn sie den beiden zusah. Nach ihrem Schaumbad rannte Isabel, das große geblümte Handtuch umgebunden wie einen Sarong, zu ihm und hielt ihm ihre kleine Schulter hin, damit er daran roch. Ivan verdrehte die Augen, seufzte und gab vor, ohnmächtig zu werden.

Wahrscheinlich machten alle kleinen Mädchen solche Sachen. Und Caroline war froh, dass Ivan es verstand, so hingebungsvoll mitzuspielen. Das liebte sie an ihm. An Männern überhaupt. Ihr eigener Vater hätte sich auf derartige Albernheiten niemals eingelassen. Caroline konnte sich nicht erinnern, jemals verführerische Spielchen ausprobiert zu haben. Vielleicht machten ja nicht alle kleinen Mädchen solche Sachen, oder zumindest nicht auf diese betörende Art und Weise.

Vielleicht sollte sie es mit den gleichen betörenden Methoden versuchen. Aber mit Naivität zu verführen, war noch nie ihr Stil, und außerdem konnte sie sich mit ihren achtunddreißig Jahren nicht dazu herablassen, die Waffen eines Kindes zu kopieren. »Amazing Grace« nannte ein anderer Freund Isabel, nach dem Spiritual. Eine solche Eigenschaft besaß man, oder man besaß sie nicht. Sinnlos, demütigend, sie zu imitieren. Dennoch, dachte sie, als sie verfolgte, wie sich das Kind im Schlaf graziös zu recken und zu strecken begann, gab es einige Dinge, die sie tun konnte und Isabel nicht. Und als sie sich diese Dinge ins Gedächtnis rief, lächelte sie verträumt und mit einem Hauch selbstgefälliger, rachsüchtiger Befriedigung.

Isabels lange Wimpern flatterten. Sie lächelte zu ihrer Mutter hoch.

»Hast du gut geschlafen?«, fragte Caroline leise. Isabel nickte und rieb sich die Augen. Caroline sah hinüber zu Ivan. Seine Atmung hatte sich verändert, beschleunigt. Er hatte sich von ihr heruntergerollt und lag flach auf dem Bauch. Er begann, sich im Schlaf am Handgelenk zu kratzen. In fünf Minuten würde er wach sein.

»Warum gehst du nicht schwimmen?«, sagte sie zu Isabel und setzte sich auf, um durch das Fenster einen Blick auf den Swimmingpool zu werfen. Der Rettungsschwimmer saß auf seinem Platz, und mehrere Kinder in Isabels Alter spielten im flachen Wasser.

»Okay.« Doch sie rührte sich nicht.

»Dann mal los.« Caroline stieß sie sanft an. »Wir kommen auch bald raus. Zieh deinen Badeanzug an, aber leise, Daddy schläft noch.«

Während sie zusah, wie sich Isabel entkleidete und ihren Badeanzug anzog, schalt sie sich eine Närrin. Es war der Körper eines Kindes. Man brauchte nur zu sehen, wie sie den Badeanzug hochzerrte, mit ungeschickten, übertriebenen Bewegungen das Gewicht von einer Seite auf die andere verlagerte. Doch wie sie sich mit einem letzten abschätzenden Blick im Spiegel betrachtete, ihr Haar nach hinten warf und das Strandtuch über ihre Schulter schwang … nein, das war geradezu unheimlich. Caroline seufzte, und Unbehagen regte sich in ihrer Brust. »Nicht die Tür zuknallen«, sagte sie. »Viel Spaß. Und sei vorsichtig.«

Das Schließen der Tür, obwohl so leise wie befohlen, weckte Ivan. Er drehte sich um, schlug die Augen auf und warf einen schweren Arm über sie. »Mm«, sagte er träge, »du bist noch da?«

»Offensichtlich.«

»Hast du geschlafen?«

»Nein. Ich habe dich beobachtet.« Sie zerzauste sein Haar und strich es ihm dann aus der Stirn.

»Wo ist Isabel?«

»Schwimmen gegangen.«

»Ah«, sagte Ivan, legte die Arme um sie und seinen Kopf auf ihre Brust, wie um weiterzuschlafen. Plötzlich blickte er hoch. »Ist der Rettungsschwimmer da?«

»Ja, ich hab nachgeschaut.«

Er legte sich wieder auf sie. »Du bist so weich.«

»Ich weiß. Und du bist hart.« Sie streichelte seinen Rücken und lächelte. Sie mochte diese Härte und wünschte manchmal, auch so zu sein. Ihre Gedanken wanderten und verschwammen, sie merkte, dass sie am Einschlafen war. Wenn ihr Körper hart wäre, würde Ivan sie nicht auf die gleiche Weise lieben. Wenn sie in irgendeiner anderen Hinsicht anders wäre, vielleicht auch nicht. Sie sah sich plötzlich wie auf Bewährung, wo alle ihre liebenswerten Eigenschaften jeden Moment verschwinden konnten, sie über keine Ressourcen mehr verfügen würde. Aber sie lächelte – diese Vorstellungen entsprangen der irrationalen Schwelle des Schlafes. Ivans schlafwarmer Körper machte sie dösig. Dann kam ihr eine merkwürdige Idee, und sie war hellwach. Ivan lag noch immer auf ihren Brüsten und strich mit einer Hand ziellos über ihren Schenkel. Ihr Alter sprach dagegen, aber es wäre ja nicht das Erste. In ihrem Alter das Erste zu bekommen, das war das Gefährlichste. Sie konnte ihren Job behalten – sie hatte seit zwei Jahren eine Festanstellung. Es würde mehr Jonglieren mit Terminen bedeuten, mehr Babysitter. Geld. Doch es war zu schaffen. Und sie hatten ja noch die alten Sachen im Keller. Wenn Freunde sie ausliehen, wurden sie immer prompt und in tadellosem Zustand zurückgebracht. Es war fast wie ein Omen. Warum also nicht, abgesehen von der Abnutzung ihres eigenen Körpers, davor und danach? Aber es wäre es wert. Ihr Blut schien dicker und langsamer zu werden, und sie spürte, wie sich die Schwere der Jahre sanft in ihren Adern ausbreitete – ein Warnzeichen. Sie erschauerte; das fremdartige Gefühl verschwand. Ivan rollte sich auf den Rücken. Während sie ihn betrachtete, nistete sich die Idee mit erschreckender Hartnäckigkeit in ihrem Körper ein. Es war eine Strategie, die Ivans Erfindungsgeist würdig gewesen wäre.

Blitzschnell richtete sie sich auf und legte sich auf ihn. »Lass uns ein Kind machen«, flüsterte sie.

Ivan schlang die Arme um sie. Die Knochen seiner Handgelenke gruben sich in ihren Rücken, und ihr Inneres reagierte sofort. »Ist das dein Ernst, Caroline?«

»Wieso nicht? Das erste ist uns doch gut gelungen. Ich wette, dieses Mal klappt es auf Anhieb.«

Er zog gespielt schockiert die Augenbrauen hoch. »Liebling, das kommt so unerwartet. Ich meine ... Vielleicht sollten wir uns das erst noch überlegen.«

Sie verlagerte ihr Gewicht und griff nach unten, um ihn zu liebkosen, damit er die praktischen Einwände vergaß, die in ihm aufkeimten. Sie hob den Kopf, um durch das Fenster nach Isabel am Pool zu schauen, die unglaublich selbstsicher auf dem höheren der beiden Sprungbretter stand, aber noch zögerte und leicht beklommen hinunter auf das blaue Wasser blickte. Sie hatte erst vor Kurzem schwimmen gelernt und war noch nie aus so großer Höhe gesprungen. Caroline erstarrte vor Angst, doch dann besiegte ein Gefühl von immenser Distanz ihre Angst. Soll sie ruhig lernen, auch Risiken einzugehen. Spring, dachte sie. Nur zu, spring! Mit dieser

Aufforderung nahm sie die Bürde der Verantwortung für den Sprung auf sich und akzeptierte die Folgen, welcher Art sie auch sein mochten. Mit der Hand noch immer auf Ivan, sah sie mit angehaltenem Atem zu, bis Isabel schließlich auf dem Brett federte, in die Luft sprang, ihren Körper zusammenrollte und ins Wasser plumpste. Nach einem langen Moment tauchte sie mehrere Meter vom Brett entfernt auf und schüttelte sich das Wasser aus dem Gesicht. Als sie ihren Spielkameraden zuwinkte und zu ihnen hinüberschwamm, konnte Caroline wieder tief durchatmen und sich von Neuem Ivan zuwenden. Von dem triumphalen Sprung erzählte sie ihm nichts.

Ivans Miene wurde weicher, sein Mund verzog sich zu einem Lächeln. Sie nahm ihre Hand weg, um mit dem Finger über den Rand seiner Unterlippe zu streichen. Er schob sie sanft von sich herunter und begann mit unsicheren Fingern, sein Hemd aufzuknöpfen. »Wieso nicht?«, sagte er mit leiser Stimme. »Aber was rede ich denn da«, setzte er nach kurzem Schweigen hinzu. »So kann man das doch nicht entscheiden. Du musst mich verhext haben.«

»Ja«, flüsterte sie ihm ins Ohr, »ich habe dich verhext.« Sie küsste ihn auf die Lippen und streckte die Hand aus, um die Tür zu verriegeln. Ich habe ihn, dachte sie. Dann stiegen ihr Tränen in die Augen; so hatte sie sich ihm gegenüber nie verhalten wollen.

Ivan legte die Hände auf ihre Schultern. »Weinst du etwa? Was gibts denn da zu weinen?« Er hatte sich seiner Kleidung entledigt und begann nun, an ihrer zu nesteln. »Komm her«, sagte er in leisem, drängendem Ton, »komm zu mir.« Er streichelte ihr Haar. »Ich werde dich sehr glücklich machen.«

DAS ZWEITE KIND WAR GRETA, bei deren Geburt Isabel fast acht war. An Gretas Augen war nichts schief, aber ansonsten war sie in jeder Hinsicht im gleichen Maße schwierig, wie Isabel engelhaft gewesen war. Caroline und Ivan trugen sie in den schlaflosen Nächten des ersten Jahres abwechselnd im Haus herum, und einmal brummte Ivan bei der Wachablösung, wie er es nannte: »Du hast sie gewollt. Dann nimm sie auch.« Sie nahm sie. Sie war vor Erschöpfung viel zu benommen, um verletzt zu sein, und außerdem wusste sie, dass er es nicht so gemeint hatte, er war nur hundemüde. Trotzdem. Sie waren beide zu alt dafür. Sie selbst wurde bald vierzig. Isabel, die unter Schlafstörungen zu leiden begonnen hatte, aber in einen Sessel gekuschelt und mit dem Finger im Mund friedlich las, blickte von ihrem Buch auf und bemerkte im beiläufigen Ton ihres Vaters: »›Wachablösung am Buckingham Palace, Christopher Robin schimpft mit Alice.‹«

»Noch so ein Witzbold. Warum gehst du nicht einfach ins Bett?« Als Isabel keine Notiz von ihr nahm und Ivan, von seiner Pflicht entbunden, zum Kühlschrank ging, um Ginger Ale direkt aus der Flasche zu trinken, schrie sie lauter als das schreiende Baby: »Es ist halb drei Uhr nachts, und kein Mensch in dieser Familie schläft! Bin ich denn in einem Irrenhaus gelandet? Ich muss um neun an der Uni sein. Ich halte das nicht mehr aus!«

»Ich habe dir gesagt, was du tun sollst«, sagte Ivan. »Gib ihr Valium.«

Sie gab nach und ließ Greta ein Sedativum verschreiben. »Und jetzt bekommst du deinen Schlaftrunk, meine Süße«, murmelte sie jeden Abend, wenn sie ihr den Löffel hineinschob, etwaige Tropfen am Kinn auffing und entschlossen in ihren Mund bugsierte. Damit war die Nachtruhe gerettet, aber dafür wurden die Tage schlimmer, als Greta mobiler wurde. Sie tobte durch das Haus wie ein Wirbelwind, nicht bösartig oder frustriert wie damals Koh Ma, sondern vielmehr angetrieben von der unpersönlichen Raserei der Elemente. Ihre Körperkraft ging weit über ihr Alter hinaus, und sie war immer auf der Suche nach Abenteuern. Das habe ich nun wirklich nicht gebraucht, dachte Caroline. Ich hatte mein Kind bereits. Das war ihre Strafe, weil sie versucht hatte, Ivans Vernarrtheit umzulenken. Sie hatte in den Lauf der Natur eingegriffen, und nun ließen die Götter selbst es sie büßen.

Ihre Strategie hatte in der Tat funktioniert, jedoch in einer Art und Weise, die von ihr nicht beabsichtigt gewesen war. Ivan war in beide Kinder verliebt. Er hatte lediglich genug vom nächtlichen Füttern und Windelwechseln, genug davon, sich mit Gemüsebrei und Plastikkugeln abzugeben, genug davon, verständnisvoll und gerecht zu sein. Aber er wählte den denkbar ungünstigsten Moment, um sich zurückzulehnen, denn rings um sie herum ertönten weise Stimmen, die Krieg prophezeiten. Die Frauen, die sich seit einem Jahrzehnt unauffällig gerüstet hatten, griffen zu ihren ureigenen und stärksten Waffen, nämlich zu Worten. Die Worte sprangen aus den Zeitungen, lauerten im Briefkasten, eroberten die Buchhandlungen und drangen aus den Mündern von Carolines Studentinnen und Freundinnen. Sie nahm sie begierig auf. Es war eine Wohltat, Dinge ausgesprochen zu hören, die sie insgeheim ihr Leben lang gewusst hatte. Sobald sie sie hörte, wusste sie, dass sie das alles bereits wusste. Und obwohl sie aufgrund der Umstände eine Familie auf konventionelle Weise großzog, fühlte sie sich im Herzen noch immer als Anarchistin. Auf seinem verbalen Gipfel bot dieser Aufstand herrliche anarchistische Möglichkeiten.

Beim Lesen und Zuhören empfand sie eine wohlige Zufriedenheit. Persönlich hatte sie kaum Grund, sich zu beklagen. Sie war immer berufstätig gewesen; niemand hätte sie davon abhalten können. An zwei Universitäten war sie die erste Frau im Fachbereich Mathematik, ohne es politisch überzubewerten. Sie hatte es eher als ihre eigene Leistung betrachtet: ein Taschenspielertrick, ein Durch-die-Maschen-Schlüpfen. Die militanten Studentinnen in ihren Seminaren sahen in ihr sogar eine Art Vorbild, auch wenn sie selbst sich nicht dazu berufen fühlte. Und von Ivan war sie nie aufgrund ihres Geschlechts schlecht behandelt worden. Ivan liebte, nein, schätzte Frauen und Mädchen, wie sie allmählich herausfand: wie sie dachten und sprachen und sich bewegten und agierten und fühlten. Geschiedene Freundinnen beneideten Caroline. Er scheute sich nicht, Geschirr zu spülen, und er scheute sich nicht, zärtlich zu sein. Er fürchtete sich nicht vor irgendwelchen versteckten Waffen in ihr. Genau wie Leopold Bloom und anders als die meisten Männer verstand oder spürte er, was eine Frau ist.

Also nahm Caroline ihren Auftrag an, der Greta hieß und verheerend war. Wirbelsturm Greta, der alle Rekorde brach. Ihr Leben war zu einer nicht enden wollenden Plackerei geworden. Plackerei an der Uni und Plackerei zu Hause. Irgendwie war ständig eine elende, aber aufwendige Arbeit zu erledigen, trotz der Babysitter. Sie hatte Arbeiten im Haushalt schon immer gehasst, aber sie packte eine nach der anderen verbissen an, ohne Fragen zu stellen: Sie waren ihr, allem Anschein nach, von den Umständen auferlegt worden. Als ihr aufgrund des Todes und der Krankheit älterer Männer die Leitung des Fachbereichs wie eine reife Frucht in den Schoß fiel, empfand sie es nicht als Ehre, wie es vor Jahren der Fall gewesen wäre, sondern als Zwang. Sie nahm natürlich an; eine Frau in ihrer Position konnte nicht ablehnen. Sie verzichtete darauf, sich Ruhepausen zu gönnen; ausruhen konnte sie sich noch lange genug im Grab. Sie nahm ab und sah abgespannt aus, kultivierte die nützliche Angewohnheit, weder voraus- noch zurückzudenken noch über die vor ihr liegende Aufgabe hinaus, egal, ob es dabei um die Wäsche oder um immer mehrdimensionalere nicht-triviale Knoten ging.

Die Familie florierte. Isabel war Jahrgangssprecherin der fünften Klasse, und Gretas kräftiger Arm fegte Gegenstände zu Boden und zerschlug Glas. Ivan arbeitete immer länger, schrieb Artikel und trieb Geld für Künstler auf. Seine Expertise war allgemein gefragt; er beriet und entwickelte Strategien. Er war in den besten Jahren, und seine Energie kannte keine Grenzen. Seine langen Haare waren nun modern, und niemand trug mehr eine Krawatte. Er marschierte und demonstrierte, protestierte mit Greta auf den Schultern und Isabel neben sich gegen den sich hinziehenden Krieg. Dabei war doch sie die Anarchistin, dachte Caroline leicht verbittert, aber sie hatte keine Zeit zum Protestieren. Ivan kam, vom Widerstand beflügelt, nach Hause, bereit, mit ihr zu schlafen. Dagegen hatte sie kaum etwas einzuwenden. Es war bei Weitem die leichteste der ihr auferlegten Pflichten. Die ständig zunehmende Literatur des sexuellen Aufbegehrens verursachte ihr Schuldgefühle, da es ihr wie den ungehobelten Männern ging, über die sich die Frauen beschwerten: Sie mochte es schnell und unkompliziert und mit möglichst wenig Drumherum, ob neckisch oder gefühlvoll. Ivan in amouröser Stimmung war für sie wie ein Küchenchef, der mit einem exquisiten Bankett aufwartet, während die Gäste nur Appetit auf Hamburger haben.

Gelegentlich kochte er tatsächlich ausgefallene Gerichte, aber er ließ die Töpfe anbrennen. An einem Winterabend plagte sich Caroline mit den verkohlten Reisresten ab, die am Boden eines Topfes festklebten. Genau wie die Antikriegs-Demonstranten, genau wie Ivan selbst, waren sie nicht von der Stelle zu bewegen. Sie scheuerte geistesabwesend und träumte von einer Spielgruppe für Greta, bis ihr bewusst wurde, dass ihre Hand seit mindestens fünf Minuten auf dem Topfboden hin und her fuhr. Merkwürdig, oder? Die Bewegung der Hand, ziellos und mechanisch, losgelöst von der Welt zweckgerichteter Tätigkeiten, hatte plötzlich etwas Absurdes. Das Hin und Her, das eine obskure metaphysische Funktion erfüllte, wurde Caroline unheimlich. Die scheinbare Endlosigkeit dieser sinnlosen Bewegung, all der Pflichten, auf die sie sich jeden Tag stürzte, nur um zu erleben, wie sie am nächsten Tag mit unverminderter Wucht erneut auf sie einstürmten, wuchs sich unvermittelt zu einer Sisyphus-Arbeit aus, nur dass Sisyphus, wie Camus ihrer Erinnerung nach gesagt hatte, zumindest einen kurzen Augenblick des Erfolgs genießen konnte. Und sie sah sich, vor ihrem geistigen Auge, nicht mehr als Frau, sondern war zu einem Symbol geworden, das die vergeblichen Anstrengungen von Tausenden von ihresgleichen in sich versammelte. Ihr Kopf vibrierte. Alles, was sie gelesen und gehört hatte, kochte und brodelte in ihr wie in einem Hexenkessel, und dann ließ ein Riss im Kessel eine Flut des schäumenden, angesammelten Gebräus frei, und sie rannte mit tropfnassen Händen ins Wohnzimmer, wo Ivan auf der Couch die Zeitung las und die Kinder auf dem Boden mit Bauklötzen spielten.

»Wieso?«, schrie sie. »Wieso stehe ich in der Küche und scheuere an einem völlig verdreckten Topf herum, während du Zeitung liest? Kannst du mir das mal verraten?«

»Weil ich heute mit Kochen dran war. Wir machen das doch immer abwechselnd.« Er ließ widerwillig die Zeitung sinken.

»Was hat es denn für einen Sinn, dass du kochst«, schrie sie, »wenn du die Töpfe anbrennen lässt? Weißt du eigentlich, wie schwer es ist, einen angebrannten Topf sauber zu kriegen? Das weißt du natürlich nicht, weil ich nämlich nichts anbrennen lasse, wenn ich koche. Ich habe dir noch nie einen angebrannten Topf hinterlassen, wenn du mit Spülen dran warst.«

»Schmeiß den Topf weg. Kauf einen neuen.«

Sie ging auf ihn zu. Sie hatte gute Lust, ihn zu schlagen, weil er so ruhig war. Die Muskeln in ihrem rechten Arm spannten sich an, um zuzuschlagen, aber das traute sie sich nicht, nicht vor Isabel und Greta, die ihre Bauklötze weggelegt hatten und alles verfolgten. »Untersteh dich ja nicht, mir zu sagen, ich soll einen neuen Topf kaufen!« Sie stampfte mit dem Fuß auf. »Ich habe deine verbrannten Töpfe satt, ich hab das alles so verdammt satt.«

Ivan stand widerwillig auf. »Dann leg dich hin. Ich mache den restlichen Abwasch.«

»Ich will nicht, dass du den restlichen Abwasch machst! Ich will, dass du mir erklärst, wie es so weit kommen konnte, dass ich von deinen angebrannten Töpfen tyrannisiert werde, wieso ich an der Spüle stehe und du Zeitung liest. Weil du mehr Geld bekommst für das, was du tust? Oder weil du einen … Gibt der dir das Recht, Töpfe anbrennen zu lassen?«

»Jetzt pass mal auf«, sagte Ivan sehr laut. »Pass mal gut auf. Ich tyrannisiere dich nicht. Ich habe gesagt, dass ich den Abwasch mache, falls du müde bist.«

»Ich bin nicht müde!«, kreischte sie. »Es geht nicht darum, ob ich müde bin. Kapierst du denn nicht, dass es hier um Unterdrückung geht?«

Ivan warf die Zeitung zu Boden und sprang auf. »Ich unterdrücke dich nicht!«, brüllte er.

Die Kinder standen gleichzeitig auf. Isabel drehte den Kopf zwischen den beiden Erwachsenen hin und her, mechanisch wie eine Aufziehpuppe. Sie hatte zwei Finger in den Mund geschoben. Greta steckte den Daumen in den Mund und begann zu heulen. Beide waren völlig verstört, wie hypnotisiert.

»Ich unterdrücke dich nicht!«, brüllte er erneut, so laut, dass Caroline einen Schritt zurücktrat und die Luft anhielt. Trotz Gretas Weinen hörte sie, dass auch Isabel die Luft anhielt. »Das lasse ich mir nicht nachsagen! Ich habe weder dich noch sonst wen jemals unterdrückt, und ich habe es auch in Zukunft nicht vor. Ich mache deinen Scheißabwasch, aber ich lasse mich von dir nicht als Unterdrücker hinstellen. Du denkst, das Leben unterdrückt dich? Ich bin genauso unterdrückt wie du. Überall auf der Welt werden Menschen wesentlich mehr unterdrückt als du und ich. Da herrscht echte Unterdrückung – willst du's mal ausprobieren? Da geht es um Politisches – nicht um angebrannte Töpfe. Habe ich dich jemals daran gehindert, das zu tun, was du willst?« Er machte eine brüske Bewegung, um Greta aufzuheben, die aber ängstlich und heulend zurückwich.

»Das Politische ist persönlich! Ich meine, das Persönliche ist politisch.« Das hatte sie kurz zuvor in einer Zeitschrift gelesen. Sie hatte es tiefgründig gefunden, doch nun, angesichts der weinenden Greta und der starrenden, am Finger lutschenden Isabel, klang es nur dumm.

»Komm mir nicht mit diesem Schwachsinn!«, donnerte Ivan. Der hängende Asparagus, der seiner Stimme im Weg war, schaukelte bedenklich. »Ich werde für den Rest meines Lebens den Abwasch machen, wenn du das willst, es ist mir egal, aber komm mir bloß nicht mit diesem Quatsch! Das Persönliche ist genau das, nämlich *persönlich!*« Er riss das schreiende Kind hoch. Einen Moment lang dachte Caroline, er würde Greta schlagen, doch er versuchte nur ungeschickt, sie zu beruhigen. Die Berührung mit ihr besänftigte ihn. »Hör zu, Caroline, ich mache den Abwasch. Wir essen auswärts. Wir essen Pizza. Egal, was. Ich weiß, dass es schwierig ist. Aber hier geht es um *unser* Leben. Unser Leben findet nicht in den Spalten irgendwelcher Illustrierten statt. Wo hast du bloß deinen Verstand gelassen? Du bist nicht besser als Jerome, wenn du so daherredest.« Er stolzierte mit Greta auf dem Arm in die Küche.

»Schwierig?«, brüllte sie ihm nach. »Schwierig? Du hast doch keine Ahnung, was schwierig heißt!« Sie legte sich flach auf den Fußboden. Das Blut in ihrem Kopf hämmerte so heftig, dass sie dachte, er würde platzen. Isabel kniete sich neben sie. »Ist alles okay, Mommy?«

»Du bist alt genug, deinen Verstand zu benutzen. Also benutze ihn, bevor du jemals ans Heiraten denkst.«

Gretas aus der Küche dringendes Schluchzen wurde schwächer. Kurz darauf erschien sie, das Gesicht rot und tränenverschmiert, mit einem Lutscher im Mund. Caroline hörte Wasser laufen, das Klappern von Metall auf Porzellan. Ivan machte den Abwasch.

Der örtliche Kindergarten nahm Kinder ab drei Jahren auf. Am Tag nach Gretas Geburtstagsparty – sechs Knirpse, klebriger Kuchen, Scotch pur – meldete Caroline sie an. Sie hatte nun ein wenig Freizeit und die Absicht, diese zum Ausruhen zu nutzen. Die Katerstimmung nach der Party hielt lange an. Doch am zweiten Kindergartentag begegnete sie ihrem alten Freund, dem Französischprofessor, auf dem Parkplatz der Universität. Er sagte, sie sehe wunderbar asketisch aus; sie könne sicher einige seiner Brioches vertragen. Zwei Tage später, noch immer sehr überzeugend, fing er sie nach dem Unterricht ab und schlug einen Drink in seiner Wohnung vor. Caroline war so beschwingt, Greta den ganzen Nachmittag und die nächsten achtzehn Jahre versorgt zu wissen, dass sie allem zugestimmt hätte.

Ein geschiedener Vater brachte sein Kind zur gleichen Zeit in den Kindergarten wie sie. Auch er war vor Erleichterung wie berauscht. Auf dem Weg nach draußen alberten sie herum wie Schulschwänzer. Kaffee. Drinks. Alles Weitere schien unvermeidlich. Ivan hatte vor langer Zeit gesagt, sie solle ihre Fantasie benutzen. Ihre Fantasie sagte ihr, dass sie sich beeilen sollte. In Träumen, die aus ihrer Jugendzeit wieder auftauchten, fuhr sie in Cabrios mit vollem Tempo endlose Treppenfluchten hinunter und wachte unmittelbar vor dem Zusammenprall auf. Sie konnte alles tun, durfte nur keine Zeit verlieren. Sie gründete eine Frauengruppe aus Doktorandinnen und jungen Dozentinnen der Fachbereiche

Mathematik und Physik. Ein kleiner Kreis. Sie wussten noch nicht genau, worin sie ihre Mission sahen – es gab so viele Möglichkeiten –, aber fürs Erste tat es gut, einfach beieinanderzusitzen und gemeinsam verbittert zu sein. Sie hatte schon immer Flöte spielen wollen. Das Leben war so kurz. Also nahm sie Flötenstunden im Fachbereich Musik. Und sauste mit der Geschwindigkeit eines herumwirbelnden Derwischs von der Universität zum Kindergarten, von Isabels Zahnarzt zu deren Ballettunterricht zu Studentenversammlungen. Sie konnte beinahe an zwei Orten zugleich sein. Ihr Kommen und Gehen war eine Studie in komplexen Variablen. Mark lehrte dieses Fach inzwischen an der Columbia University, auf ihre Empfehlung hin. Er schickte ihr noch immer alles, was er veröffentlichte, und bat um ihren Kommentar. Eine rührende und unnötige Ehrerbietung, denn da er familiär ungebunden war, hatten seine Forschungsarbeiten ihre übertrumpft.

Da sie kaum etwas aß, waren nervöse Energie und Wut ihr Treibstoff, eine Wut, die so unsichtbar und fest eingepflanzt war wie ihr Pessar. Beides Verdienstabzeichen. Sie war vor allem auf Ivan wütend: Er hatte kein Mitleid mit ihrem Los. Sein Mitgefühl galt hungernden Bauern in entfernten Teilen der Welt, politischen Gefangenen in Zellen weit weg – er verfolgte eifrig die Nachrichten. Das tat Caroline auch, aber was sie in den Zeitungen las, bestätigte sie nur. Zum ersten Mal las sie sie von vorne bis hinten, zwanghaft, wie ein Mann. Alles passte zusammen, alles war Teil eines heimtückischen uralten Plans. Wenn wieder einmal ein Gericht gegen Abtreibungen und Mutterschaftsschutz entschied, wenn die Feministin Bella Abzug bei Wahlen abermals erfolglos blieb und Parlamente in den Bundesstaaten den Verfassungszusatz zur Gleichberechtigung von Männern und Frauen ablehnten, starrte sie Ivan, der auf dem Boden sitzend seinen Töchtern große Klassiker vorlas, mit giftig funkelnden, kalten Augen an. Ein natürlicher Feind. Und so wurde das Politische privat.

Als sie eines Nachmittags eine Abkürzung durch eine ihr fremde Straße nahm, blieb sie stehen, um einen großen zottelhaarigen Hirtenhund zu bewundern, der sie neugierig beschnupperte. Der ziemlich junge Besitzer schilderte lebhaft, wie intelligent sein Hund sei und sich sogar an Menschen erinnere, die er jahrelang nicht gesehen habe. Vielleicht habe er Caroline schon einmal in der Gegend gesehen? Ob sie vielleicht auch einen Hund habe? Nein? Ob sie vielleicht trotzdem Lust hätte, auf ein Glas Wein mit zu ihm zu kommen, er wohne gleich gegenüber? Das überraschte sie; sie hatte ihn für homosexuell gehalten, wegen der Lederjacke, den engen Jeans und den Stiefeln, dem Ohrring und dem Hund – darum hatte sie sich so ungezwungen mit ihm auf der Straße unterhalten. Sie warf einen Blick auf ihn, auf den Hund und auf ihre Uhr. »Ich habe nur fünfunddreißig Minuten Zeit.«

»Dann mal los«, sagte er.

Er war Fotograf: Überall war seine Ausrüstung verstreut – Stative, schwarze Boxen, Kameras, Filmrollen. An allen Wänden hingen Fotografien, hauptsächlich Gruppenporträts von ernst dreinblickenden mexikanischen und südamerikanischen Indios. Sie tranken ein Glas Wein. Er kopulierte so, wie er fotografierte, durchaus annehmbar, mit scheinbarer Anteilnahme an seinem Gegenüber, aber übermächtiger Selbstbezogenheit. Der Hund hieß Stieglitz. Als sie wieder auf der Straße stand, war sie entsetzt, welches Risiko sie eingegangen war, und eilte nach Hause, als ob sie verfolgt würde. Nie wieder. Doch nach einigen Tagen konnte sie die Sache distanziert betrachten, und sich die pikanten Aspekte ins Gedächtnis zurückrufen. Die Welt war schon erstaunlich. Und neben der normalen Welt gab es noch eine andere, erkennbar nur für Eingeweihte, eine Welt, in der sich Fremde begegneten, ein Signal aussandten, Sex hatten und auseinandergingen. Gehörte Ivan zu den Eingeweihten? Sie könnten ja mal ihre Notizen vergleichen. Wirklich zu schade, dass sie Ivan nichts davon erzählen konnte, denn der Hund Stieglitz, der am Bett herumschnupperte, die ernsten Gesichter der Indios, die auf sie herabblickten, die Stative wie schlanke dunkle Zaungäste, besaßen genau die Art von Exotik, die ihm gefallen würde. Nach einer Weile schien ihr, als hätte sie es gerade wegen der Genugtuung getan, es Ivan erzählen zu können – ob um ihn zu unterhalten oder zu quälen, war dabei belanglos. Dennoch träumte sie nicht davon, sich diese boshafte Genugtuung zu verschaffen. Hätte sie noch Tränen gehabt, hätte sie geweint.

Ivan führte sein eigenes geschäftiges Leben ohne sie, höflich und unnahbar. Sie hatte das Gefühl, nicht wahrgenommen zu werden. Während sie von Termin zu Termin hetzte, hielt sie grimmig an der Vorstellung fest, dass er derjenige war, der ihr aus dem Weg ging. Sie wollte, dass er alles aufgab, um ihr beizustehen. Er hätte ihr zureden und sie dazu bringen können, mit dem Herumgerenne aufzuhören, doch er weigerte sich. Er weigerte sich, in den Lauf ihres Lebens einzugreifen; er würde zulassen, dass sie sich selbst zerstörte, falls das ihr Wunsch war. Sein hartnäckiges Schweigen war eine Zumutung. Wie ein hungerndes Kind, das eine leere Schale umklammert, klammerte sie sich an ihre Verbitterung. Sie träumte davon, ihn mit undurchsichtigeren Methoden zu quälen, obwohl sie wusste, dass er sich von nichts quälen ließ, oder dass er sich weigern würde, es sich anmerken zu lassen.

Sie träumte davon, seine Pflanzen zu vergiften, aber als sie sich vorstellte, wie sie, mit dem Pulver in der Hand, zu ihnen ging, wusste sie, dass es unter ihrer Würde war. Sie träumte davon, seine Post zu unterschlagen. Sie hatte nicht die Absicht, sie zu lesen, sie wollte sie ihm lediglich vorenthalten, um ihn von der Welt abzuschneiden und dazu zu bringen, allein bei ihr Trost und Zuspruch zu suchen. Einmal hielt sie tatsächlich eine dringende Nachricht aus seinem Büro zurück, doch als sie zwei Tage später einlenkte, sagte er, das spiele keine Rolle, die Sache sei bereits erledigt. Nichts, was sie tat, spielte irgendeine Rolle. Sie schäumte. Wenn er sich nach oben verzog, um zu Bett zu gehen, fuhr sie allein in Spätvorstellungen und kam in das stille Haus zurück, um unten im Dunkeln zu sitzen und zu rauchen. Sie erzählte ihm nichts von sich, dafür gewissenhaft alles, was die Kinder und den Haushalt betraf. In banger Erwartung probierte sie aus, wie weit sie gehen konnte, bevor er zerbrach oder versuchen würde, sie zu zerbrechen. Bevor er sie verlassen würde. Sie konnte ungeheuer weit gehen, wie sie feststellte; er hielt sie nicht, aber er ging auch nicht. Vor langer Zeit, in einer anderen Phase des Unbehagens, hatte sie sich wie der ruhende Mittelpunkt eines Strudels gefühlt, und nun war sie selbst der Strudel, der um Ivan herumwirbelte. Wie sie ihm in diesem neuen Gewand gefiel, sagte er nicht. Er unterdrückte sie nicht, das stimmte. Für das, was er ihr antat, war noch kein Wort erfunden worden; es war mehr als ignorieren und etwas weniger als auslöschen. Es war patrizisch, eine raffinierte, einzigartige Verteidigungsstrategie. Dagegen gab es für das, was sie ihm antat, genügend Bezeichnungen, daran war nichts einzigartig, und auch das, nämlich ihre eigenen gemeinen und begrenzten Mittel, machte sie wütend.

Nachts in der Dunkelheit, kurzzeitig ungeschützt, griff er hin und wieder nach ihr. Sex konnten sie schweigend haben, Experten alle beide, erfahren darin, Lust zu verschaffen. Wenn sie am Morgen aufwachte, reizbar, unausgeschlafen und in Gedanken schon dabei, Frühstück zu machen, Pausenbrote zu schmieren, das Abendessen zu planen, die zahllosen brutalen und lästigen Erfordernisse des Tages vor sich, kehrte ihre Wut zurück. Ivan dagegen lächelte zaghaft, in den Augen noch die Erinnerung an die Nacht. Erst wenn sie aufstand und spürte, was ihr da die Beine hinunterlief, erinnerte sie sich an den Grund seines Lächelns. Diese Erinnerung war ein Luxus, den sie sich nicht leisten konnte. Sie wusch sie ab.

Ein einziges Mal, als sie hinterher beieinanderlagen, sagte er: »Warum müssen wir so grausam zueinander sein? Können wir nicht damit aufhören?« Sie hatte die Genugtuung, die Antwort zu verweigern. Er streichelte sie wieder, mit so aufreizenden Bewegungen, dass sie sämtliche Muskeln anspannen musste, um nicht schwachzuwerden.

»Du kannst nicht bestreiten«, sagte er in diesem besonderen, fast vergessenen Ton, »dass dich das glücklich macht.«

»Das habe ich nie bestritten. Nur ist das nicht der springende Punkt.«

In Wahrheit war sie jedoch so zermürbt, dass sie den springenden Punkt völlig aus den Augen verloren hatte.

Wenn sie sich im Spiegel betrachtete, fragte sie sich, ob sie auch wie die abgestumpfte Frau aussah, zu der sie geworden war. Nein, die Veränderungen waren oberflächlich: Sie war dünner, ihr Haar struppiger, ihre Bewegungen waren lässiger und ihre Kleider teurer – keine Zeit, auf Schnäppchenjagd zu gehen. Sie vermittelte den Eindruck von Erfahrung und Autorität. Nach Greta konnte ihr kaum noch etwas Angst einjagen. Ivan hatte sie Strategien für alle Lebenslagen gelehrt, und sie wusste, wie man weiterkam. In der Topologie gab es eine unbegrenzte Anzahl von verschlungenen Wegen, um einen vorgegebenen Knoten zu umgehen, und manchmal, wenn sie sich ungebunden und befreit fühlte, stellte sie sich vor, ihnen allen gleichzeitig zu folgen. Aber sie wusste genau, dass sie sich bündeln und auf eine begrenzte Anzahl sich wiederholender Muster reduzieren ließen, die alle an der Stelle endeten, an der sie begannen. Sie hatte das Gefühl, zu einem Zerrbild geworden zu sein, zur Karikatur einer getriebenen Frau. Der Französischprofessor, mit dem sie sich gelegentlich traf, sagte, sie sei während des zurückliegenden Jahres eine sehr schöne Frau geworden. Eine beeindruckend schöne Frau. Das hörte sie gern. Er sagte es in drei Sprachen. Ivan sagte dergleichen selten. Sie lachte mit dem Französischprofessor und erwiderte: »Nur weil du eine Vorliebe für Ältere und Hagere hast.« Sie würde einem Schmeichler jedoch nie trauen.

Zu Hause bestand kein Grund, über Trennung, Scheidung oder eine Auflösung der Familie zu sprechen. Sie waren getrennt genug. Wenn sich ihre Arbeitszeiten überschnitten, hinterließen sie einander eine Nachricht, informativ wie Notizen von Geschäftspartnern, oft witzig und stilisiert, an manchen Tagen sogar liebevoll. Als sie eines Abends spät nach Hause kam und ihn friedlich schlafend auf seiner Seite des Bettes antraf, auf ihrem Kopfkissen ein Zettel – ihn bitte um sieben zu wecken –, dachte Caroline: Er hat bestimmt eine andere. Er würde nicht wochenlang ohne Sex auskommen. Und bei seinem Anblick, die klassischen Gesichtszüge im Schlaf so rein und arglos, erfasste sie plötzlich ein schmerzliches Gefühl der Sehnsucht und der Liebe, das ganz ungewohnt war. Sie vermisste ihn bitterlich. Ihre Wut, unbeugsam und schwer, war der wahre Unterdrücker, die Rüstung eines Söldners. Musste sie auch wegen der Last, ihn wecken zu müssen, wütend sein? Wegen der Beiläufigkeit der Bitte? Sie war von Wut übersättigt. Sie würde ihn wecken. Sie wälzte sich ohnehin vom Morgengrauen an im Bett herum, und das wusste er. Natürlich sah sie im Spiegel nicht anders aus. Natürlich nicht, weil sich nur die Mitte aufgelöst hatte, der lebendige Teil, der früher aufgrund seiner Exponiertheit farbige Schichten und Streifen gebildet hatte, von Wind und Wetter gepeitscht worden war und Ranken hervorgebracht hatte, die sie mit Ivan verbanden. Und sie hatte zugelassen, dass dieser lebendige Teil zermalmt wurde, von purer Ideologie. Die Mitte war leer und wartete auf ihn. Wo Caroline auch sein mochte, wohin sie auch vor ihm fliehen mochte, stets dachte sie an ihn, eine Fessel, die stärker war als die Liebe.

An einem Samstagnachmittag Anfang Juni kam sie energiegeladen aus dem Büro nach Hause und warf ihre Aktenmappe auf den Boden. Sie hatte den schwierigsten Teil eines Referats beendet, das sie auf einem Kongress halten sollte, dann kurz den Französischprofessor besucht, der ihr Kaffee und die unvermeidlichen Brioches vorgesetzt hatte. Auf dem ganzen Heimweg hatte sie der Duft des Geißblatts umgeben, der aus den Sträuchern in die milde Frühlingsluft aufstieg. Nun würde sie sich um die Kinder kümmern. Isabel, die fast dreizehn war, erholte sich noch von den Windpocken, und Greta würde sie jeden Moment bekommen. Im Wohnzimmer saß Ivan, der seine Brille trug, im Schneidersitz auf dem Boden und las aus einem Buch vor, das auf seinen Fußknöcheln ruhte. Isabel und Greta lagen der Länge nach vor ihm, andächtig wie Statuen. Sie blickten zu ihr hoch und lächelten, sagten aber nichts. Es herrschte das gebannte Schweigen von

Menschen, die voller Erwartung und ehrfürchtiger Scheu gleichzeitig den Atem anhalten.

»›Welchen Wert hätte meine Erschaffung, wenn ich völlig an die Erde gebunden wäre?‹«, sagte Ivan, und seine rauchige Stimme dröhnte vor sonorer Eindringlichkeit. Gretas Daumen steckte regungslos zwischen ihren Vorderzähnen. »›Meine schlimmsten Nöte in dieser Welt sind Heathcliffs Nöte gewesen, und ich habe jede von ihnen von Anfang an gesehen und mitgefühlt. Meine ganze Vorstellung vom Leben ist er. Wenn alle anderen zugrunde gingen und er übrig bliebe, würde ich fortfahren zu sein; und wenn alle anderen blieben und er würde vernichtet, so würde sich das Weltall in etwas vollkommen Fremdes verwandeln, und ich würde nicht mehr dazugehören.‹« Er hielt inne und blickte kurz zu Caroline, wie um sie willkommen zu heißen, da sie sich neben den Kindern auf dem Boden ausgestreckt hatte, um zuzuhören. »›Meine Liebe zu Linton ist wie das Laub im Walde: Die Zeit wird sie ändern, ich bin mir dessen bewusst, wie der Winter die Bäume verändert. Meine Liebe zu Heathcliff gleicht den ewigen Felsen dort unten; sie ist eine Quelle kaum wahrnehmbarer Freuden, aber sie ist notwendig. Nelly, ich bin Heathcliff! Ich habe ihn immer, immer im Sinn, nicht zum Vergnügen, genauso wenig, wie ich mir selbst stets ein Vergnügen bin, sondern als mein eigenes Sein. Darum sprich nicht wieder von unserer Trennung; sie ist unausführbar.‹«

Er brach ab, entließ sein Publikum. Einen Moment lang herrschte inbrünstige Stille. Ivan holte sein Taschentuch heraus, schnäuzte sich und wischte sich verstohlen mit der Faust über die Augen. Isabel drehte sich zu Caroline um.

»Mom, warum weinst du? Das ist doch nur eine Geschichte.«

»Ich kann nicht anders. Bei Geschichten muss ich immer weinen. Schau, Greta weint auch.« Sie legte den Arm um Greta und zog sie an sich; aus den vor Kummer glänzenden Kinderaugen liefen Tränen. »Verstehst du denn, um was es da geht?«

Greta schüttelte verneinend den Kopf und weinte weiter.

Ivan nahm seine Brille ab und rieb sich wieder die Augen. Er streckte die Beine aus und reckte die Arme zur Decke. Die acht Beine, die sich auf dem Teppich ausdehnten wie chaotische Vektoren, steckten in identischen Bluejeans. Alle vier trugen Baumwoll-T-Shirts. Wir vier, dachte sie, sind wie Angehörige eines primitiven Stammes, verbunden durch die Symbole einer geheiligten Tradition.

»Du liest wunderschön vor«, sagte sie zu Ivan. »Du lässt alles so echt klingen.«

»Ich habe ja auch gutes Material. Und du bist genau im richtigen Moment hereingekommen.«

Sie konnte ihn nicht ansehen. »Ich wünschte, du würdest gelegentlich auch mir vorlesen.«

»Wirklich? Aber du bist doch immer so beschäftigt. Du bist ständig auf dem Sprung.«

»Ich könnte mir die Zeit nehmen, dich so lesen zu hören.« Wenn er ihr so vorlesen würde, dann brauchte sie nicht mehr herumzuhetzen. Dann wäre sie zufrieden. ›Meine Liebe zu Heathcliff gleicht den ewigen Felsen dort unten.‹ Ja, das würde genügen. Es übertraf das Politische, und sogar das Private.

Ein Jahr Kindergarten wirkte sich auf Greta beruhigend aus, sodass Caroline nicht länger bei Sonnenaufgang in ängstlicher Erwartung von Katastrophen aufwachte – würden sie diesen Tag heil überstehen? Das Haus war nicht mehr der Kerker, in dem ständig Gefahren lauerten wie in Gretas ersten Jahren. Als wären sie und das Kind Reflexionen ihrer jeweiligen Gemütsverfassung, klärte sich Carolines getrübter Blick, als Greta ruhiger wurde: Ivan war für gesellschaftliche Gräuel nicht verantwortlich. Es war schwer zu sagen, wer dafür verantwortlich war; das war das Problem. Jeder hatte ein historisches Alibi. Das Politische war völlig unpersönlich.

Nach und nach verlangsamte sie ihr Tempo; das Vibrieren auf der Oberfläche ihrer Haut, ähnlich dem Zittern einer Schlange mit Juckreiz – womit es der belustigte Französischprofessor verglich –, verschwand. Mit einer geschmeidigen Bewegung warf sie die Hülle ihrer Wut ab, um sich im Garten von der Sonne bescheinen zu lassen. Mit der Unerbittlichkeit der Wahrheit stürzten weiterhin Berichte über Frauen und Männer mit all ihrem misstönenden Protestgeschrei auf sie ein. Sie versuchte, an deren Wahrheit festzuhalten, die Raserei jedoch abzukratzen, in die sie wie in eine störende Schicht eingewickelt waren. Das war ein noch heikleres Manöver, das Fantasie erforderte.

Zwischen ihr und Ivan herrschte eine Art unsicherer Waffenstillstand, wie zwischen alten zerstrittenen Nachbarländern mit derselben Abstammung, derselben Sprache und derselben Verderbtheit. Vielleicht würde es nie einen dauerhaften Frieden geben, doch die Verletzungen schienen geringeren Ausmaßes zu sein, und auf alle Fälle waren sie quitt. Er war der Edelmütigere; als ihre Böswilligkeit abebbte, war er derjenige, der einen Weg fand, ihr die Hand zur Versöhnung zu reichen. Edelmütiger oder politisch raffinierter? Sie ging der Frage nicht weiter nach.

Es gab Zeiten, insbesondere wenn Greta wieder einmal eine ihrer heiklen Phasen hatte, in denen Caroline innerlich aufschrie, nein, es ist eine gerechte Sache!, und am liebsten die Flucht ergriffen hätte. Allerdings konnte man einer gerechten Sache auch allzu verbissen dienen, wie sie sich erinnerte. Mit Flucht erwies man ihr einen schlechten Dienst. Zu fliehen war schlimmer, als ein verkappter Anarchist zu sein. Die Sache *war* gerecht, aber gehörte ihr Leben nicht ihnen selbst, und war das nicht eine gerechtere Sache? Oder nur kostbarer? Caroline war von diesen Widersprüchen und Einschränkungen beherrscht. Ihr Leben war so voller Vieldeutigkeit, dass jeder Weg, den sie wählte, ein Verrat an etwas anderem war. Doch sie hielt durch, obwohl es bei Weitem nicht das war, was sie erwartet hatte.

Wie Carolines war auch Gretas Verhalten zeitweise noch immer besorgniserregend. Sie zerrte an einem Bilderbuch, das im Bücherregal festklemmte, und die ganze auf Spannung basierende Konstruktion stürzte ein. Zum Glück hielt sie beide Hände über den Kopf, als alles herunterfiel. Im Schwimmbad der Universität stieg sie, als Caroline ihr den Rücken zugekehrt hatte, auf das hohe Sprungbrett, hüpfte herum und fiel ins Wasser. Zum Glück hatte Ivan ihr schon früh ein wenig Schwimmen beigebracht. Und eines Abends, als Ivan und Caroline im Kino waren und Isabel mit einer Freundin telefonierte, zerrte sie eine Leiter mitten ins Schlafzimmer, schraubte die kaputte Glühbirne heraus und eine neue ein. Sie hatte vergessen, den Lichtschalter auszuknipsen. Erschreckt von der plötzlichen Helligkeit und Hitze, stürzte sie von der Leiter und brach sich einen Finger. Isabel holte einen Nachbarn, der sie in die Notaufnahme fuhr, wo man die Familie bereits kannte. Als Caroline bei der Rückkehr aus dem Kino den geschienten Finger sah, gab sie sich die Schuld an diesem Unfall, weil sie ihre Töchter stets zur Selbstständigkeit erzogen hatte: Sie sollten sich nicht angewöhnen, bei einfachen Reparaturen zu warten, bis Ivan nach Hause kam.

Gretas beängstigendstes Unternehmen war die Folge ihrer blühenden Fantasie und fand in dem Sommer statt, in dem sie umzogen. Caroline und Ivan hatten genug von ihrer kleinen Universitätsstadt. Sie wollten Betrieb, Lärm, Hektik. Ohne es auszusprechen, wollte jeder den Schauplatz unvergessener hässlicher Phasen verlassen. Ivan hatte im Frühjahr einen Anruf aus New York erhalten: Man bot ihm eine verlockende Stelle am Metropolitan Museum an. Und die City University brauchte jemanden mit Erfahrung in den Bereichen Topologie und Knotentheorie. Eine verfügbare qualifizierte Frau übertraf ihre kühnsten Erwartungen. Caroline würde der Beweis sein, dass die Universität benachteiligte Gruppen gezielt förderte. Wie Yeats' Anne Gregory wünschte sie, dass man sie nur um ihrer selbst willen liebte und nicht wegen ihrer blonden Haare. Aber das brachte nicht einmal Ivan fertig. Yeats sagte, das könne nur Gott. Also verkauften sie das Haus, mit dem sie Vermögen gebildet hatten, und hängten die Bilder in ihrem Schlafzimmer ab. Auf der Leiter stehend, hörte Caroline merkwürdige Geräusche auf der anderen Seite der Wand, in Gretas Zimmer. Rhythmische, monotone Geräusche, wie eine Beschwörung. Greta war dort mit ihrem liebsten Freund, einem fügsamen Jungen namens Harold, der an den Wochenenden von früh bis spät bei ihnen kampierte.

»Ich habe ein komisches Gefühl«, sagte sie zu Ivan und kletterte von der Leiter. »Ich seh lieber mal nach, was die beiden da treiben.«

Ivan lachte sie nicht mehr aus, wenn sie ein komisches Gefühl hatte. Er war zu dem Schluss gelangt, dass Greta der wahre Anarchist war – nichts konnte die öffentliche Entfaltung ihrer privaten Identität aufhalten. Er legte den Schraubenzieher weg und ging mit. Caroline stieß Gretas Tür auf.

Die Kinder saßen sich auf dem Fußboden gegenüber. Greta hatte ein langes Brotmesser in der rechten Hand und intonierte: »Auf ewig Brüder schwören wir, mit Blut von mir und Blut von dir.« Aus ihrem linken Zeigefinger sickerte Blut. Sie wollte nach Harolds rechter Hand greifen, die er unter den Schenkel geschoben hatte. »Komm schon, Harold, es tut fast gar nicht weh.«

Ivan packte das Messer in ihrer Faust und riss es an sich. Caroline sackte am Türrahmen zusammen, die Hand auf ihr Herz gepresst. Sie fühlte sich sehr alt. Zu alt.

»Ich hätte ihm nicht wehgetan«, beteuerte Greta. »Es ist nur, weil wir umziehen, und ich möchte, dass wir Blutsbrüder sind. Er ist mein bester Freund.«

Ivan drückte ihren Finger zusammen und wischte mit seinem Taschentuch das Blut ab. »Du hättest dir einen Finger abhacken können, ist dir das klar? Da muss sofort Jod drauf! Und du, Harold! Ist dir nichts Besseres eingefallen?«

Harold ließ den Kopf hängen und nuckelte an einem Zipfel seines Polohemds.

»Was hast du da die ganze Zeit gesagt?«, fragte Caroline.

»Auf ewig Brüder schwören wir, mit Blut von mir und Blut von dir.«

»Und woher hast du das? Aus einer dieser albernen Fernsehshows?«

»Das hab ich mir ausgedacht.«

»Erzähl mir keine Märchen. Wo hast du das gehört?«

Gretas Augen füllten sich gekränkt mit Tränen. »Ich hab mal gesehen, wie sie das im Fernsehen gemacht haben, aber das Gedicht hab ich mir selbst ausgedacht.«

»Mach ja nie wieder eine Küchenschublade auf!«, schrie Caroline. »Und dass du mir nie wieder auch nur in die Küche gehst!«

Isabel kam hereingeschlendert. Dieser Tage trug sie einen schmollenden, schleichenden Gang zur Schau, der sehr gut zu ihrem schmalen Körper passte. Sie war fast so groß wie ihre Mutter. In der Hand hielt sie lässig *Jane Eyre,* mit einem Finger darin als Buchzeichen. »Was ist denn hier los? Hallo, Harold.«

»Deine Schwester hat soeben ein altes Ritual zelebriert«, sagte Ivan und wedelte mit dem Messer herum. »Sie war dabei, mit Harold Blutsbrüderschaft zu schließen. Also begrüße das neue Familienmitglied.«

»Oh Gott«, sagte Isabel und wandte die Augen ab. »Dieses Kind ist unverbesserlich. Mir schaudert bei dem Gedanken, was aus der mal werden soll.«

»Lass den Quatsch«, sagte Caroline. »Aber mir fällt da etwas ein, Isabel. Weißt du, was du in diesem Sommer tun könntest?«

»Was denn?«

»Du könntest Greta lesen beibringen. Ich glaube, sie ist so weit. Und du bist bestimmt eine ausgezeichnete Lehrerin.«

»Von mir aus«, sagte Isabel und blickte wie aus großer Höhe auf ihre Schwester herab, »ich bezweifle allerdings, dass ihre Aufmerksamkeitsspanne dafür ausreicht.«

»Oh doch, das tut sie!«, rief Greta aus.

»Ich will auch lesen lernen«, sagte Harold.

»Dir bringe ich es auch bei«, sagte Isabel, »aber nur, wenn du aufhörst, an deinem Hemd zu nuckeln.«

Als Teenager war die früher so liebenswürdige Isabel stolz und überheblich. Sie hielt ihre Eltern in vielerlei Hinsicht für unzulänglich, insbesondere was Selbstbeherrschung betraf, ein Vorwurf, der beiden wehtat, obwohl sie sich darüber mokierten. »Sie muss es ja wissen«, sagte Ivan. Caroline hatte Mitleid mit ihm – er hatte Isabels Bewunderung so gierig aufgesogen. Sie verbündeten sich, um einander gegen Isabels deutliche Kritik zu verteidigen: Was wussten sie denn schon von Leidenschaft und Engagement, den Widersprüchen zwischen Realität und Ideal, dem Feuer im Blut? Was sie gegenseitig zu ihrer Verteidigung vorbrachten, berührte beide: Sie hatten bei ihren ganzen Streitigkeiten vergessen, wie viel sie voneinander hielten. Greta war ihnen noch wohlgesinnt, doch auf dem Territorium des Abenteuers, das sie für sich reklamiert hatte, war kein Platz für sie beide, wie sie wussten, außer als Besatzungsmacht. Nach Trost suchend, nicht mehr jung, aber stark, wandten sie sich wieder einander zu.

Sie wohnten nun seit zwei Jahren in New York, und fast alle Paare, die sie kannten, waren inzwischen geschieden. Es war wie ein Marathonlauf, dachte Caroline, bei dem alle, bis auf die zähesten Teilnehmer, keuchend und kaputt ausschieden. Ivan war tatsächlich ein ausgezeichneter Läufer geworden und hoffte, in ein oder zwei Jahren für den Central-Park-Marathon bereit zu sein. Wenn er dieser Tage in seinen weißen Shorts und den blauen Schuhen loszog, steigerte sie sich weder in ausschweifende Fantasievorstellungen hinein, noch dachte sie sonderlich darüber nach. Und sie lief auch nie mit ihm – sie hasste derartige Marotten und befand ihn einer gewissen Geschmacksverirrung für schuldig –, sondern machte stattdessen auf dem harten Fußboden Ballettübungen zu Musik. Sie begleitete ihn auch nicht in Galerien, auf seiner Suche nach zeitloser Schönheit, und er ging nicht zu den Mozart-Festivals, für die sie Abonnements kaufte und auf die sie Freunde oder Isabel mitnahm. Sie hatte noch immer eine Aversion gegen berufsbedingte Partys, auf denen sie in der Rolle von Ivans Ehefrau aufzutreten hatte, aber sie ging hin und machte mit, weil sie wusste, dass er sie dort brauchte; er spielte stolz auf ihr esoterisches Arbeitsgebiet an, und sie lächelte esoterisch. Gelegentlich machte sie auf der Heimfahrt ihrem Unmut Luft, und er hörte zu, während er gelassen und sehr schnell fuhr, in dem sicheren Wissen, dass sie, wie eine Schallplatte, irgendwann ablaufen würde. Sie wiederum war froh, ihn nicht mehr zu Veranstaltungen des Fachbereichs Mathematik mitnehmen zu müssen, wo die Witze abstrus und nur für Insider waren und er sich langweilte. Auf allen Partys spukten die Geister der Abwesenden herum. Jeder unterhielt sich mit jedem – es gab wenige festgefügte Ehepaare so wie früher in Boston –, und Chantals eheliches Arrangement wäre kaum als exzentrisch betrachtet worden.

Was sie gemeinsam taten, war, sich mit alten Freunden zu treffen und Protestversammlungen zu besuchen. Sie waren kongeniale Protestierer, wie sie sich schließlich eingestanden, und es war immer Verlass darauf, dass die Politik für die notwendigen Übel sorgte. Caroline hätte noch immer keine Bombe in die Börse geworfen, auch nicht nachts, wenn dort keiner war, aber insgeheim hatte sie ihre Meinung geändert und hoffte, jemand mit weniger Skrupeln werde es tun. Und sie gingen Schlittschuhlaufen und ins Kino, vor allem in italienische Filme, die beide unterschiedslos liebten. Sie wusste

Filme über die Ambivalenz der Macht endlich zu schätzen, und Ivan hatte Geschmack an der erhabenen Schlichtheit großer Leidenschaft gefunden. Manchmal las er ihr im Bett, mit viel Gefühl, aus alten und bedeutenden Romanen über Liebe und Verrat und Opferbereitschaft vor. Sie hörte ihm gebannt zu. Aber wenn sie sich liebten, mussten sie ihre Schreie und ihr Gelächter unter Kontrolle halten, weil Isabel, vor Energie strotzend, bis spät in die Nacht in der Wohnung herumschlich.

An diesem Wochenende war Isabel auf einem Klassenausflug nach Washington, und Greta war direkt nach der Schule zu einer Freundin gegangen, wo sie bis Sonntag bleiben würde. »Sei bitte vorsichtig, Süße«, hatte Caroline sie am Morgen ermahnt, als sie sie losschickte. »Damit du wiederkommen darfst.« Nach den Seminaren am Freitag legte sie sich, um ihr Alleinsein zu genießen, auf den Boden und las erneut *Bildnis einer Dame.* Es war nicht das Gleiche wie damals, als sie es zum ersten Mal las, als auch sie an der Schwelle des Lebens stand und auf dessen Gefahren und Freuden und Versuchungen blickte. Damals hatte sie mit dem entsprechenden Eifer zu dem Buch gegriffen. Nun tat sie es mit ironischer Weisheit. Aber auch mit einem Anflug von Neid und einer Spur Erleichterung, denn Henry James' Isabel würde für immer jung und empfänglich sein. Sie selbst hatte mehr Glück als die beherzte Isabel, besann sie sich. Der ichbezogene Ästhet, den sie geheiratet hatte, war gut, nicht böse. Und bei diesem Gedanken schloss Ivan, wie gerufen, die Haustür auf und kam mit langen Schritten durch den Flur, dabei die Melodie aus Rom pfeifend, die er immer falsch pfiff, da er die parabelförmigen Linien der Melodie knapp verfehlte. Sie legte das Buch beiseite und streckte sich auf dem Rücken aus, sodass sie ihn verkehrt herum betrachtete. Er stellte sich, in jeder Hand eine Champagnerflasche schwingend, hinter ihren Kopf.

»Sind wir endlich allein?«, begrüßte er sie.

»Endlich allein. Wofür ist das?«

»Zum Feiern. Ich habe zwei mitgebracht. Eine für vorher und eine für hinterher. Geh nicht weg, ich stelle sie nur schnell kalt.«

Als er zurückkam, fragte sie: »Habe ich einen wichtigen Tag vergessen?«

Er beugte sich über sie. »Was bist du nur für ein spießiger alter Pedant, Caroline. Wir feiern, dass wir allein sind. Hundert Jahre Einsamkeit. Hättest du dir das jemals träumen lassen … Ich meine, für ein Wochenende mit dir würde ich glatt meine Seele verkaufen.«

»Ach, Ivan.« Sie schob die Hände in sein Haar. Nur ein wenig dünner – eine abnehmende arithmetische Progression. In diesem Tempo würde es noch lange dicht bleiben. Vielleicht hatte sein Vater recht gehabt mit dem Bürsten.

Er nestelte an ihrer Kleidung herum, auf der Suche nach nackter Haut, die er – hellwach – schnell fand. »Aber vielleicht … Ach, Caroline«, seufzte er. »Du bist so warm.«

»Ich habe ja auch auf dich gewartet«, flüsterte sie ihm ins Ohr. »Nur deswegen. Aber vielleicht was?«

»Vielleicht sollten wir beide Flaschen hinterher trinken.«

»Oh ja … oh ja … Das ist eine bessere Idee. Nur, Ivan, Schatz. Lass uns ins Bett gehen. Weil … der Fußboden … ist furchtbar hart.«

»Du hast harte Fußböden noch nie gemocht, stimmts?«

»Du glaubst wohl, du weißt alles, was ich mag.«

»Tja, das glaube ich tatsächlich. Stimmt es etwa nicht?«

»Schön und gut, aber was ist, wenn ich … sagen wir … neue Vorlieben entwickelt hab?«

»Die hätte ich schnell entdeckt. Mir entgeht nichts.«

Sie schloss die Augen mit einem Gefühl, als würde sie schweben, doch dann ließ sie ihn los. »Im Ernst, lass uns lieber ins Bett gehen. Sonst ist es zu spät, und dann tut mir hinterher der Rücken weh.«

»Und wie kommen wir dahin? Ich mag mich jetzt nicht bewegen, Caroline. Ich habs hier so gemütlich.«

»Du liegst ja auch nicht auf dem harten Boden. Es sind doch nur ein paar Schritte, Schatz. Komm schon, steh auf, ich helfe dir. So ists gut. Stütz dich auf mich. Tragen kann ich dich allerdings nicht, dafür bist du viel zu schwer. Wie soll ich denn gehen, wenn du das da machst? Spar dir das für später auf. Du bist wirklich unmöglich.«

»Besten Dank, Gnädigste. Das war ein sehr netter Ausflug. Nur ein wenig holprig. Bitte schön, hier ist das Bett, also Schluss jetzt mit deiner Hinhaltetaktik. Auf ins Getümmel.«

»Wenn es unbedingt sein muss, füge ich mich eben.«

»Ich fürchte, das musst du. Also zier dich nicht, Herzchen. Ich weiß, dass du in derlei Dingen sehr schüchtern bist. Aber es dauert wirklich nicht lange, und es ist absolut schmerzlos, du musst dich nur entspannen.«

»Um Himmels willen, Ivan, ich bin schon mehr als entspannt! Wie lange willst du noch in diesem Stil weitermachen?«

»Du würdest dich wundern, mein Schatz. Warum lachst du eigentlich dauernd? Ich habe noch nie eine Frau in einem so ernsten Moment so lachen sehen. Wie soll das denn was werden, wenn du wie eine Verrückte lachst? Reiß dich zusammen.«

Hinterher stand Ivan auf und kam mit dem Champagner und den Gläsern zurück ins Bett. Er ließ den Korken knallen, der kalte Champagner sprudelte, und er fing ihn geschickt rechtzeitig auf. Sie tranken.

»Ah, das tut gut«, seufzte Caroline. »Bei der Hitze hier drin. Ich glühe geradezu. Und wir haben erst Juni.«

»Schon Hitzewallungen?«

»Das ist nicht komisch, die werde ich demnächst wirklich haben. Ich werde eben älter.«

»Wem sagst du das! Ich bin ein halbes Jahrhundert alt! Ist dir eigentlich klar, dass ich mein Leben lang von Frauen umgeben war? Genau davor hatte ich Angst.«

»Ich muss sagen, bis jetzt hast du dein Schicksal tapfer ertragen. Wie ein Mann.«

»Vielen Dank. Was ich damit meine, ist, dass meine Zuneigung … meine große Liebe immer Frauen galt.«

Wem denn noch, fragte sie sich, außer uns dreien? »Dann musst du eben bisexuell werden. Noch ist es nicht zu spät. Mir solls recht sein.«

Er drehte sich um und knallte sein leeres Glas auf den Nachttisch. »Warum musst du immer so sein? Warum musst du immer alles herabsetzen? Ich versuche, mit dir über etwas Ernstes zu sprechen.«

»Tut mir leid. Wieso bist du eigentlich so empfindlich? Ich nehme dich ja ernst. Und flapsige Bemerkungen zu machen, um einer Sache auszuweichen … das habe ich doch von dir übernommen. Du bist schließlich derjenige, der immer ausweicht.«

»Warum übernimmst du dann nicht auch meine besseren Eigenschaften?«

»Das habe ich vielleicht schon! Egal, sprich weiter. Ich höre dir aufmerksam zu. Deine große Liebe waren immer Frauen.«

Sie schenkte beiden Champagner nach. Falls er die Absicht hatte, etwas zu gestehen, wollte sie gewappnet sein.

»Ich meine damit, nicht Dinge oder Ideen oder Anliegen«, sagte er verdrossen. »Es geht lediglich um eine bestimmte Lebensweise, unsere Lebensweise. Eingeschränkt. Privat. Man kann auch anders leben.«

»Ich weiß. Wir sind da einfach hineingerutscht. Aber du hättest ohnehin nie Dinge oder Ideen lieben können. Denn du durchschaust alles. Darum mag ich dich ja.«

Er kam näher und legte einen schweren Arm über sie. »Du bist die Einzige, die bei mir geblieben ist. Alle anderen sind weitergezogen.« Er lachte in sich hinein. »Du bist ein lebendiges Beispiel für Durchhaltevermögen. Das kommt wohl daher, weil du ständig Knoten entwirrst.«

Hieß das, sie hatte kampflos gewonnen? Diesmal wählte sie ihre Worte sorgfältig. »Isabel wird in einigen Jahren zu dir zurückkehren.«

Ivan lächelte. »Und du bist sehr taktvoll geworden. Das muss an den ganzen Henry-James-Romanen liegen. Nein, mit Isabel wird es nie wieder so sein wie früher. Und Greta – für Greta, glaube ich, sind wir nicht ganz real. Also bleibst nur du, Caroline.«

Es stimmte: Niemand lief mehr zur Haustür, um ihn zu begrüßen. Greta war in ihre Bücher vertieft, und Isabel war über derlei Spielchen längst hinaus.

Er legte den Kopf auf ihre Brust. »Ich kann dein Herz hören.«

»Was sagt es?«

»Tja.« Er hielt inne. »Dein Herz ist bekanntlich topologisch.«

»Ach ja?«, sagte sie lächelnd.

»Ja. Es sagt: ›Ein perfekter Kreis ist ein trivialer Knoten.‹«

Sie schlug die Augen auf. »Nicht schlecht, mein Lieber. Gar nicht schlecht. Es bestehen noch Aussichten.«

»Hast du etwa gedacht, ich könnte so lange mit dir zusammen sein, ohne etwas dazuzulernen?«

Sie betrachtete ihn, wie er da quer auf ihr lag. Äußerlich hatte er sich nicht sehr verändert. Er hatte sich nie in das Monstrum mittleren Alters verwandelt, vor dem ihr gegraut hatte. Das war zum Teil reine Glückssache. Die einzelnen Fakten ihres Lebens ließen sie erschauernd an dessen Vergänglichkeit denken. Auf ihrer Brust lag, als gehörte er dahin, ein Mensch, der sie vor über zwanzig Jahren an einem sonnigen Nachmittag auf einer Party sexuell erregt hatte, als sie einsam und beschwipst war, und dann – ihr Leben geworden war. Nur einmal umdrehen, und schon war mehr als die Hälfte davon vorbei. Wenn es anderes Wetter gewesen wäre oder ein anderer Wein, wenn er sie nicht umgehend an diesen düsteren Ort geführt hätte, um ihr die Wölfin zu zeigen … Dass sie ihn auf eine Art und Weise liebte, die beängstigend war, dass Dinge an ihm, die nicht in seiner Macht lagen – seine Sichtweise, seine Sprechweise, die Art, wie er war –, Macht über sie ausübten, akzeptierte sie inzwischen als nackte Tatsache, weder verabscheuenswürdig noch liebenswert. Sie konnte ihr emotionslos ins Auge sehen, genau wie anderen sie selbst betreffenden Tatsachen. Statt dieser hätte es ohne Weiteres eine andere sein können, eine genauso unverrückbare, mit mehr oder weniger Möglichkeiten. Aber die würde es nicht mehr geben. Oder war es noch zu früh, um das sagen zu können?

Ivan setzte sich auf und hielt die Flasche über ihr Glas; es kamen nur noch ein paar Tropfen. »In der Küche ist noch mehr davon«, sagte er. »Wollen wir uns betrinken?«

»Klar. Wir sind ja allein. Diesmal hole ich die Flasche. Und ich mache sie auf.«

»Ha! Hast du überhaupt schon mal eine Flasche Champagner aufgemacht? Das ist nämlich eine Kunst. Da darf man nicht schludern.«

»Heißt das, dass ich schludrig bin? Ich kann das sehr wohl! Ich hab das schon bei den letzten beiden Feiern der Abteilung gemacht.« Und bei dem Französischprofessor, bei mehreren Gelegenheiten, an die sie sich lebhaft erinnerte, doch das konnte sie nicht erwähnen.

»Ich sage ja nicht, dass du das nicht kannst, aber ich mache es jetzt trotzdem.« Er erhob sich, um in die Küche zu gehen.

Sie sprang auf und folgte ihm. »Diesmal nicht, mein Lieber. Ich will auch eine aufmachen. Das ist nur fair.« Sie rannte ihm nach und überholte ihn im Wohnzimmer, und beide liefen Richtung Küche. Ivan war als Erster dort, riss die Kühlschranktür auf und schnappte sich den Champagner. Er lachte triumphierend und schwang ihn durch die Luft. Caroline riss seinen Arm herunter und packte den Hals der Flasche. Ihre vier Hände kämpften um die beschlagene Flasche über ihren Köpfen, rutschten ab, zerrten an ihr.

»Komm schon, Schatz, lass los.«

»Von wegen! Lass du doch los!«

»Was glaubst du, was ich mit dir machen würde«, keuchte Ivan, »wenn ich eine Hand frei hätte.«

»Ich brauche keine freie Hand. Ich könnte dich mit einem Knie erledigen.«

»Damit würdest du dir nur selbst schaden.«

Dann ließen beide spontan im gleichen Moment los. Die Flasche fiel hinunter auf die harten Fliesen. Glassplitter flogen durch die Luft. Süß riechender Schaum ergoss sich über den Küchenboden, und Ivans Fußknöchel blutete.

»Da siehst du, was du angerichtet hast!«, schrie er. »Du bist so was von abartig!«

»Und du bist so was von stur!«, schrie sie zurück. »Setz dich hin und lass mich mal sehen. Und pass auf deine nackten Füße auf.«

»Pass du lieber auf deinen nackten Arsch auf.« Doch er setzte sich.

Ivans Blut tröpfelte in die Rinnsale und Pfützen, die auf dem Fußboden perlten, aus ihnen beiden eine Insel machten. Das Blut bildete gewundene Schlieren, die sich schnell auflösten und den Champagner in ein helles, schäumendes Rosa verwandelten.

Caroline untersuchte seinen Knöchel. »Es ist nicht so schlimm, wie es aussieht. Nur eine kleine Schnittwunde und viel Blut. Keine Angst, du kannst bald wieder rennen.«

»Schau dir diese Sauerei an«, brummte er. »Völlig unnötig. Zu schade, dass kein Schiff in der Nähe ist.«

Sie tupfte seinen Knöchel mit einem Papiertaschentuch ab und drehte ihn zum Licht. Etwas glitzerte. »Warte mal, Ivan. Nicht bewegen. Da ist noch ein bisschen Glas drin.«

»Na toll. Wir brauchen keine Greta, damit es zu einer Katastrophe kommt. Und du hast dir früher Sorgen gemacht, wenn ich im Park verschwunden bin. Da ist es nicht annähernd so gefährlich wie mit dir zu Hause.«

Sie streichelte sein Bein. »Hör auf«, sagte sie leise. »Hör auf, so wütend zu sein. Wir sind beide schuld.«

»Na schön.« Er holte tief Luft. »Würdest du bitte die Scherbe aus meinem Bein ziehen? Falls da eine ist. Ich kann sie nicht sehen.«

»Du und deine Augen«, sagte sie kopfschüttelnd. Sie beugte sich über seinen Knöchel und zog den Glassplitter heraus, der gut einen Zentimeter lang war. Sie legte ihn kurz auf ihre Handfläche, hielt ihn daraufhin hoch und blickte Ivan in die Augen. Er sah sie zunächst verständnislos an, begann dann zu lächeln und lehnte sich wartend zurück. Es war das Lächeln, dem sie sofort verfallen war, das ihn unbefangen und zugänglich machte. Seine Augen schimmerten noch grüner.

Sie schnitt sich vorsichtig in die Kuppe des Zeigefingers. Blut trat aus. »Auf ewig Brüder schwören wir …«

»Du bist wirklich … einmalig«, flüsterte Ivan. Er legte seine Hände auf ihre nackten Schultern. »Schon als ich dich das erste Mal sah, damals in Rom, wusste ich, du bist … ich weiß nicht, was. Verrückt.«

Sie zwinkerte und fuhr mit ihrem blutenden Finger über den Schnitt an Ivans Knöchel. »Mit Blut von mir und Blut von dir.«

Er küsste ihren Finger und dann ihre Lippen. »Aber«, sagte er, »ich finde trotzdem, dass ich es besser gekonnt hätte. Ich habe mehr Erfahrung.«